年回响

楼梦》对《史记》的接受与传承

张萍 著

陕西新华出版·陕西人民出版社

图书在版编目（CIP）数据

千年回响：《红楼梦》对《史记》的接受与传承 / 张萍著. —西安：陕西人民出版社，2023. 8

ISBN 978-7-224-15069-8

Ⅰ. ①千… Ⅱ. ①张… Ⅲ. ①《红楼梦》研究 ②《史记》—研究 Ⅳ. ①I207. 411 ②K204. 2

中国国家版本馆 CIP 数据核字(2023)第 164790 号

责任编辑：姜一慧
整体设计：朵云文化

千年回响——《红楼梦》对《史记》的接受与传承
QIANNIAN HUIXIANG——《HONGLOUMENG》DUI
《SHIJI》DE JIESHOU YU CHUANCHENG

作　　者　张　萍
出版发行　陕西人民出版社
（西安市北大街 147 号　邮编：710003）
印　　刷　广东虎彩云印刷有限公司
开　　本　787 毫米×1092 毫米　1/16
印　　张　18. 5
字　　数　200 千字
版　　次　2023 年 8 月第 1 版
印　　次　2023 年 8 月第 1 次印刷
书　　号　ISBN 978-7-224-15069-8
定　　价　52. 00 元

目　录

绪　论

《红楼梦》是中国古典小说的巅峰之作，具有极高的艺术魅力，无论其文辞的优美、结构的绝妙，还是构思的巧妙、思想的深邃，在古典小说创作中都堪称典范。鲁迅先生说“自从十八世纪末的《红楼梦》以后，实在也没有产生什么较伟大的作品”(《且介亭杂文·草鞋脚小引》)，给予《红楼梦》很高的历史评价。如此伟大的一部作品，除了作者具有非凡的文学创作才华之外，中华民族悠久灿烂的历史文化传统，也为《红楼梦》的创作提供了丰富的文学经验。

如果把《红楼梦》放在中国文学发展的历史长河中，便可见它集大成的文学特点。《红楼梦》首先继承了古小说的传统，解弢认为：“作小说须独创一格，不落他人之窠臼，方为上乘。若《西游记》《封神演义》《金瓶梅》《儒林外史》《水浒传》，皆能独出机杼者。……《红楼梦》则熔化群书之长，而青出于蓝者也。”①俞平伯先生说《红楼梦》：“综合了古典文学，特别是古小说的特长，加上作者独特的才华创辟的见解，发为沈博绝丽的文章。”②这一点已经有诸多学者进行过探讨。《红楼梦》不仅近取《水浒传》《金瓶梅》等小说创作的艺术，“还继承了更古的文学传

①解弢：《小说话》，见朱一玄主编《红楼梦资料汇编》，南开大学出版社 2012 年版，第 870 页。

②俞平伯：《红楼梦简说》，见《俞平伯点评红楼梦》，团结出版社 2006 年版，第 338 页。

统，并不限于说部，如《左传》《史记》之类，如乐府诗词之类，而《庄子》《离骚》尤为特出”①。李卓吾认为明清长篇章回小说“既源于《史记》，又源于上古的诗文经典”②。哈斯宝说“小说中之《水浒》《石头记》，于词中周、辛。《石头记》之境界徜恍，措语幽咽，颇类清真”③，他认为《红楼梦》在趣味、境界上与周邦彦、辛弃疾的词颇为类似，不仅如此，在集大成的特点方面二者也是一致的，故“可作千古模范”。由此可见，除了对小说传统的继承发展，《红楼梦》也远祖其他文学传统，几乎“全部包括中国古典文学”（俞平伯语）。

中国小说的发展主要脱胎于史传。在中国文学史上，先秦两汉时期，文、史处于不分的状态，文学往往寄托于历史著作，小说是从史传的母体中孕育而出的，受其影响极深，与史传文学有着密切的联系。“小说家者流，盖出于稗官，街谈巷语，道听途说者之所造也。”④小说家出于稗官，稗官是史官的一种，所以早期的小说属于历史的范畴。刘知几《史通》中说“偏记小说自成一家，而能与正史参行其所由来尚矣”⑤。此也是小说被称为“稗官野史”之由来。作为抒情文学的诗词歌赋，往往带有浓厚的个人色彩，而作为叙事文学的小说，往往反映一些社会问题，现实色彩更突出。甲戌本《脂砚斋重评〈石头记〉》第二十八回之后有幅跋云：“《红楼梦》虽小说，然曲而达，微而显，颇得史家法。”⑥可见其受史传文学的创作影响，其中对小说影响最大的要数《史

①俞平伯：《红楼梦简说》，见《俞平伯点评红楼梦》，团结出版社2006年版，第338页。

②李贽：《焚书·童心说》，中华书局1961年版，第98页。

③哈斯宝：《新译红楼梦序》，见朱一玄主编《红楼梦资料汇编》，南开大学出版社2012年版，第866页。

④班固：《汉书》，中华书局2007年版，第338页。

⑤刘知几：《史通》，上海古籍出版社2015年版，第246页。

⑥胡适：《红楼梦考证》，北京出版社2015年版，第67页。

记》。司马迁开创了纪传体，丰富了历史散文写人叙事的功能，为后世小说提供了丰富的经验。《史记》作为“二十四史”之首，是中国叙事文学的典范，是一部具有很高文学价值的史学论著。《史记》开创了以写人为主的纪传体形式，对以人物塑造为中心的小说创作产生深远影响，为中国古典小说的创作提供了丰富的创作经验与创作素材。《红楼梦》一书在写法上也深得史家之笔法与深意，它是“中国之家庭小说”，但“此书描绘中国之家庭，穷形尽相，足与二十四史方驾”①。由此可见，《红楼梦》一书在写法上深受史家影响，作为史传文学典范的《史记》，自然也为《红楼梦》的创作提供了许多文学创作的经验。

《史记》是我国第一部纪传体史书，其内容应属于“史”的范畴而非小说，但是在《史记》成书的汉代，还没有进入“文学的自觉”时代，此时的文、史往往不分家，二者之间的界限不是特别显明。作为叙事文学的《史记》是“史家之绝唱，无韵之《离骚》”，在史学和文学方面都有极高的成就，对后世的文学创作，特别是作为叙事文学的小说创作有极大的影响。历代学者对此多有论及，如吴组缃先生说：“后世小说发展到现实主义，发展到成熟阶段，都在《史记》里头取经，学《史记》。……这些史传文学的经验，实际上指导后面的许多作家，像施耐庵写《水浒传》，吴敬梓写《儒林外史》，蒲松龄写《聊斋志异》，曹雪芹写《红楼梦》，都从《史记》《左传》里头接受经验。”②张新之说：“是书（《红楼

①季新：《红楼梦新评》，见朱一玄主编《红楼梦资料汇编》，南开大学出版社 2012 年版，第 897 页。

②吴组缃：《关于中国古代小说理论的几点体会》，见《吴组缃小说课》，人民文学出版社 2019 年版，第 293 页。

梦》）叙事，取法《战国策》《史记》、三苏文处居多。”①由此可见，《红楼梦》的创作，也受到了《史记》的影响，从其中接受了很多创作的经验。

《红楼梦》的文学传统与文学渊源非常深厚宽广，但是“它不是东拼西凑、抄袭前文，乃融合众家之长，自成一家之言”②。正如希尔斯所说：“文学传统是带有某种内容和风格的文学作品的连续体。”③《红楼梦》既是对传统的继承，又是对传统的超越。曹雪芹在创作《红楼梦》时，从前人的作品中汲取了很多创作的经验和艺术手法，使《红楼梦》具有旖旎的文字、精彩的叙事、繁复的结构、复杂的人物等，但他不是生搬硬套传统，而是对传统进行再创造。如布鲁姆《影响的剖析》所说：“强大或者对自己要求严苛的诗人，都想要剥夺前人的名字并争取自己的名字。”传统的事件、意象、场景等进入《红楼梦》文本后，通过作者的才华进行再创作，从而形成自己独特的风格与风貌。俞平伯先生说：“我觉得《红楼梦》所以成为中国自有文字以来第一部奇书，不仅仅在它的独创上，而且在它的并众长于一长、合众妙为一妙集大成这一点上。”④由此可见，《红楼梦》一方面继承传统，显示出对历史所提供的艺术方法的积累，另一方面对传统作出了明显的突破，把中国古典小说的艺术推到一个新的高峰，显示出作者极高的艺术才华和超凡的文学修养。

《史记》和《红楼梦》是中国文学史上的两部显学之作，关于两部作

---

①张新之：《红楼梦读法》，见朱一玄主编《红楼梦资料汇编》，南开大学出版社 2012 年版，第 701 页。

②俞平伯：《红楼梦简说》，见《俞平伯点评红楼梦》，团结出版社 2006 年版，第 340 页。

③希尔斯：《论传统》，傅铿、吕乐铎，上海人民出版社 2010 年版。

④俞平伯：《红楼梦与其他古典文艺》，见《红楼小札》，中国青年出版社 2017 年版，第 22 页。

品的研究成果极其丰硕，从而形成了“史记学”和“红学”。关于《史记》和《红楼梦》的研究情况，古人偏重于文学评点与评论，如裴骃《史记集解》、司马贞《史记索隐》、张守节《史记正义》、吴见思《史记论文》、姚苎田《史记菁华录》、李景星《史记评议》、牛运震《史记评注》、高步瀛《史记举要》等；关于《红楼梦》最有代表性的是脂砚斋评点《红楼梦》，其他如王希廉、姚燮、张新之、陈其泰等人对《红楼梦》的评点。现当代学者的研究成果更加丰硕，《史记》研究如李长之《司马迁之人格与风格》、钟华《史记人名索引》、赖明德《司马迁之学术思想》、徐朔方《史汉论稿》、程金造《史记管窥》、张大可《史记研究》、泷川资言《史记会注考证》、宋嗣廉《史记艺术美研究》、聂石樵《司马迁论稿》、李少雍《司马迁传记文学论稿》、何世华《史记美学论》、俞樟华《史记艺术论》、张新科《史记学概论》、可永雪《史记文学成就论稿》、杨燕起《史记的学术成就》、齐晓斌《史记文化符号论》、杨树增《史记艺术研究》、程世和《史记——伟大人格的凝聚》、池万兴《司马迁民族思想阐释》等。《红楼梦》研究更是流派纷呈，众说纷纭，如王国维《红楼梦评论》、蔡元培《石头记索隐》、胡适《红楼梦考证》、俞平伯《红楼梦辨》、周汝昌《红楼梦新证》《红楼梦与中华文化》、冯其庸《曹雪芹家世新考》、蒋和森《红楼梦论稿》、蔡义江《红楼梦诗词曲赋全解》、王蒙《红楼启示录》、孙逊《红楼梦脂评初探》、浦安迪《红楼梦的原型与寓意》、余英时《红楼梦的两个世界》、梁归智《红楼梦探佚》、胡文彬《红楼梦与中国文化论稿》、张锦池《红楼管窥》、邓云乡《红楼风俗名物谭》、郑铁生《红楼梦叙事艺术》、成穷《从红楼梦看中国文化》、孙伟科《红楼梦的美学阐释》、刘梦溪《红楼梦与百年中国》、梅新林《红楼梦哲学精神》、林冠夫《红楼梦纵横谈》、沈治钧《红楼梦成书研究》、马经义《红楼文化基因探秘》、詹丹《红楼梦与中国古代小说研究》、俞晓红《红楼梦意向的文化阐释》、段江丽《红楼梦文本与传播影响》、曹立波《红楼梦版本与文本》、蒋勋《蒋勋细说红楼梦》、陈维昭《红学通史》等，可谓百花齐放百家争鸣，研究内容和方向的宽度与深度也是前所未有。

《史记》对后世的叙事文学特别是小说创作有重要影响，关于《史记》与古代小说的关系研究，明清时期的学者已作出了有益的探讨，但是探索方式或以评点或以序跋，只言片语，不成体系。当代学者对这一问题进行进一步的研究，取得了相当的研究成果：如张新科《史记与中国文学》一书专门论证《史记》对中国文学创作的意义和影响；俞樟华在《简说〈史记〉对〈三国演义〉的影响》一文中，从人物塑造、情节安排两个方面论述了《三国演义》对《史记》的模仿；张次第有《论〈三国演义〉对〈史记〉笔法的继承》一文；俞樟华在《〈史记〉与〈水浒〉》一文中从情节、体例、写人艺术三个方面来写《史记》对《水浒》的影响；葛鑫的博士学位论文《〈史记〉对四大名著的叙事影响研究》从叙事学角度探讨《史记》对四大名著的影响；许勇强在其硕士学位论文《〈史记〉与〈水浒传〉叙事艺术比较研究》中运用西方结构主义叙事学的基本理论，结合我国传统叙事文学的特点谈论《史记》对《水浒传》的影响；等等。综上所述，通过具体的研究现状可以看出，研究者对《史记》与小说的关系，特别是与长篇章回小说的关系，还没有足够的认识。

关于《红楼梦》接受文学传统的研究，学者们已有显著的研究成果，论著如孙逊、陈昭所著《〈红楼梦〉与〈金瓶梅〉》，刘梦溪、张庆善所著《〈牡丹亭〉与〈红楼梦〉》，张建华所著《红楼梦与庄子》，白军芳所著《红楼梦与水浒传的性别诗学研究》；研究论文如张小泉《试论〈红楼梦〉与〈史记〉〈离骚〉的关系》(《吕梁教育学院学报》2002 年第 4 期)，曹明

《红楼梦与庄子漫议》(《明清小说研究》1999 年第 1 期)，岳书法《红楼梦与诗经》[《西北工业大学学报》(社会科学版)2004 年第 2 期]，王征《论汉赋对〈红楼梦〉的渗透及影响》(《明清小说研究》2002 年第 3 期)，曹立波《阮籍对〈红楼梦〉的影响举隅》(《红楼梦学刊》1998 年第 3 期)，《〈红楼梦〉与唐诗》(《苏州大学学报》2006 年第 2 期)，张丽江《〈牡丹亭〉对〈红楼梦〉的影响》(《戏剧文学》2019 年第 11 期)，朱嘉雯《双璧交辉——〈红楼梦〉与〈西厢记〉互文阐述》(《红楼梦学刊》2002 年第 5 期)等。

关于《史记》与《红楼梦》两部作品内在联系的研究，目前阐述的专篇论文如梅新林、俞樟华《〈红楼梦〉与〈史记〉：实录精神与托愤精神的二重变奏》(《浙江社会科学》1997 年第 5 期)；严安政的《华夏文化的两部集大成之作——〈史记〉〈红楼梦〉比较谈》(《安康师专学报》2001 年第 1 期)；鲍晨的《浅析〈史记〉和〈红楼梦〉创作上的共通性》(《安徽文学》2013 年第 5 期)；张小泉的《试论〈红楼梦〉与〈史记〉〈离骚〉的关系》(《吕梁教育学院学报》2002 年第 4 期)；李启洁的硕士学位论文《〈红楼梦〉叙事形态与史传叙事传统》，从叙事学的角度入手对《红楼梦》叙事形态的形成与史传叙事之关系进行多角度的探讨。这些论文多数是从故事情节、人物塑造、叙事艺术、精神内涵等某一方面谈《史记》对《红楼梦》的影响。

本书试结合作家的生平、思想、所处时代背景，从《史记》和《红楼梦》文本出发，从两部作品的创作艺术、精神内涵等方面全面系统地探讨《红楼梦》对《史记》的文学接受。同样是中国文学史上写人成就非常高的两部作品，《史记》在写人方面的艺术成就为《红楼梦》提供了丰富的艺术经验。司马迁创作《史记》的爱奇思想和“发愤著书”的悲剧精神也直接影响了《红楼梦》的创作，作者在创作过程中自觉接受了司马迁《史记》创作的精神思想。具体通过《史记》和《红楼梦》的文本分析，结合作品的创作艺术，并结合作者创作的思想精神特质，可以论证《红楼梦》对《史记》的文学接受与传承。

全书共分为七章内容进行论述。

第一章探讨《红楼梦》接受《史记》影响的条件与原因。从《史记》对中国古典小说的影响，司马迁与曹雪芹类似的人生际遇和创作动机两方面论证《红楼梦》接受《史记》的内部条件。结合清代的社会状况和《史记》在这一时期的传播与研究盛况，论证《红楼梦》接受《史记》的社会条件。

第二章探讨《红楼梦》对《史记》的文本接受。通过仔细研读作品，找出《红楼梦》接受《史记》的内证，表现为沿用《史记》中的语词、化用《史记》中的典故故事等不同方式。

第三章探讨《红楼梦》对《史记》叙事艺术的接受与传承。从叙事结构、叙事视角、叙事艺术手法等三大方面分析，分为六小节进行论证。《红楼梦》继承了《史记》纪传体的结构特征；在叙事视角方面也继承史家传统，将全知视角和限知视角结合，将客观叙事与主观叙事结合；在叙事艺术方面对《史记》的预叙手法、“特犯不犯”的叙事艺术、互见法叙事、精彩的细节描写等叙事艺术进行了继承与发展。

第四章探讨《红楼梦》对《史记》写人艺术的接受与传承。本章结合文本，从人物的立体化与真实性，人物选择的典型性，人物形象的个性化，通过对比艺术展现人物性格，文章风格与人物性格的统一等五个方面，对《红楼梦》接受《史记》写人艺术的影响进行论证。

第五章探讨《史记》对《红楼梦》女性人物塑造的影响。《史记》虽然以记录对历史发展有重大影响的男性人物为主，但是其中关于女性的描写也是不容忽视的。《史记》中形形色色的女性形象塑造对后世文学创作有很大的启发作用，曹雪芹继承并发展了司马迁的女性观，吸收了《史记》女性描写的艺术手法，《红楼梦》在女性人物塑造方面受到《史记》一定的影响。

第六章探讨《红楼梦》对《史记》爱奇思想的接受。司马迁“爱奇反经之尤”，《红楼梦》也是一部奇书。本章结合文本结合作品的内容和思想内涵，从内容上“爱奇”“好奇”的色彩，宏大奇伟的结构，“爱奇反经”的思想倾向等三个方面论证《红楼梦》对《史记》爱奇思想的接受。

第七章探讨《红楼梦》对《史记》悲剧精神内涵的接受。《史记》记载了历史上的悲剧英雄人物群像，通过悲剧历史人物表达了作者的悲剧意识和历史时代的悲剧；《红楼梦》塑造了形形色色的悲剧女性群像，通过这些人物的悲剧命运展现了人生的悲剧、家族的悲剧、社会的悲剧，二者都有浓郁的悲剧色彩。本章从“寄心楮墨”的悲剧抒情特征，悲剧人物群像的塑造，悲剧人物类型的多样化，悲剧精神的崇高悲壮性四个方面，结合作品内容和作者的悲剧心态论证《红楼梦》对《史记》悲剧特征的继承与发展。

作为中国古典小说的集大成者，《红楼梦》的创作一定程度受到了《史记》的影响，但毕竟《史记》属于史学著作，所以除了接受史传文学的影响之外，《红楼梦》的创作更大程度上接受了前代诗歌、戏剧、小说、文赋等创作的传统，中国古典文学的创作艺术及创作经验对《红楼梦》的创作有多方面的影响。本书只着重于谈史传文学对《红楼梦》的影响，探讨研究《红楼梦》对《史记》的接受与传承。

第一章　《红楼梦》接受《史记》影响的原因与条件

《史记》是我国第一部纪传体的通史，鲁迅先生说《史记》"不失为史家之绝唱，无韵之《离骚》矣"，司马迁能够"不拘于史法，不囿于字句，发于情，肆于心而为文"①，由此可见，《史记》不仅是一部伟大的历史论著，同时也具有一定的文学性，对后世的文学创作具有一定影响。

《红楼梦》是中国古典小说创作中的巅峰之作，这二者在中国文学史上都有重要的地位和影响，都有很高的文学价值和历史价值。同样是叙事文学，《史记》对《红楼梦》的创作产生了重要的影响。中国古典小说的真正母体是史传文学，史传在叙事艺术、人物、题材等方面为中国古典小说的创作提供了丰富的创作经验与创作材料。作为富有文学特质的历史著作，《史记》开创了以写人为主的纪传体形式，对以人物塑造为中心的小说创作有着深远影响。

《史记》是一部具有文学价值的"史诗"。《红楼梦》是一部具有历史价值意义的"史诗"性小说，它虽然是家庭题材小说，但"此书描绘中国之家庭，穷形尽相，足与二十四史方驾"②。张新之也说："致堂胡氏

①鲁迅：《汉文学史纲要》，岳麓书社2013年版，第73页。

②季新：《红楼梦新评》，见朱一玄主编《红楼梦资料汇编》，南开大学出版社2012年版，第897页。

曰：‘孔子作《春秋》，常事不书，惟败常反理，乃书于册，以训后世，使正其心术，复常循理，交适于治而已。’是书实窃此意。”①由此可见，《红楼梦》一书在写法上深得史家之笔法与深意，其微言大义、闳识孤怀，又非一般作家所能及。

第一节 《史记》具有浓郁的文学色彩

中国的史官文化和原始巫术文化有着密切联系，《隋书·经籍志》史部总序说：“夫史官者，必求博闻强识，疏通知远之士，使居其位，百官众职，咸所贰焉。是故前言往行，无不识也。天文地理，无不察也。人事之纪，无不达也。”由此可见，史官不仅要博闻强识熟通人事，还要知晓天文地理，兼有巫官的职事，因此中国早期的历史散文带有一定的神秘性和文学色彩。比如先秦史传文学代表作《左传》，其中有大量带有巫神色彩的叙述，《左传·秦晋崤之战》中：“冬，晋文公卒。庚辰，将殡于曲沃。出绛，柩有声如牛。卜偃使大夫拜，曰：‘君命大事将有西师过轶我，击之，必大捷焉。’”此一段叙述带有巫神文化的神秘色彩，表现了在先秦时期史官文化与巫神文化之间的联系，这样的叙述方式增强了史传文学的文学色彩。

中国的记史传统历史悠久，班固在《汉书·艺文志》中言道：“古之王者，世有史官，君举必书，所以慎言行、昭法式也。左史记言，右史记事；事为《春秋》，言为《尚书》。”由此可见，上古时期就有史官记言

①张新之：《红楼梦读法》，见朱一玄主编《红楼梦资料汇编》，南开大学出版社2012年版，第701页。

记事的叙事传统。在记事过程中如何生动真实地叙事也是史官叙事能力的表现。司马迁虽生于儒家重理性的文化基本确立了统治地位的汉代，但是先秦时期历史散文带有神秘性的传统依然会影响司马迁《史记》的创作。从司马迁的生平和家世来看，他出生在一个世代相传的史官家庭，其祖上、父辈都曾为朝廷史官，司马迁也继承父业继续为太史令，西汉时期太史令主要掌天文、历法，撰写史书，不同于治理朝政和治理地方的官员，更多表现出文人学者气质，司马迁便是这样一个情感丰富、爱憎分明的史官。司马迁曾经以西汉大儒董仲舒为师，也曾师从孔安国，在这些学者或思想家的教化熏陶下，他更具有一种文人和诗人的气质，在实践中缺少政治家纵横捭阖的本领。综上所述，特殊的文化背景和司马迁个人的影响，使《史记》具有浓郁的文学色彩。鲁迅先生评价《史记》为“史家之绝唱，无韵之《离骚》”，可见《史记》不仅具有突出的史学价值，同时也具有鲜明的文学特征，在文学史上有重要的地位和影响。

一、所传内容的文学色彩

《史记》浓郁的文学色彩，首先表现在其所写的内容方面。司马迁直接在史书中录入了大量的文学作品和带有抒情色彩的歌谣。比如《司马相如列传》中收录了司马相如的《子虚赋》《上林赋》《大人赋》《哀二世赋》《上疏谏猎》《喻巴蜀赋》《难蜀父老》《封禅文》等大量作品，这是《史记》中收录文章最多的篇章，整篇传记所收录的文学作品占了传记的大半内容。司马相如是汉武帝时期最具有代表性的赋作家，汉大赋“铺采摛文”的特点历来为人所诟病，但是其以靡丽之形式，达到劝百讽一的目的，确有其可取之处。此外汉大赋长篇大论、辞藻烦冗的华丽形式也是汉代武帝时期大一统社会的需要。司马迁在《史记》中为司马相如立传，他是我国古代第一个在正史中为文学家立传的史学家，具有一定的时代意义。在《司马相如列传》的传赞中，太史公曰："春秋推见至隐，易本隐之以显，大雅言王公大人而德逮黎庶，小雅讥小己之得失，其流及上。所以言虽外殊，其合德一也。相如虽多虚辞滥说，然其要归引之节俭，此与诗之风谏何异。扬雄以为靡丽之赋，劝百讽一，犹驰骋郑卫之声，曲终而奏雅，不已亏乎？余采其语可论者着于篇。"①这里体现了司马迁独特的文学观，在当时被喻为"文学倡优"的汉赋家和润色宏业、歌功颂德的汉大赋，司马迁却非常重视，并以赞颂的口吻将其写入正史，客观上增强了《史记》的文学色彩。此外在《屈原贾生列传》中司马迁也全文收录屈原和贾谊的诸多文学作品，这些文学作品的录入，无疑使《史记》的文学性大大加强了。

除了在史书中录入大量文学作品外，《史记》中还有一些带有抒情色彩的歌谣也是其文学色彩的体现。比如《项羽本纪》中霸王别姬时所唱："力拔山兮气盖世，时不利兮骓不逝，骓不逝兮可奈何，虞兮虞兮奈若何！"《刺客列传》中荆轲刺秦王之前太子丹易水送别时："风萧萧兮易水寒，壮士一去兮不复还。"这些歌谣的载入使《史记》的文学色彩大大增强，同时也抒发了司马迁个人的情感。

《史记》不仅继承了史书以载录历史为己任的传统，除了记录历史事件以外，更注重描写历史人物，开创了纪传体的史书创作的新体例，改变了以叙事为主的史学传统，而为以人物为中心。和后世的纪传体史书相比较，《史记》给人物立传，不仅仅写人物的生平事迹，更注重展

①司马迁：《史记》，韩兆琦评注，岳麓书社2011年版，第1599页。

现人物的思想性格和内心世界。清代李晚芳《读史管见》评《魏公子列传》说："篇中摹写其下交贫贱，一种虚衷折节，自在心性中流出，太史公以秀逸之笔，曲曲传之，不特传其事，而并传其神。迄今读之，犹觉数贤人相得之神，尽心尽策之致，活现纸上，真化工笔也。"①《史记》在展现人物性格与内心世界时，以生动的文学手法加以描绘，使其具有鲜明的文学特质，因此《史记》中的历史人物才成为具有魅力的不朽形象。如《赵世家》中程婴和公孙杵臼为救孤而慷慨献身的大义，《魏公子传》中信陵君的谦恭好士，都体现出人物崇高的精神和品格美。

二、把个人思想与情感融入史传

《史记》的文学性从创作动机上看，司马迁不只客观地描写历史人物和事件，同时也融入了个人的情感，写进了自己的寄托。如《赵世家》里对赵氏孤儿故事的精彩叙述，充分表现了他突出某种价值观而不惜舍弃事实、采用传说的大胆做法，借以彰显忠义精神，抒发幽愤之情。

"赵氏孤儿"的故事最早见于《春秋》，后来《左传》对"赵氏孤儿"的故事情节做了具体的阐释和交代，但对"赵氏孤儿"这一历史事件的记录情节简单，几乎不带有任何的感情色彩。与《左传》相比，司马迁在《赵世家》中的记载极富文学色彩，叙事非常精彩：

赵朔妻，成公姊，有遗腹，走公宫匿。赵朔客曰公孙杵臼，杵臼谓朔友人程婴曰："胡不死？"程婴曰："朔之妇有遗腹，若幸而男，吾奉之；即女也，吾徐死耳。"居无何，而朔妇免身，生男，屠

①李晚芳：《读史管见》卷二，见《史记研究资料萃编》，三秦出版社2011年版，第602页。

岸贾闻之，索于宫中。夫人置儿绔中，祝曰：“赵宗灭乎，若号；即不灭，若无声。”及索，儿竟无声。已脱，程婴谓公孙白曰：“今一索不得，后必且复索之，奈何？”公孙杵白曰：“立与死孰难？”程婴曰：“死易，立孤难耳。”公孙杵白曰：“赵氏先君遇子厚，子强为其难者，吾为其易者，请先死。”乃二人谋取他人婴儿负之，衣以文葆，匿山中。程婴出，谬谓诸将军曰：“婴不肖，不能立赵孤。谁能与我千金，吾告赵氏孤处。”诸将皆喜，许之，发师随程婴攻公孙杵白。杵白谬曰：“小人哉程婴！昔下宫之难不能死，与我谋匿赵氏孤儿，今又卖我。纵不能立，而忍卖之乎！”抱儿呼曰：“天乎天乎！赵氏孤儿何罪？请活之，独杀杵白可也。”诸将不许，遂杀杵白与孤儿。诸将以为赵氏孤儿良已死，皆喜。然赵氏真孤乃反在，程婴卒与俱匿山中。①

不仅叙事带有浓厚的文学色彩，《史记》更进一步对故事情节进行了改编。首先是故事的情节内容有了新的安排，“《左传》无屠岸贾事，止以婴齐通于庄姬，故庄姬愬于成公，而栾郤徵之，遂灭族”②。《史记》中“赵氏孤儿”的故事多了屠岸贾的故事，塑造了程婴、公孙杵臼等义士形象，宋代史学家刘恕考证认为：“诸书多论程婴、公孙杵臼之事，不知其然乎？晋赵世家与《春秋》内外传不相符合，其说近诬。”③这一变化使作品具有了忠奸斗争的思想内容，赵孤命运的变化也得到了重新安排。其次故事主题也发生了变化，司马迁在《赵世家》中注入儒家倡导

①司马迁：《史记》，韩兆琦评注，岳麓书社 2011 年版，第 663—664 页。

②凌稚隆《史记评林》引余有丁语，见周振甫《史记集评》，重庆大学出版社 2010 年版，第 144 页。

③刘恕：《通鉴外纪》。

的忠义精神，把以程婴为首的三义士救孤殉孤斗争的意义具体明确为忠义、正义与邪恶的较量，彰显义士的忠义精神，这体现了司马迁的思想和价值观。

又如《司马相如列传》中司马相如与卓文君的富有文学色彩的故事：

临邛中多富人，而卓王孙家僮八百人，程郑亦数百人，二人乃相谓曰："令有贵客，为具召之。"并召令。令既至，卓氏客以百数。至日中，谒司马长卿，长卿谢病不能往，临邛令不敢尝食，自往迎相如。相如不得已，强往，一坐尽倾。酒酣，临邛令前奏琴曰："窃闻长卿好之，愿以自娱。"相如辞谢，为鼓一再行。是时卓王孙有女文君新寡，好音，故相如缪与令相重，而以琴心挑之。相如之临邛，从车骑，雍容闲雅甚都；及饮卓氏，弄琴，文君窃从户窥之，心悦而好之，恐不得当也。既罢，相如乃使人重赐文君侍者通殷勤。文君夜亡奔相如，相如乃与驰归成都。家居徒四壁立。①

《史记》中的这段描写可谓是后世才子佳人小说的鼻祖，颇具小说意味。司马迁却将其写入正史，是不同于传统思想的表现，可谓独具慧眼。

三、擅长使用写生手法描摹刻画

《史记》的文学色彩还体现在其中有很多类似小说的、故事情节生动的描写。从创作方法上来看，司马迁不仅交代性地叙述说明了人物事件，还特别擅长以形象的描绘写人写事，使用写生手法对所写的历史人

①司马迁：《史记》，韩兆琦评注，岳麓书社 2011 年版，第 1563 页。

物和历史事件描摹刻画，使其逼真传神，如在读者眼前。

如《越王勾践世家》里关于范蠡功成身退后的故事叙述：

> 范蠡乃装其轻宝珠玉，自与其私徒属乘舟浮海以行，终不反。于是句践表会稽山以为范蠡奉邑。范蠡浮海出齐，变姓名，自谓鸱夷子皮，耕于海畔，苦身戮力，父子治产。居无几何，致产数十万。齐人闻其贤，以为相。范蠡喟然叹曰："居家则致千金，居官则至卿相，此布衣之极也。久受尊名，不祥。"乃归相印，尽散其财，以分与知友乡党，而怀其重宝，间行以去，止于陶，以为天下之中，交易有无之路通，为生可以致富矣。于是自谓陶朱公。复约要父子耕畜，废居，候时转物，逐什一之利。居无何，则致赀累巨万。天下称陶朱公。①

此两段不仅表现了范蠡具有长远的眼光，也展现了他极具经商头脑。

《滑稽列传》中，西门豹为民除害兴利的事迹也是以小说家的笔法生动道出：

> 至其时，西门豹往会之河上。三老、官属、豪长者、里父老皆会，以人民往观之者三二千人。其巫，老女子也，已年七十。从弟子女十人所，皆衣缯单衣，立大巫后。西门豹曰："呼河伯妇来，视其好丑。"即将女出帷中，来至前。豹视之，顾谓三老、巫祝、父老曰："是女子不好，烦大巫妪为入报河伯，得更求好女，后日送之。"即使吏卒共抱大巫妪投之河中。有顷，曰："巫妪何久也？弟

①司马迁：《史记》，韩兆琦评注，岳麓书社 2011 年版，第 644 页。

子趣之!"复以弟子一人投河中。有顷,曰:"弟子何久也?复使一人趣之!"复投一弟子河中。凡投三弟子。西门豹曰:"巫妪弟子是女子也,不能白事,烦三老为入白之。"复投三老河中。西门豹簪笔磬折,向河立待良久。长老、吏傍观者皆惊恐。西门豹顾曰:"巫妪、三老不来还,奈之何?"欲复使廷掾与豪长者一人入趣之。皆叩头,叩头且破,额血流地,色如死灰。西门豹曰:"诺,且留待之须臾。"须臾,豹曰:"廷掾起矣。状河伯留客之久,若皆罢去归矣。"邺吏民大惊恐,从是以后,不敢复言为河伯娶妇。①

这一段西门豹为民除害的故事写得非常生动,以"往观之者三二千人"渲染场面之壮阔,接下来一连串的问答中显示的西门豹的冷静与智慧,他以其人之道还治其人之身,不动声色之间便将害人的巫祝们投入河中,得到了应有的惩罚,使这一众人"皆叩头,叩头且破,额血流地,色如死灰"。

可永雪先生说:"司马迁有很高的写生本领,他的一支笔,遇状物足以穷形尽相,论传情善于勾魂摄魄,譬拟形容,无所不能,已经达到意到笔随的境地。"②总而言之,《史记》不仅是伟大的历史论著,也具有鲜明的文学特征。

第二节 史传文学对中国古典小说的影响

《史记》属于传记文学,《红楼梦》属于中国古典小说,虽然说二者

①司马迁:《史记》,韩兆琦评注,岳麓书社2011年版,第1711页。
②可永雪:《史记文学成就论稿》,内蒙古教育出版社1991年版,第124页。

属于不同文体，但却有一定的联系。要研究《史记》与《红楼梦》的联系，首先应该谈谈史传文学与中国古典小说之间的关系。

中国文学崇尚理性、长于抒情的基本特征使诗文成为中国文学的正统，中国古典小说的发展比较缓慢，是一种晚熟的文学形式。中国古典小说的发展经历了带有实录性质的“稗官野史”—文史结合体—文人独立创作几个阶段，在小说漫长的发展过程中，小说和历史都有着紧密联系。

《史记》开创了以人为中心的纪传体形式之后，叙事文学在写人成就方面大大提高，《史记》的叙事艺术、写人艺术为小说发展提供了丰富的经验，其历史素材也成为中国古典小说的重要创作题材。在史传文学的影响之下，六朝时期产生了大量的志怪志人小说，开启了中国古典小说创作的先河；唐代传奇在前代史传传统和志怪志人小说的基础上发展成熟；之后的话本小说、章回体小说，也未脱离传记的影响。中国古典小说的发展与史传文学有着密切的联系，史传文学的叙事艺术、写人艺术为小说发展提供了丰富的经验，史传文学中的历史素材也成为中国古典小说的重要创作题材。中国古典小说的发展过程经历了由实录（如志人小说）到虚实相生（如“三分虚构七分事实”的历史意义小说），再到完全虚构（纯小说）的不同阶段，在小说漫长的发展过程中，小说和历史有着紧密联系。班固在《汉书·艺文志》中说：“小说家者流，盖出于稗官。街谈巷语，道听途说者之所造也。孔子曰：‘虽小道，必有可观者。’”①刘知几说：“国史之任，记事记言，视听不该，必有遗逸。于是好奇之士，补其所亡……此之谓逸事者也。”②认为小说是“国史之余”，

①班固：《汉书》，中华书局2007年版，第338页。
②刘知几：《史通·杂述篇》，上海古籍出版社2015年版，第246页。

是从正史中分流出来的一部分，是“正史之余也”①。

正是因为小说和历史有着密切联系，从文学接受的角度来看，读者往往习惯以“史”的标准来衡量、评价小说。夏志清先生在《中国古典小说史论》中认为：

> 中国的明清时代，作者与读者对小说里的事实比小说本身更感兴趣。最简略的故事，只要里面的事实吸引人，读者也愿接受……他们相信小说不能仅当作艺术品而存在，不论怎样伪装上寓言的外表，它们只可当作真情实事，才有存在的价值。它们得负起像史书一样化民成俗的责任。②

历代评论家在评论《红楼梦》时也常常称以“班马史笔”，《红楼梦》虽然是小说，但从此书传世以来，一些索隐派的学者就透过字面探索作者隐匿在书中的真人真事，想透过小说探求隐含其中的历史人物和历史事实。他们或是认为《红楼梦》的故事是讲纳兰明珠的家事，或是认为宝黛爱情故事映射清世祖与董鄂妃的故事，或是认为此书有反清复明的思想，众说纷纭。后来胡适又通过考证曹雪芹的身世，认为《红楼梦》是曹雪芹以曹家的故事为基础创作的带有自传性的小说，在红学研究中引起了轩然大波。不管是“索隐派”还是“考证派”，读者往往试图探究小说故事背后的历史真相，把它当作真情实事来解读。

史传文学在中国文学史上一直很发达，从《史记》到后来每一个朝代，统治者都有修史的传统，这也使得中国历史文化源远流长、绵延不

①〔明〕抱翁老人：《古今奇观序》，北方文艺出版社2010年版，第2页。

②夏志清：《中国古典小说史论》，江西人民出版社2001年版，第14页。

断。史官文化对中国文学产生了深远的影响，大量的历史人物或历史故事成为后世文学创作的基本素材；成熟的叙事艺术也为后来的叙事文学提供了可借鉴的艺术手法。《史记》作为史传文学中最具有文学色彩的一部，自然对中国文学产生了深远影响。《红楼梦》是中国古典小说的巅峰之作，其叙事艺术之完美、人物形象之经典、思想内容之深刻，是其他中国古典小说不能匹敌的。《红楼梦》能够取得如此大的艺术成功，成为中国古典小说的集大成之作，不仅因为曹雪芹的出众才华和人生经历，还有其对前代创作成就的借鉴与创新。中国古典小说的真正母体是史传文学，史传中《史记》又极富文学色彩，对后世的文学创作有一定影响，曹雪芹博学多闻，《红楼梦》的创作也从《史记》中汲取了丰富的经验。

第三节 《史记》在清代的研究与传播

《史记》开创了以人物为中心的纪传体新体例，是史学论著的里程碑。关于《史记》的研究，从汉代开始兴起，到清代达到了《史记》研究的高峰，清代是中国传统文化与文学的集大成时代。

一、清代学者研究《史记》的基本状况

清代前期民族矛盾突出，一些遗民诗人和思想家通过提倡传统汉文化的方式维持民族自尊心，作为二十四史之首的《史记》自然是进步思想家们推崇的文本，所以，《史记》在民间的流传非常广泛。同时清廷官方也非常重视《史记》研究，康熙年间撰修《明史》，乾隆年间四库开

馆都说明了清代统治者对《史记》的重视。据张新科老师《史记学概论》所统计的资料表明，清代研究《史记》并有文章著作的学者有300余人。清代学者的研究成就主要表现在对《史记》内容、史实、时间、文字等考证，学者们在考证过程中注意搜集各种资料以供佐证，使得《史记》所载内容有更深入更广泛的传播。出身于钟鸣鼎食、书香世家的曹雪芹，从小受过良好的教养与文化熏陶，对于《史记》这样一部显学之作必有所读。

除了考据外，清人研究《史记》的成就还主要表现在对《史记》的评论方面，特别是对《史记》的文学成就进行了多方面的评论，为当时以至后世的文学创作产生了重要影响。如刘熙载《艺概·文概》说："《史记》叙事，文外无穷，虽一溪一壑，皆与大江大河相若。"汤谐评说："《史记》之文，一篇自有一法，或一篇兼具数法，烟云缭绕处，几于勺水不漏，而寄托遥深，迷离变幻，使人莫可端倪。一片惨淡经营之意匠，皆藏于浑浑沦沦浩浩落落之中，所以为微密之至，而其貌反似阔疏也。"①

清代学者进一步探讨了《史记》与小说创作的关系以及影响，把《史记》与小说创作结合起来进行文学评论，如早于曹雪芹的张竹坡在《批评第一奇书〈金瓶梅〉读法》中就说出了《金瓶梅》的创作与《史记》的相通之处，认为"《金瓶梅》是一部《史记》……固知作《金瓶梅》者，必能作《史记》"。金圣叹的"六才子书"将《水浒传》《史记》《西厢记》《庄子》《离骚》《杜工部集》并列，邱炜萲认为："吾人所见小说，自以曹雪芹《红楼梦》位置为'第一才子书'为最的论。此书在圣叹时尚未出世，故

①汤谐：《史记半解·杂述》，见张新科等主编《史记研究资料萃编》，三秦出版社2011年版，第445页。

圣叹不得见之，否则，何有于《三国志演义》?"①同时，他们认为小说的文学技法来源于《史记》，金圣叹说"《水浒传》的方法，都从《史记》而来"，毛宗岗说"《三国》叙事之佳，直与《史记》仿佛"。评论者将《史记》和小说结合起来进行探讨，一方面体现了《史记》的文学特性，作家在创作中无意识地接受了《史记》的影响，另一方面体现了评论者有意识地强调《史记》对小说创作的作用，借助《史记》提高了小说的地位。曹雪芹生于当世，在这样一种学术氛围中自然会受到很大影响。这为其创作《红楼梦》过程中接受《史记》提供了基本的学术氛围和社会环境。

二、清代学者研究《史记》的代表成果

清代虽是封建社会的末代王朝，但是在文学方面具有集大成的特点。中华民族历史悠久，文化源远流长，到了清代，已经积累了丰富的资源，不仅为当时的学者提供了大量资料，还有历代学者累积的理论经验。这些宝贵的资源和经验是清代文学发展的重要基础，在此基础上，清代文学诸体兼长，文学家的数量和文学作品的数量也大大增加。《史记》研究在清代也有诸多的成果。

关于《史记》研究的著述，如吴见思所撰《史记论文》，是吴见思一生心血的凝结，他对《史记》的谋篇叙事、体例特征、写作手法等进行了说明，并对司马迁的思想微旨进行发掘。牛运震所撰《史记评注》，对《史记》叙述的特点与规律的论析，每每有独到的见解。他论析《史记》叙事，常从大处着眼，从结构看出叙事的特点与变化，这是以大观小的宏观眼光；又在叙事的多样性与灵活性上，从微观上指出各种不同

①邱炜萲：《菽园赘谈·金圣叹批小说说》，见朱一玄主编《红楼梦资料汇编》，第862页。

方法，以及体圆用神不拘一格的特点。另外对叙事的虚实繁简与事外传情，分析多能别具眼光，益人神智。而且在叙事学上，开阔了视野，从文论上提供了不少有价值的看法，对读者有很多启示作用。姚苎田所撰《史记菁华录》，选择司马迁笔下最精彩的精华部分，对其进行深入分析解读，能够删繁就简，对文章的结构进行分析对字句进行讨论，使情节更加集中，主题更加鲜明，人物形象更加突出。

其他如方苞所撰《读史记》，王又朴所撰《史记七篇读法》，汪越所撰《读史记十表》，李晚芳所撰《读史管见》，汤谐所撰《史记半解》，王鸣盛所撰《史记商榷》，赵翼所撰《史记札记》，钱大昕所撰《史记考异》，邱逢年所撰《史记阐要》，王念孙所撰《史记杂志》，梁玉绳所撰《史记志疑》，丁晏所撰《史记余论》，程余庆所撰《史记集说》等，足见清代学者对《史记》的关注，诸多的研究成果也使《史记》在当时有了非常重要的社会影响。尽管清代《史记》研究的代表作家中有更多晚于曹雪芹的生卒年，但是这种学术与文化氛围为曹雪芹接受《史记》影响也创造了良好的条件。

第四节　作品创作时代的相同特征

一定时期的文学是一定时期社会的反映，《红楼梦》与《史记》两部作品创作的时间虽然相隔千年，但是作品创作的时代特征却有很多类似之处，这种特殊的时代背景在文学创作中也打下了深深的时代印记。

一、辉煌而潜伏危机的时代

《史记》产生于汉武帝统治时期，“司马迁所生活的时代，是一个辉煌的时代，又是一个社会矛盾激烈发展，潜伏的危机已经开始显现的时代”①。这是中国历史发展过程中封建社会的上升时期，物质文明和精神文明都达到了前所未有的新高度。“这个时期的辉煌和鼎盛，可以用四个空前来概括，并以这四个空前为标志。这就是政治上空前统一，经济上空前繁荣，国力上空前强盛和文化上空前发展。”②汉武帝时期，经过汉初几十年的休养生息，政治上的相对稳定促使社会经济有了一定的发展。

> 汉兴，接秦之敝，诸侯并起，民失作业，而大饥馑。凡米石五千，人相食，死者过半。……天下既定，民亡盖藏，自天子不能具醇驷，而将或乘牛车。③
>
> 汉兴七十余年之间，国家无事，非遇水旱之灾，民则人给家足，都鄙廪庾皆满，而府库余货财。京师之钱累巨万，贯朽而不可校；太仓之粟陈陈相因，充溢露积于外，至腐败不可食。④

以上两段史书中的记载，说明了汉初到汉武帝统治时期社会经济发生的变化，汉初由于长期战争的影响，人民流离失所，社会经济的发展受到极大的影响，人民饥馑甚至“人相食”，天子出行连四匹同样毛色的马都不能凑齐。在这样的现实背景下，统治者在经济方面鼓励生产、

①可永雪：《史记文学成就论稿》，内蒙古教育出版社1993年版，第1页。

②可永雪：《史记文学成就论稿》，内蒙古教育出版社1993年版，第1页。

③班固：《汉书·食货志》，中华书局2027年版，第159页。

④司马迁：《史记·平准书》，韩兆琦评注，岳麓书社2011年版，第436—437页。

与民休息，使得社会经济逐渐恢复，到了汉武帝时期，“民则人给家足，都鄙廪庾皆满，而府库余货财”。国力强盛和经济发达使司马迁自有一种盛世文人应有的自豪感。

司马迁所处的时代又是一个社会矛盾激烈的时代，一个潜伏着种种社会危机的时代。因为国力的恢复，汉武帝在对外政策上也作出了很大的调整。汉初由于国力衰微，再加之“白登之围”的失败，汉高祖意识到现有的实力在与匈奴的对抗中不占优势，于是以“和”的方式缓解民族矛盾，实际上在与匈奴的关系上处于被动的局面。汉武帝改变了这一政策，转守为攻，转和为战，这一对外政策的转变是以汉代国力强盛和经济发展为基础的。在与匈奴的主动对抗中，展现了汉民族不屈不挠、不卑不亢的民族精神，但是汉武帝穷兵黩武，连年的战争使得民不聊生，造成了巨大的社会影响。

在这样特殊的社会背景下，司马迁“究天人之际，通古今之变，成一家之言”，写成《史记》，希望在历史发展的时间序列中，通过一个个历史人物的再现，从而总结成败得失的历史经验，探究历史发展的必然规律。

《红楼梦》创作的时代背景和《史记》创作的时代特征颇为相似，都是产生于一个既辉煌而又潜伏种种矛盾危机的时代。尽管曹雪芹的身世经历留存下来的史料不多，甚至他的生卒年也没有一个定论，但是大约可以推算出曹雪芹生活的时代在“康乾盛世”时期，《红楼梦》大约也成书于此时。这一时期是清王朝社会经济发展的繁荣时期，清军入关后建立清政府，经过百余年的发展，政治上的统治趋于稳定，社会经济也有极大的发展。作为家庭题材小说的《红楼梦》，以现实主义的笔墨描绘了 18 世纪中国社会的世情百态，作者以贾府这个贵族家庭为切入点，也侧面反映了当时社会繁荣。贾府府宅设置的豪华奢丽、诸人吃穿用度的讲究、生活娱乐的丰富，正是时代的缩影。

清朝是少数民族统一的政权，在入关后吸取了元朝灭亡的经验，在民族政策方面并没有像蒙古族统治者那样实行民族等级制度，而是积极推崇儒学、推行汉法，并且提倡“满汉一体”，任用汉人为官，实行科举制度，这为读书人开辟入仕的道路，受到了汉族知识分子的拥护，很大程度上缓和了民族矛盾。

但是这一时期也是清王朝统治危机四伏的时期，也是清王朝由盛而衰的转折时期。放眼世界，十八世纪是世界各国发展的重要时期，资本主义国家在极力扩张的同时，大清王朝还沉浸在自我满足中，这也为后来的亡国埋下了隐患。在《红楼梦》中，我们能够看到一些文化输入的元素，如宝玉房中摆放着的西洋船模型，王熙凤房里的自鸣钟等，这些在当时都是稀有之物，是这个贵族之家尊贵身份的象征，但也是那个时代资本主义文化符号的象征。在这种繁荣与危机的时代背景下，曹雪芹创作了《红楼梦》。

《史记》和《红楼梦》都产生于一个时代的繁荣上升时期，但同时又是一个危机四伏的时代，所以从这两部作品中，我们能看到作品本身所有的时代赋予它的恢宏气势，同时又能够体会到作者在作品中隐含的深深的时代悲哀。

二、思想文化的融合与禁锢

司马迁所处的时代，是一个在思想上兼收并蓄、熔铸贯通的总结时代。先秦时期，百家争鸣的思想解放大潮，在秦统一后“焚书坑儒”的文化专制政策下被压制，大汉王朝建立后，统治者在文化政策上有所松动，挟书令的废除，对文化典籍的收集整理，使文化思想相对自由。比如《太史公自序》中提到的司马谈《论六家要旨》，就体现了思想的多元化。随着社会的稳定和经济的发展，统治者为了巩固统治，便会在思想上也要求统一。汉初由于国力有限，所以汉代统治者尊崇黄老思想，无为而治，主要是为了与民休息，发展经济。到了汉武帝时期，大汉王朝经过几十年的休养生息，国力渐渐强大，所以文化思想政策也随之发生了变化。汉武帝时期，“罢黜百家，独尊儒术”，实际上是统治者在思想文化上的大一统政策，对人们的思想具有一定的钳制性。“罢黜百家，独尊儒术”使得儒家思想成为主导思想，这也成为司马迁思想的核心。

可以说司马迁所处的时代，文化思想上经历了一个开—合的变化，但无论放“开”还是收“合”，都是符合时代需要，为统治者服务的。司马迁经历了这个由开到合的时代，所以在《史记》中既体现出他的思想融会众家之长的融合性，又体现了时代的主流旋律的特征。

曹雪芹所处的时代，在思想文化方面也有着很大的变化。明代中后期，随着资本主义萌芽的产生，传统的思想文化也有了改变。晚明时期，一方面商品经济的发展对传统小农经济有很大的冲击，商业、手工业的发展使市民阶层迅速壮大，生产方式和生活模式的改变，使人们的思想也发生了改变，开始肯定资本和财货。另一方面明代后期政治是存在的种种问题，使统治者对人们的思想禁锢有所放松，对个性解放的追求，对人的欲望的肯定，成为这个时代的思想潮流，极大冲击了封建社会传统的“存天理，灭人欲”的思想。无论是王阳明的“心学”思想，或是李贽提出的“童心”说，都极力提倡把人的思想和个性从“天理”中解放出来。这种思想潮流影响深远，在《红楼梦》中也有明显的体现，“行为偏僻性乖张”的贾宝玉形象便是典型。可见曹雪芹的时代，在思想文化上有对晚明心学思想的延续与继承，体现了思想文化的开放性特征。而清政府建立后，为了缓和民族矛盾，也积极与汉代文化思想融合，也体现了文化思想的开放性。

随着清王朝统治的渐渐稳固，统治者在思想文化上采取了一系列禁锢思想的文化专制政策，文字狱的盛行使文人不敢随意发表言论，

第五节 作家的生平遭际与创作动机

《红楼梦》和《史记》虽然是不同性质的文学作品，也是不同时期的作品，但是作家相似的个性特征和人生际遇为曹雪芹在创作《红楼梦》的过程中自觉接受《史记》提供了思想条件。

一、作家类似的生平经历

除了直接的影响外，作家的生平遭际如果有诸多类似，便会产生更多的共鸣，在文学创作中便会有许多共通之处。司马迁和曹雪芹尽管不是同一时期的人，但是在生平遭际方面也有许多类似的地方。司马迁用全身心写人和事，用毕生精力和心血写成《史记》，曹雪芹"于悼红轩中，披阅十载，增删五次，撰成《红楼梦》"，也是用毕生精力写成此书。

1. 丰富的学养

司马迁和曹雪芹都有丰富的知识修养，作者良好的家学渊源和深厚的文化修养，是他们创作出伟大作品的首要前提和基本条件。

根据司马迁《太史公自序》中所述，他的祖上有从事经济、法律、

天文、史官的经历，司马迁生活在一个世代相传的史官家庭，他的祖先曾“世典周史”，他的父亲司马谈通晓天文历法，精通各家学说。生活在这样一个有深厚家学渊源的环境里，对司马迁的思想和人格有重要的影响，优良的家学传统祭奠了他丰富知识学养的基础。

汉武帝时期儒家思想被尊为正统，司马迁曾向孔安国、董仲舒等当时著名的思想家和学者们学习，接受了儒家思想的教育，其主流的思想倾向和当时的时代要求一致的。但是司马迁的思想又具有一定的开放性，先秦时期开放的文化思潮也极大影响了司马迁。司马迁接受父亲遗命，志在撰成《春秋》之后使明主贤君忠臣死义之士都能够得以论载的史著，在撰书过程中，太史公的身份使他能够掌握更多丰富的史料，他肯定会大量阅览前代的典籍文献，掌握丰富的历史资料，使自己具备丰富的学养，为《史记》创作奠定了重要的基础。从先秦的文献中汲取诸多资料，先秦时期诸家言论思想自然也会对司马迁有很大影响，使他能够博采众长，融合百家之言“成一家之言”。

“纸上得来终觉浅，绝知此事要躬行”，司马迁除了饱读诗书，读万卷书之外，还行万里路，以求知行合一。他 20 岁开始周游各地，“南游江、淮，上会稽，探禹穴，窥九疑，浮于沅、湘；北涉汶、泗，讲业齐、鲁之都，观孔子之遗风，乡射邹、峄；戹困鄱、薛、彭城，过梁、楚以归。”这段丰富的漫游经历和实地考察，使他对历史文化有了更加具体深刻的考证和认识，这对他后来著作《史记》有更直接的影响。

从《红楼梦》作品内容中，读者也可以感受到曹雪芹的才华，他多才多艺，能诗善文、琴棋书画、烹饪医术无不精通。除了个人的才华之外，据考证，曹雪芹的祖上在康熙王朝时和皇帝的关系非常紧密，康熙南巡数次以曹家作为行宫，曹家从曹雪芹的曾祖曹玺开始，祖父曹寅，以及父辈曹颙和曹頫，前后担任江宁织造一职，官品虽然不高但是属于内务府织造，有着特殊地位。曹雪芹幼年“曾随其先祖寅织造之任”（敦诚《寄怀曹雪芹》诗“扬州旧梦久已觉”句下小注），自小生长在一个富贵煊赫而文化气氛浓郁的家庭，受到了很好的教育与熏陶。他的祖父曹寅是一个有诗才、颇擅风雅的文人雅士，曾主持刊刻了《全唐诗》和《佩文韵府》，这些都潜移默化地熏陶了曹雪芹。这样的钟鸣鼎食、书香门第之家，家中应当有大量的藏书可供他阅读，自幼生活在这样的环境中，耳濡目染使他从小就有良好的文化教养。

司马迁和曹雪芹都有良好的家学渊源，应该从小都接受了良好的教育，有丰富的知识积累，这为他们能够创作出《史记》和《红楼梦》这样的伟大作品，奠定了坚实的文化基础。

2. 坎坷的人生经历

俄国批评家杜勃罗留波夫说过：“决定艺术家世界观的不是教条的世界观，而是具体感受生活的世界观。”①无论司马迁还是曹雪芹，他们的人生都经历了很大的挫折，坎坷的人生经历、生活境遇的改变是其创作的重要动机。

司马迁的生平资料保存相对完整，他的人生经历在《史记·太史公自序》中有详细载录。司马迁的前半生相对顺意，读书、漫游、受父命为太史公，在大汉王朝处于上升阶段时，司马迁是一个耿介忠君、满怀理想的史官。他希望撰写一部继《春秋》之后伟大的史书，在汉兴之际，在海内一统的背景下，使明主贤君、忠臣死义之士能够载入史册，千秋

①波斯彼洛夫：《文学原理》，生活·读书·新知三联书店1985年版，第105页。

留名。一方面了却父亲的遗愿，一方面也可润色鸿业，展现大汉王朝的宏伟巨丽的文化特征。

“李陵之祸”是司马迁人生的转折点。天汉二年(前99)，汉武帝派贰师将军李广利领兵讨伐匈奴，李陵带领五千人随从押运辎重，途中遇到匈奴大军突袭，寡不敌众，李陵被俘。消息传到长安，说李陵兵败投降，汉武帝大怒。司马迁与李陵同在门下为官，但是平时交情并不深厚，但是司马迁很敬重李陵的为人，“观其为人，自守奇士，事亲孝，与士信，临财廉，取予义，分别有让，恭俭下人，常思奋不顾身以徇国家之急。其素所畜积也，仆以为有国士之风。”①因此在汉武帝询问的时候替李陵辩护，结果被下狱治罪。司马迁恪守史官职责，出于公正为李陵辩护，结果却使自己身陷囹圄，在危难之际，同僚、友人却无人能够伸出援手，自己又无财力赎罪，最终被处以宫刑。正直在权力面前显得微不足道，人情在利益面前如此苍白无力，这段切身之痛的遭遇，使司马迁的思想有了很大的变化。司马迁创作《史记》的动机也由“完成父亲遗命”“润色鸿业”，一变而为“发愤抒情”，他在撰写史书过程中，借历史人物的悲剧命运抒发个人胸中块垒之情。

人生经历中的挫折会改变作者对现实社会的认知，使作者的思想发生变化，也会使作家创作的风格和赋予作品的思想发生变化。正如王国维先生所言：“客观之诗人，不可不多阅世，阅世愈深，则材料愈丰富，愈变化。”②司马迁创作《史记》如此，曹雪芹创作《红楼梦》也是如此。

曹雪芹的生平资料传世的并不多，但在有限的资料中可以得知他的

---

①司马迁：《史记》，韩兆琦评注，岳麓书社2011年版，第1811页。

②王国维：《人间词话》，汉语大词典出版社2004年版，第45页。

一生“生于繁华，终于沦落”，经历也很坎坷。据史料证明，曹雪芹的曾祖母曾经是康熙皇帝的乳母，曹家和皇族有着密切的关系。曹家从曹雪芹的曾祖父曹玺开始，三代四人历任江宁织造数年。据《上元县志》载：“玺少好学，沉深有大志，及壮补侍卫，随王师征山右有功。康熙二年特简督理江宁织造。织局繁剧，玺至，积弊一清，于略为上所重。……子寅，字子清，号荔轩，四岁能辩四声，长，尤工于诗。……仍督织江宁，特赦加通政史，特节兼巡视两淮盐政。……孙颙，嗣任三载。因赴都染疾，寻卒。上叹息不置，因命仲孙頫复继织造使。”①江宁织造虽然官阶不是非常高，但是地位却非常特殊。清初完成大一统后，满汉民族矛盾非常尖锐，清王朝定都北京，江南地区因为偏离政治中心，所以人们的反清思想依然存在。统治者为了便于掌握情况，便在江南地区安插亲信作为“眼线”，以便于了解民情舆论，曹家因为和康熙皇帝特殊的关系，所以在当时担任的即是这一角色。康熙皇帝南巡时，四次都以曹家为行宫，可见曹家深得皇帝信任，地位非常显赫。曹雪芹早年就是在这样的家庭中，过着锦衣玉食的贵族公子的生活。

曹家的辉煌随着皇权的更迭也渐渐结束了。曹家在江宁织造任上便已亏空，康熙皇帝念及与曹家的交情并未责罚。雍正继位后，责令曹家清补江宁织造亏空，并要求“务期三年之内，清补全完，以无负万岁开恩矜全之至意”②。但是因为亏空甚多没法补上，最终曹家被查抄。扬扬赫赫的曹家从此一落千丈，“曹家京城家产人口及江省家产人口，俱奉旨赏给隋赫德。后因隋赫德见曹寅之妻孀妇无力，不能度日，将赏伊

①(康熙)《上元县志》，见朱一玄主编《红楼梦资料汇编》，南开大学出版社2012年版，第2页。

②《江宁织造曹頫奏谢准允将织造补库分三年带完折》，见朱一玄主编《红楼梦资料汇编》，南开大学出版社2012年版，第15页。

之家产人口内，于京城崇文门外蒜市口地方房十七间半，家仆三对，给予曹寅之妻孀妇度命。”①曹家由此败落，曹雪芹的生活境况也一落千丈，他也由一个贵族公子转而成为一个卖画沽酒的落魄文人，残酷的现实使曹雪芹亲身体会到世态炎凉和人情冷暖。

坎坷的人生、丰富的阅历成为作家的一笔精神财富，也成为他们创作的思想基础。坎坷的人生经历，也使《史记》和《红楼梦》充满了浓厚的悲剧色彩，司马迁和曹雪芹把个人的人生经历和作品中的人物关合起来，借他人之酒杯浇胸中之块垒。

3. 个性气质的类似

司马迁是一个什么样的人，通过他的生平经历可见一斑。《太史公自序》中叙到：“迁生龙门，耕牧河山之阳，年十岁则诵古文，二十而南游江、淮，上会稽，探禹穴，窥九疑，浮于沅、湘；北涉汶、泗，讲业齐、鲁之都，观孔子之遗风，乡射邹、峄；戹困鄱、薛、彭城，过梁、楚以归。于是迁仕为郎中，奉使西征巴、蜀以南，南略邛、笮、昆明，还报命。”②从这一段自述中可以看出，司马迁十岁诵古文，从小接受文化教育，有良好的文学修养。二十岁以后，他有一段漫游经历，足迹遍布大江南北，这段经历增长了司马迁的见识，也开阔了他的视野。入仕后又曾“西征巴、蜀以南，南略邛、笮、昆明”，南北征战的经历使司马迁对现实有了更深刻的体会，这就使他区别于一般的文人。司马迁壮年漫游可见其个性中的豪放，南征北略足见他身上的英气。也许只是因为此，此后的李陵事件中，他才敢站出来为李陵打抱不平，甚至不

①《刑部为知照曹頫获罪抄没缘由业经转行事致内务府移会》，见朱一玄主编《红楼梦资料汇编》，南开大学出版社 2012 年版，第 18 页。

②司马迁：《史记》，韩兆琦评注，岳麓书社 2011 年版，第 1775 页。

惜忤逆君王，这是作为太史公追求公正的职责体现，也是他刚毅正直个性的体现。

司马迁的个性特征从他的创作中也可窥见一斑。宋代文学家张耒说："司马迁尚气好侠，有战国豪士之余风，故其为书，叙用兵、气节、豪侠之事特详。"①通观《史记》，确实如此，体现了司马迁尚气好侠的个性特点。当代学者可永雪认为司马迁"重感情、讲气节、禀赋了一身浓重的诗人气质而缺少哲人的沉静与深邃"②。由此可见，司马迁的个性中既有豪迈、旷放的一面，又有真率、感性的一面；既具有浓厚的文人气质，又具有侠肝义胆。

关于曹雪芹的历史资料留存下来的不多，在现有的资料中，关于他的身世说法不一。如西清在《桦叶述闻》中说："曹雪芹何许人，不尽知也。雪芹名沾，汉军也。其曾祖寅，字子清，号楝亭，康熙间名士，累官通政。"③清代梦痴学人《梦痴说梦》中说："《红楼梦》一书，作自曹雪芹先生。先生系内务府汉军正白旗人，江宁织造曹楝亭公子。"④《红楼梦》旧本批语也说"曹雪芹为楝亭之子"。根据学者考证，曹雪芹应该是曹寅之孙，曹寅为江宁织造时，曹雪芹曾经随任，所以经历了一番"繁华声色"的生活。

曹雪芹的个性如何，从仅有的资料中可窥见一斑。《红楼梦》旧本批语说他"通文墨，不得志，遂放浪形骸，杂优伶中，时演剧以为乐"⑤。裕瑞《枣窗闲笔》中载："其人身胖头广而色黑，善谈吐，风雅

①张耒：《司马迁论》，见《张右史文集》第56卷。
②可永雪：《史记文学成就论稿》，内蒙古教育出版社1991年版，第23页。
③见朱一玄主编《红楼梦资料汇编》，南开大学出版社2012年版，第29页。
④见朱一玄主编《红楼梦资料汇编》，南开大学出版社2012年版，第33页。
⑤周汝昌：《曹雪芹小传》，百花文艺出版社1980年版，第95页。

游戏，触境生春。闻其奇谈娓娓然，令人终日不倦。是以其书绝妙尽致。”可见曹雪芹是一个豪放不羁、有才而不得志的文人。

曹雪芹与当时的落魄贵族子弟敦诚敦敏兄弟为知交，在二人所作关于曹雪芹的诗作中，可以看出曹雪芹的个性特征，著录几首如下：

赠曹芹圃(敦诚)

满径蓬蒿老不华，举家食粥酒长赊。

横门僻巷愁今雨，废馆颓楼梦旧家。

司业青钱留客醉，步兵白眼向人斜。

阿谁买与猪肝食，日望西山餐暮霞。

“步兵”即阮籍，此诗以阮籍比喻曹雪芹，说明二者个性有相似之处。《晋书·阮籍传》载：“籍又能为青白眼，见礼俗之士，以白眼对之。及嵇喜来吊，籍作白眼，喜不怿而退。喜弟康闻之，乃赍酒挟琴造焉，籍大悦，乃见青眼。”此诗中借用阮籍的典故，说明曹雪芹真率、不拘礼法的个性。

寄怀曹雪芹(敦诚)

少陵昔赠曹将军，曾曰魏武之子孙。

君又无乃将军后，于今环堵蓬蒿屯。

扬州旧梦久已觉，且著临邛犊鼻裈。

爱君诗笔有奇气，直追昌谷破藩篱。

此诗又言曹雪芹为曹操后代，说明他有雄才大略与豪情，即使如今“环堵蓬蒿屯”，遭受困厄，也会坦然接受现实，像司马相如当年困顿之时临邛卖酒谋生，而不是沉溺于“扬州旧梦”，可见其洒脱与豪情。

挽曹雪芹(敦诚)

四十年华付杳冥，哀旌一片阿谁铭。
孤儿渺漠魂应逐，新妇飘零目岂瞑。
牛鬼遗文悲李贺，鹿车荷锸葬刘伶。
故人唯有青衫湿，絮酒生刍上旧垧。

这首挽诗中把曹雪芹比作李贺、刘伶，李贺被后人称为“诗鬼”，有才气但却生平坎坷，此诗中以李贺比曹雪芹，突出说明他的才情；刘伶是“竹林七贤”之一，平生嗜酒、桀骜不驯，此处也借以说明曹雪芹的个性特征。

通过以上诗作也能够看出曹雪芹的某些个性特点，敦诚在诗里把曹雪芹比作阮籍、李贺、刘伶，阮籍的狂傲、李贺的才情、刘伶的不羁在曹雪芹身上都有所体现。正如敦诚在联句诗中评价曹雪芹的那样：诗追李昌谷，狂于阮步兵。

通过以上的评论与分析可以看出，司马迁和曹雪芹都有丰富的学识，都有浪漫精神和豪侠之情。司马迁和曹雪芹二人所处时代虽相隔千余年，但二者在秉性气质方面也有类似的地方，这种内在的共通性也为曹雪芹能够接受司马迁的影响提供了基础。

二、作者类似的创作动机

杨荫深认为“后世的史书不过记载史事而已。他(司马迁)却用他的一支扶摇磅礴的笔，写出他涵养丰厚的心胸，所以名为叙述史事，实是一部伟大的创作，不仅可作史书读，实可当作一部小说读”①。可见《史记》不仅写史，还有抒情色彩。因为《史记》浓郁的抒情性，所以使读者容易产生情感的共鸣：“今人读《游侠传》，即欲轻生；读《屈原贾谊传》即欲流涕；读《庄周》《鲁仲连传》，即欲遗世；读《李广传》，即欲立斗；读《石建传》，即欲俯躬；读《信陵》《平原君传》，即欲养士。若此者何哉？盖各得其物之情，而肆于心故也，而固非区区句字之激射者也。”②可见司马迁笔下的人物传记非常感人，活灵活现，能移人情。

清代二知道人在《〈红楼梦〉说梦》中道：“盲左、班、马之书，实事传神也；雪芹之书，虚事传神也。然其意中，自有实事，罪花业果，欲言难言，不得已而托诸空中楼阁耳。”③无论《史记》还是《红楼梦》，都是作者借以“传神”的方式，二者在创作的主观上有共通性。

1. 发愤抒情

司马迁和曹雪芹能够把内心的隐微之情在创作中体现出来，发愤以著书。《史记》和《红楼梦》作为中国古典文学作品中叙事文学的两个高峰，都有着丰富而深刻的内涵。二者的不同在于《史记》作为史书，司马迁借真实的历史来抒情；《红楼梦》作为小说，“曹雪芹之孤愤，假儿女以发之，同是一把辛酸泪也”④，曹雪芹以虚构的人物和故事表达情感。

金圣叹说：“大凡读书，先要晓得作书之人是何心胸。如《史记》须

①杨荫深：《中国文学史大纲》，商务印书馆新加坡分馆 1968 年版，第 60 页。

②茅坤：《史记钞读史记法》，见张新科等主编《史记研究资料萃编》，三秦出版社 2011 年版，第 408 页。

③蔡家琬：《二知道人集》，人民文学出版社 2016 年版，又见冯其庸《重校八家评批红楼梦》，江西教育出版社 2000 年版，第 789 页。

④蔡家琬：《二知道人集》，人民文学出版社 2016 年版。

是太史公一肚皮宿怨发挥出来，所以他于《游侠》《货殖传》特地着精神。乃至其余诸记传中，凡遇挥金杀人之事，他便啧啧赏叹不置。一部《史记》，只是'缓急人所时有'六个字，是他一生著书旨意。"①可见《史记》不仅仅是记载历史事件、描写历史人物，"它所写的不是单纯的历史事实、客观的历史现象，同时还写进了作者的生活体验和生活发现，写进了自己的寄托"②。在历史中融入了个人的情感。司马迁在《报任安书》中道出了他创作《史记》的动机：

> 盖西伯(文王)拘而演《周易》；仲尼厄而作《春秋》；屈原放逐，乃赋《离骚》；左丘失明，厥有《国语》；孙子膑脚，《兵法》修列；不韦迁蜀，世传《吕览》；韩非囚秦，《说难》《孤愤》；《诗》三百篇，大底圣贤发愤之所为作也。此人皆意有所郁结，不得通其道，故述往事、思来者。③

司马迁揭示出古代很多名家都是在遭逢厄难、处于逆境时创作出不朽的作品传世，这都是作者为了寄托自己的理想而作，只有在遭遇坎坷与磨难之时，才会有更深刻的认识。纵观古代的先贤，大都是在人生遇挫命运不济时发愤著书，司马迁从古代先贤的身上看到了更大的价值，发愤而著书，借历史人物浇自己胸中之块垒。正如范文澜先生所说"史迁为纪传之祖，发愤著书，辞多寄托。景武之世，尤著微旨，彼本自成

①金圣叹：《读第五才子书法》，见金圣叹，李卓吾点评《水浒传》，中华书局2009年版，第1页。

②可永雪：《史记文学成就论稿》，内蒙古教育出版社1991年版，第106页。

③司马迁：《史记》，韩兆琦评注，岳麓书社2011年版，第1814页。

一家言，体史而义诗，贵能言志云尔”①。鲁迅先生认为《史记》是“无韵之《离骚》”，把《史记》比作《离骚》，不仅体现了《史记》的文学价值，同时也说明司马迁写《史记》和屈原写《离骚》一样，都属于发愤抒情之作。

在《史记》中，司马迁多处借历史人物感慨个人的遭际命运，借以发愤抒情。刘大魁《论文偶寄》：“子长文字，微情妙旨，寄之笔墨蹊径之外。”吕祖谦说：“太史公之书法，岂拘儒曲士所能通其说乎？其义指之深远，寄兴之悠长，微而显，绝而续，正而变，文见于此而义起于彼，若鱼龙之变化，不可得其踪迹者矣。”②如《鲁仲连邹阳列传》中，司马迁借二人遭际写出自己的人生理想、身世之悲。《汲郑列传》中，司马迁也借历史人物发抒个人情感，如牛运震所说“汲黯乃太史公最得意人，故特出色写之。当其时，势焰横赫如田蚡，阿谀固宠怀诈饰智如公孙弘、张汤等，皆太史公所深嫉痛恶而不忍见者，故于灌夫骂坐，汲黯面诋弘、汤之事，皆津津道之，如不容口，此太史公胸中垒块借此一发者也”③。《屈原贾生列传》中，司马迁记叙了屈原和贾生的出众才华，写了他们的忠心报国，但是却遭谗毁有才而不得重用的遭际，作者以极强的情感对屈原和贾谊一生怀才不遇的坎坷遭遇寄予了极大的同情，字里行间也流露出个人的身世之慨。

《晏子传》中有：“执盖之妇，羞其夫为晏子御，太史公乃愿为执鞭，何哉？盖太史公以李陵故被刑。汉法腐刑许赎，而生平交游故旧，

①范文澜：《文心雕龙注·史传》见《范文澜全集》第四卷，河北教育出版社 2002 年版，第 269 页。

②杨燕起等编《历代名家评史记》，北京师范大学出版社 1986 年版，第 200 页。

③牛运震：《史记评注》卷十一，魏耕原、张亚玲整理点校，三秦出版社 2011 年版，第 313 页。

无能如晏子解左骖赎石父者，自伤不遇斯人而过激仰羡之词耳。”①《游侠列传》中司马迁赞美“以武乱禁”的游侠，“此正是太史公愤激著书处，观其言，以术取宰相卿大夫，辅翼其世主，功名俱著者为无可言，而独有取于布衣之侠。又以虞舜井廪、伊尹鼎俎、傅说版筑、吕尚卖食、夷吾桎梏、百里饭牛，以至孔子畏匡之事，以见缓急人所时有，世有如此者，不有侠世士济而出之。彼拘学抱咫尺之义者，如其《说难》与《孤愤》虽累数百，何益于事。”②又引茅坤曰：“太史公下腐时，更无一人出死力救之，所以传游侠，独蕴义结胎在此。”又引董份：“太史公自伤莫救，发愤本意，至是尽显矣。”在他危难之际，没有人救自己，所以他赞美游侠，游侠肯牺牲自我救人于危难时刻，倘若当时他能遇到游侠一样的人，也许自己身不至此，这正是司马迁借历史人物抒写内心情感的“发愤抒情”的方式。

司马迁的“发愤著书”说对后世文人作家影响深远，如韩愈提出的“大凡物不平则鸣”，欧阳修提出的“穷而后工”说，曹雪芹“写出胸中块垒时”等，都和司马迁“发愤著书”在思想上是一脉相承的。

清人认为《红楼梦》与《史记》一样是发愤之作。曹雪芹挚友敦敏在《题序圃画石》诗中写道：“傲骨如君世已奇，嶙峋更见此支离。醉余奋扫如椽笔，写出胸中块垒时。”曹雪芹虽然有才华，但在当时却没有办法施展，所以只有奋笔疾书，借文学创作来抒发胸中之块垒。清人戚蓼生《石头记序》中说：“吾闻绛树两歌，一声在喉，一声在鼻，

①凌稚隆：《史记评林·晏子传》隐舒雅语，见周振甫编《史记集评》，重庆大学出版社2010年版，第193页。

②凌稚隆：《史记评林·游侠列传》引何良俊语，见周振甫编《史记集评》，重庆大学出版社2010年版，第354页。

黄华二牍，左腕能楷，右腕能草。神乎技也，吾未之见也。今则两歌而不分乎喉鼻，二牍而无区乎左右；一声也而两歌，一手也而二牍：此万万不能有之事，不可得之奇，而竟得之《石头记》一书。嘻！异矣。夫敷华掞藻，立意遣词，无一落前人窠臼，此固有目共赏，姑不见论。第观其蕴于心而抒于手也，注彼而写此，目送而手挥，似谲而正，似则而淫，如《春秋》之有微词、史家之多曲笔。……其殆稗官野史中之盲左、腐迁乎！"①《红楼梦》虽然是以虚构为主的小说，但是曹雪芹在这部长篇巨著中倾注了自己的心血与情感。这种寄意抒怀、发愤抒情的创作方法是对司马迁《史记》创作的继承沿袭。

《红楼梦》第一回中作者道："曹雪芹于悼红轩中披阅十载，增删五次，纂成目录，分出章回，则题曰《金陵十二钗》。并题一绝云：满纸荒唐言，一把辛酸泪！都云作者痴，谁解其中味？"②第五回"贾宝玉梦游太虚幻境"里，警幻仙子请宝玉所饮之茗"千红一窟"，所喝之酒"万艳同杯"，脂砚斋批曰："名其茶曰千红一窟，名其酒曰万艳同杯者：千红一哭，万艳同悲也。"作者以现身的笔法写了自己创作的经历和思想，这使《红楼梦》带有作者个人浓厚的情感因素。正如王钟麒所言"著诸书者(《红楼梦》等)其人皆深极哀苦，有不可告人之隐，乃以委曲譬喻出之"。

由此可见，《史记》和《红楼梦》不仅仅是叙事文学，同时也是作者发愤抒情之作，饱含了作者个人的情感在其中。正因为此，在叙事方面有着极大的艺术张力。《史记》一方面热情赞美倜傥非常之人，一方面

①戚蓼生：《石头记序》，见朱一玄主编《红楼梦资料汇编》，南开大学出版社 2012 年版，第 561 页。

②曹雪芹、高鹗：《红楼梦》，人民文学出版社 1992 年版，第 6 页。

又揭示他们的人生悲剧；《红楼梦》一方面否定生活的美好，说一切都是“万境归空，终归一梦”，另一方面又不遗余力地摹写生活的美好，对青春美好流连忘返。这种看似矛盾的表现，是《史记》和《红楼梦》艺术张力的表现，也是作者处理叙事与抒情关系的需要。晚清时期刘鹗在《老残游记》自序中说：“《离骚》为屈大夫之哭泣，《庄子》为蒙叟之哭泣，《史记》为太史公之哭泣，《草堂诗集》为杜工部之哭泣。李后主以词哭，八大山人以画哭。王实甫寄哭泣于《西厢》，曹雪芹寄哭泣于《红楼梦》。”①可见无论《史记》或是《红楼梦》，都饱含了作家个人的情感在其中。这种寄意抒怀、发愤抒情的创作方法是对司马迁《史记》创作的继承沿袭。

2. 立言不朽

司马迁和曹雪芹创作的目的除了借他人之酒浇自己胸中之块垒、发愤抒情外，更重要的是封建社会文人的最高追求：立言不朽。司马迁和曹雪芹所处的时代同为盛世，尽管二人遭际坎坷，但是他们的人生观和价值观主要还是受到儒家思想的影响。

汉武帝时期“罢黜百家，独尊儒术”，确立了儒家思想的统治地位，这对司马迁的思想有直接影响。儒家的“三不朽”的价值追求影响了司马迁的价值观，所谓“三不朽”，即“立德，立功，立言”，《左传·襄公二十四年》中有“太上有立德，其次有立功，其次有立言，虽久不废，此之谓不朽”②之说，孔颖达在《春秋左传正义》中说：“立德谓创制垂法，博施济众，立功谓拯厄除难，功济于时，立言谓言得其要，理足可传。”“立德”是从道德层面而言，“立功”指功业成就，“立言”是著书立

①刘鹗：《老残游记》自序，人民文学出版社2015年版，第2页。

②李梦生：《左传译注》，上海古籍出版社2004年版，第790页。

说，传于后世。对于后世的文人而言，“立言不朽”成为他们的追求。前两者对于已是“刑余之人”的司马迁而言已经没有办法实现，所以他效法历史上的先贤用著书立言的方式达到不朽。司马迁认为“立名者，行之极也”。他在《报任安书》中说：“乃如左丘明无目，孙子断足，终不可用，退而论书策，以舒其愤，思垂空文以自见。”因为终不可用，所以“隐忍苟活，幽于粪土之中而不辞者，恨私心有所不尽，鄙陋没世而文采不表于后”，于是才“退而论书策”。在《史记》中，司马迁多处借历史人物的遭遇寄托个人感慨，如《伯夷列传》的传赞中，司马迁引用孔子“君子疾没世而名不称焉”，表达立言不朽的理想。在《伍子胥列传》的传赞里借赞扬伍子胥“故隐忍就功名，非烈丈夫孰能致此哉”的壮烈行为，寄寓了个人身世的无限感慨，表达了司马迁的生死观和价值观。

清人认为曹雪芹著《红楼梦》与司马迁著《史记》有着同样的动机。清代蒙古族批评家哈斯宝认为《红楼梦》“是因忠臣义士身受仁主恩泽，唯遇奸逆挡道，逸侯夺位，上不能事主尽忠，下不能济民行义，无奈之余写下这部书来泄恨书愤的”①。曹雪芹由于政治家庭等因素，不得施展自己的才华，再加之他性格放浪、傲岸不羁，所以往往纵酒浇愁，最终著书立志写成了伟大的《红楼梦》。敦诚的《寄怀曹雪序》诗曰：“劝君莫弹食客铗，劝君莫叩富儿门。残怀冷炙有德色，不如著书黄叶村。”曹雪芹亲身经历了曹家的衰落、生活的突变与世态炎凉，他把个人的情感和人生体验融入《红楼梦》的创作中，使这部作品有深厚的思想内涵。作者“批阅十载，增删五次”，最终完成了创作，这个中的情感与蕴涵

①哈斯宝：《新译红楼梦读法》，见朱一玄主编《红楼梦资料汇编》，南开大学出版社 2012 年版，第 772 页。

又有几人能够体会!

综上所述，无论宏观地从中国史传文学与中国古典小说的关系而言，或是具体从《史记》和《红楼梦》的创作背景、作家的生平遭际与创作动机等方面分析，这二者之间都存在千丝万缕的联系。中国古典小说受史传文学的影响很大，作为史传代表作的《史记》对《红楼梦》的创作有一定影响，《史记》丰富的内容素材、非凡的艺术手法、深邃的精神内涵等，对《红楼梦》的创作提供了可借鉴的经验，产生了深远的影响。

第二章 《红楼梦》对《史记》文本内容的接受

"《红楼梦》是中国文化的百科全书，文化的极点"①，书中所撰事情繁富，所写人物众多，涉及的知识面非常广泛。正如眷秋所说："《石头记》则如百川汇海，人间万事莫不具备，自宫闱阀阅至闾阎蓬荜，以及医巫星相，花木农佃，博徒篾片之流，皆跃然纸上，作者生平所观察之社会，多能言之有故，非可勉强为之。"②《红楼梦》有丰富精彩的内容，除了因为作者的广博学识和创作才华外，还得益于作者对文学传统的继承与发展。

《史记》全书526500余字，这在书写工具不便利的西汉时期，绝对是一部宏伟的巨著。《史记》的宏伟不仅在其体量庞大，还表现在涵益内容的宏阔，它囊括了上自黄帝下到汉武帝上下三千年的历史，其中又传录了数目众多的历史人物，这些丰富的历史人物及纷繁复杂的历史事件，为后世的文学创作提供了丰富的素材，《史记》中的人物或故事也常常直接被运用在文学作品中。《红楼梦》也不例外。从文学接受的角度来看，《红楼梦》对《史记》接受的表层体现就是对文本内容的接受。

①白先勇：《白先勇细读红楼梦》，广西师范大学出版社2017年版，第3页。

②眷秋：《小说杂评》，见朱一玄主编《红楼梦资料汇编》，南开大学出版社2012年版，第865页。

第一节 沿用《史记》中的语词内容

《史记》中涉及的人物、事件、故事、典故等内容，常被后代文人接受用于文学创作中。曹雪芹创作《红楼梦》，也从《史记》中汲取养料，援引《史记》的内容写入小说，《红楼梦》对《史记》的接受与传承，首先表现在对《史记》内容的沿用方面。

1.《红楼梦》中大量的诗文创作，体现了作者的超凡才华，也表现了作品中人物独特的精神气质。很多诗词引经据典，其中出自《史记》的词语、典故也为数不少。如第三回中《西江月》二首词：

无故寻愁觅恨，有时似傻如狂。
纵然生得好皮囊，腹内原来草莽。
潦倒不通世务，愚顽怕读文章。
行为偏僻性乖张，那管世人诽谤！

富贵不知乐业，贫穷难耐凄凉。
可怜辜负好韶光，于国于家无望。
天下无能第一，古今不肖无双。
寄言纨绔与膏粱：莫效此儿形状！

这两首是评判宝玉之词。第五回宁国府家宴，宝玉席间困倦时被领至上房休息，上房内有“世事洞明皆学问，人情练达即文章”一联，可以看成是贾府这个钟鸣鼎食的显赫大族的“家训”。生长在这样的大族，应该是通世事、懂人情的，但是贾宝玉却不通世务，偏僻乖张，既不符合家族对子弟的要求，也不符合当时社会的规范。

“世务”即世故人情，“不通世务”即宝玉不通人情世故。“世务”典出于《史记·礼书》：“孝景时，御史大夫晁错，明于世务刑名，数干谏孝景。”和《史记》所载明于世务刑名的御史大夫晁错形成对比，《红楼梦》中以此典评价贾宝玉“不通世务”，体现了贾宝玉的叛逆特性。

2.《红楼梦》第四回“葫芦僧乱判葫芦案”中，贾雨村在林如海的引荐下靠贾府关系做了应天府知府，判断薛蟠打死人的案件，当他要发签缉拿凶犯薛蟠时，门子使眼色制止了他，并在内室给贾雨村出示了一份“护官符”：

> 贾不假，白玉为堂金作马。
>
> 阿房宫，三百里，住不下金陵一个史。
>
> 东海缺少白玉床，龙王来请金陵王。
>
> 丰年好大雪，珍珠如土金如铁。

以白玉盖房子，用黄金铸马，说明贾府的富贵奢华，其中“金作马”原指官署大门两旁的铜马，其典出于《史记·滑稽列传》：“金马门者，官署门也，门旁有铜马，故谓之金马门。”这里用“金作马”之典形容贾府的门第高贵，属于仕宦大族。关于阿房宫的记载最早出于《史记·秦始皇本纪》：（阿房宫）“东西五百步，南北五十丈，上可坐万人，下可以建五丈旗。”秦始皇建造的如此宏大的阿房宫，却住不下一个史家，极言其家业之盛大，此处借以说明史家之奢华繁荣。

3.《红楼梦》第五回贾宝玉梦游太虚幻境时，作者借《警幻仙姑赋》写出了宝玉眼里的警幻仙姑形象，赋中极力铺陈警幻仙姑的美。最后以

“奇矣哉，生于孰地，来自何方？信矣乎，瑶池不二，紫府无双。果何人哉，如斯之美也”作结，如此奇美的女子到底是哪里来的，在瑶池、紫府这等神仙世界也找不出来第二个了。这里所说的“瑶池”指神仙的住所，是传说中的仙境。《史记·大宛列传》传赞中太史公说：“禹本纪言‘昆仑其高二千五百余里，日月所避隐为光明也，其上有醴泉瑶池’。”郭璞《穆天子传》卷三载：“乙丑，天子觞西王母于瑶池之上。”可见瑶池为神仙世界，《红楼梦》此处延用此意，体现了其浪漫色彩。

4.《红楼梦》第五回贾宝玉梦游太虚幻境时，警幻仙姑让他聆听新制作的《红楼梦曲》，这些曲子隐喻了小说中主要人物的命运结局，只因宝玉当时还懵懂无知，并未领悟其中的蕴涵，所以听得甚无趣味。第一首正曲《终身误》隐喻了宝黛钗爱情婚姻的悲剧结局：

> 都道是金玉良缘，俺只念木石前盟。空对着，山中高士晶莹雪；终不忘，世外仙姝寂寞林。叹人间，美中不足今方信，纵然是齐眉举案，到底意难平。

曲中“世外仙姝寂寞林”指林黛玉，林黛玉前生是一株绛珠仙草，所以说她是“世外仙株”。“山中高士晶莹雪”指薛宝钗，“雪”与“薛”谐音，比喻薛宝钗的冰雪聪明，也暗合了她性情中“冷”的特点。“高士”源出于《史记》，《鲁仲连列传》中记载：“鲁仲连者，齐人也。好奇伟俶傥之画策，而不肯仕宦任职，好持高节……齐国之高士也。”①高士多隐士，故称“山中高士”。《红楼梦》中“山中高士晶莹雪”借以说明薛宝钗的品性高洁和善于明哲保身，与《红楼梦》第五十五回王熙凤对宝钗

①司马迁：《史记》，韩兆琦评注，岳麓书社2011年版，第1161页。

的评价“拿定了主意，不干己事不张口，一问摇头三不知”有异曲同工之妙。

5.《红楼梦》第五回宝玉梦游太虚幻境时看到册子里喻示人物命运的判词，其中探春的判词为：

才自精明志自高，生于末世运偏消；
清明涕泣江边望，千里东风一梦遥。

探春是贾府小姐里非常有才华的一个，她极富文才，几乎可以和薛、林比肩，在她的提议下，大观园众人结成诗社，度过了一段富有诗意和趣味的闺中生活。她有理家之才，在王熙凤生病期间她代为理家，兴利除弊，展现了出色的管理能力。但是她女性的身份和庶出的地位是无法改变的，在封建礼法和制度下，她也无法摆脱悲剧的命运。判词里的“精明”说明探春精细明察，行事周到。此典出于《史记·太史公自序》：“扁鹊言医，为方者宗，守数精明，后世修(循)序，弗能易也。”此处用“才自精明志自高”形容探春，是作者对她的赞美之词。

6.《红楼梦》第十八回“庆元宵贾元春归省”，元春成为贵妃后在元宵节这一天回家省亲，虽是家人团聚，终有君臣之别。贾府为了迎接元妃省亲，花了一年的时间建造了大观园，连元春都觉得太过奢靡了，这种繁华的背后是贾府内囊几乎倾尽的代价。和家人的团聚中，元春既喜又悲，喜的是能够在佳节阖家团圆，悲的是即便团圆也不能像寻常人家那样共享天伦，所以在元春省亲的过程中繁华的背后透着凄凉，欢笑的背后透着感伤。即便是和众姊妹吟诗作赋，也多是应制之作，很难见出真性情。如李纨奉命所作之诗《文采风流》就充满“颂圣”之情。

秀水名山抱复回，风流文采胜蓬莱。
绿裁歌扇迷芳草，红衬湘裙舞落梅。
珠玉自应传盛世，神仙何幸下瑶台。
名园一自邀游赏，未许凡人到此来。

“蓬莱”是传说中的仙境，《史记·秦始皇本纪》中有记载：“既已，齐人徐市等上书，言海中有三神山，名曰蓬莱、方丈、瀛洲，仙人居之。”据说住在蓬莱仙山的仙人都长生不老，悠游自在。李纨此诗以大观园比作蓬莱，是应制称颂之意。

7.《红楼梦》第三十八回，湘云在宝钗的提议下开设螃蟹宴，并拟了十二首以菊花为主题的诗题供大家作诗，这是大观园中最热闹的一个场景。众人捻题共作菊花诗，其中湘云有一首《对菊》：

别圃移来贵比金，一丛浅淡一丛深。
萧疏篱畔科头坐，清冷香中抱膝吟。
数去更无君傲世，看来惟有我知音。
秋光荏苒休辜负，相对原宜惜寸阴。

“科头”指不戴帽子，是任情适意、不拘礼法的形象。《史记·张仪列传》称张仪“虎贲之士跿足科头，贯颐奋戟者，至不可胜计”。《红楼梦》此处是湘云以男性身份自居，体现了她英豪阔大的豪爽个性。

8.《红楼梦》第四十七回“呆霸王调情遭苦打”，回目中作者称薛蟠为“呆霸王”，“霸”一词最早出现在春秋，形容诸侯盟主，如春秋五霸；“王”指的最高统治者。最早将“霸”与“王”结合起来运用始于司马迁的

《史记·项羽本纪》，“项王自立为西楚霸王，王九郡，都彭城”①。《红楼梦》此处称薛蟠为呆霸王，一方面表现了在薛家的霸主地位，薛父死后，薛姨妈纵容爱昵，任其胡为；一方面也表现了他缺乏头脑。此外《红楼梦》第三十九回，众姐妹评论平儿是王熙凤的得力助手，李纨道：“凤丫头就是楚霸王，也得这两只膀子好举千斤鼎。他不是这丫头，就得这么周到了！”《史记·项羽本纪》中说项羽“力拔山兮气盖世”，这里李纨把王熙凤比作楚霸王，说平儿是她的左膀右臂；第四十四回中，贾母也称凤姐“霸王似得一个人”，这里形容凤姐像霸王，说明她做事情张扬跋扈的特点。《红楼梦》中的“霸王”和《史记》中的“霸王”在人物性格特征上相差甚远，只是沿用了《史记》中的称谓，取其某一处相同或相似而言。

9.《红楼梦》第八十七回“感深秋抚琴悲往事”中，林黛玉作《琴歌》：

> 风萧萧兮秋气深，美人千里兮独沉吟。望故乡兮何处，倚栏杆兮涕沾襟。山迢迢兮水长，照轩窗兮明月光。耿耿不寐兮银河渺茫。罗衫怯怯兮风露凉。子之遭兮不自由，予之遇兮多烦忧。之子与我兮心焉相投，思古人兮俾无尤。人生斯世兮如轻尘，天上人间兮感夙因。感夙因兮不可惙，素心如何天上月。②

“风萧萧兮秋气深，美人千里兮独沉吟”，其语化用“风萧萧兮易水寒，壮士一去兮不复还”一语。《史记·刺客列传》记载：

> 太子及宾客知其事者，皆白衣冠以送之。至易水之上，既祖，

①司马迁：《史记》，韩兆琦评注，岳麓书社2011年版，第182页。
②曹雪芹、高鹗：《红楼梦》，人民文学出版社1992年版，第1252页。

取道，高渐离击筑，荆轲和而歌，为变徵之声，士皆垂泪涕泣。又前而为歌曰："风萧萧兮易水寒，壮士一去兮不复还！"①

古代乐律分为宫商角徵羽、变徵、变宫七调，变徵之调韵味苍凉，凄婉哀清。《史记》此处用变徵之声为荆轲死别之曲，以此衬托英雄的悲壮与一去不复还的悲剧结局。《红楼梦》此处也用变徵之声演绎悲伤之曲，作者写道妙玉之叹："如何忽作变征之声？音韵可裂金石矣。只是太过。……恐不能持久。"②后来君弦之断，预示了林黛玉最终的花落人亡的命运结局。

10.《红楼梦》第一〇八回，宝钗过生日，贾母等人让鸳鸯行酒令取乐，薛姨妈掷了一个"商山四皓"，"商山四皓"是《史记》中记载的四位隐士的名号。刘邦登基后，太子刘盈才华平庸，而戚夫人之子如意却才学出众，刘邦因宠爱戚夫人，便有废刘盈而立如意之意。吕后闻听，便请张良出主意保住刘盈太子之位。张良建议请"商山四皓"辅佐天子，以示太子仁德与威望。"四人从太子，年皆八十有余，须眉皓白，衣冠甚伟"，刘邦最终打消了换太子之意。

通过以上的整理分析可见，曹雪芹对《史记》中所记载的历史人物和历史事件非常熟悉，所以在《红楼梦》的创作中自觉地接受《史记》中的一些内容，使小说的内涵更加丰富。

①司马迁：《史记》，韩兆琦评注，岳麓书社2011年版，第1208页。
②曹雪芹、高鹗：《红楼梦》，人民文学出版社1992年版，第1252页。

第二节　化用《史记》中的典故故事

《红楼梦》除了直接沿用《史记》里的语词内容外，还常常化用《史记》中的典故故事表达特定的含义，作者将创作动机借用典故含蓄而充分地表现出来。典故的运用方式也有所不同：有明用、暗用、化用等。典故的作用也不同：或抒情，或说理，或讽刺，或隐喻。每一个典故都浓缩了一个历史故事和人生哲理，作者将创作动机借用典故含蓄而充分地表露无遗。

1.《红楼梦》第二十九回写到端午节时贾母带领众人去清虚观打醮，贾母与众人上楼看戏，神前拈了戏，头一本为《白蛇记》，贾母问是什么故事，贾珍道："是汉高祖斩蛇方起首的故事。"这里所说汉高祖斩蛇的故事见载于《史记·高祖本纪》：

> 高祖被酒，夜径泽中，令一人行前。行前者还报曰："前有大蛇当径，愿还。"高祖醉，曰："壮士行，何畏！"乃前，拔剑击斩蛇。蛇遂分为两，径开。行数里，醉，因卧。后人来至蛇所，有一老妪夜哭。人问何哭，妪曰："人杀吾子，故哭之。"人曰："妪子何为见杀？"妪曰："吾子，白帝子也，化为蛇，当道，今为赤帝子斩之，故哭。①

《红楼梦》中化用了汉高祖斩蛇的故事，暗用《白蛇记》隐喻宁国公、

①司马迁：《史记》，韩兆琦评注，岳麓书社2011年版，第194页。

荣国公创立家业的过程。

2.《红楼梦》第三十回“宝钗借扇机带双敲”，黛玉因清虚观打醮时张道士给宝玉提亲之事二人闹了别扭，后又和好，薛宝钗暗用“负荆请罪”的戏文讽刺宝玉和黛玉。“负荆请罪”一典出于《史记·廉颇蔺相如列传》：“廉颇闻之，肉袒负荆，因宾客至相如门谢罪。”讲述了战国时代赵国廉颇、蔺相如的故事。《红楼梦》中宝钗暗用“负荆请罪”的戏文讽刺宝玉和黛玉。

3.《红楼梦》第五十一回“薛小妹新编怀古诗”，宝琴以昔日经过各省的古迹为题，作了十首怀古绝句，十分新奇。其中第二首《交趾怀古》：

> 铜铸金镛振纪纲，声传海外播戎羌。马援自是功劳大，铁笛无烦说子房。

诗中的子房指西汉时期刘邦的谋臣张良，司马迁在《留侯世家》中为其立传。张良在西汉立国过程中虽未尝有战功，但运筹帷幄之中，决胜千里之外，是“汉初三杰”之一。他出谋划策，协助刘邦灭秦灭项，西汉立国后，又在分封功臣、定都关中、拥护太子继位等事中起了重要作用。

第四首《淮阴怀古》诗云：

> 壮士须防恶犬欺，三齐位定盖棺时。寄言世俗休轻鄙，一饭之恩死也知。

这首诗中的“一饭之恩”是《史记》所载韩信的故事。《史记·淮阴侯列传》中记载：“信钓于城下，有一母见信饥，饭信，竟漂数十日。信喜，谓漂母曰：‘吾必有以重报母。’”①后来韩信发迹后，找到漂母，并赐给她千金作为回报，《淮阴怀古》借用了《史记·淮阴侯列传》中韩信的典故。

4.《红楼梦》第六十四回“幽淑女悲题五美吟”，林黛玉作五首小诗，宝玉题名为《五美吟》。其中第二首咏虞姬：

> 肠断乌骓夜啸风，虞兮幽恨对重瞳。黥彭甘受他年醢，饮剑何如楚帐中。

此诗中所说的虞姬是项羽的爱妾，《史记·项羽本纪》记载：“有美人名虞，常幸从；骏马名骓，常骑之。于是项王乃悲歌慷慨，自为诗曰：‘力拔山兮气盖世，时不利兮骓不逝。骓不逝兮可奈何，虞兮虞兮奈若何！’歌数阕，美人和之。”②“重瞳”代指项羽，司马迁在《项羽本纪》传赞中言：“吾闻之周生曰：‘舜目盖重瞳子’，又闻项羽亦重瞳子。”说项羽是重瞳子，异于常人，诗中以“重瞳”借代指项羽。“黥彭甘受他年醢”中的“黥彭”指黥布和彭越，《史记》中有二人的专传，他们原来都是项羽部将，后来归附刘邦，为刘邦建汉立下大功，均被分封为王，但是最终都因为被怀疑有谋反之心而被处死。黛玉诗中借黥布和彭越二人的行为遭际和虞姬的忠烈形成对比。此处用《史记》中“霸王别姬”的典故借以抒发林黛玉对虞姬的赞美之情。

5.《红楼梦》第八十三回王大夫给林黛玉看病，其中说到柴胡用鳖血炒，正是“假周勃以安刘”的法子，这里提到周勃灭诸吕，保稳刘氏政权的史实，最早在《史记·绛侯周勃世家》有记载：

---

①司马迁：《史记》，韩兆琦评注，岳麓书社2011年版，第1270页。

②司马迁：《史记》，韩兆琦评注，岳麓书社2011年版，第193页。

> 高后崩。吕禄以赵王为汉上将军，吕产以吕王为汉相国，秉汉权，欲危刘氏。勃为太尉，不得入军门。陈平为丞相，不得任事。于是勃与平谋，卒诛诸吕而立孝文皇帝。①

《红楼梦》化用这个典故说明柴胡一味药对治愈黛玉病症有着至关重要的作用。

6.《红楼梦》第三十七回“秋爽斋偶结海棠社”，在探春提议之下，大观园众人结成诗社，诗社中每位成员要有一个别号。探春给林黛玉起了“潇湘妃子”的别号，并说：“当日娥皇女英洒泪在竹上成斑，故今斑竹又名湘妃竹，如今他住的是潇湘馆，他又爱哭，将来他想林姐夫，那些竹子也是要变成斑竹的。以后都叫他作‘潇湘妃子’就完了。”②此号典出于《史记·五帝本纪》，尧把自己的两个女儿娥皇、女英嫁给了舜，“尧二女不敢以贵娇事舜亲戚，甚有妇道”。后来舜“南巡狩，崩于苍梧之野，葬于江南九嶷”，据说娥皇女英寻舜于湘水边，不见其人最终投湘水自尽，后来化作湘水之神。《红楼梦》里探春给黛玉起了“潇湘妃子”的别号，不仅符合黛玉爱哭的个性，也隐喻了黛玉悲剧性的命运结局。

7.《红楼梦》第十三回“王熙凤协理宁国府”一段，是展现王熙凤精明能干、出色管理能力的精彩片段。秦可卿去世后，尤氏也害病不能料理，在宝玉的推荐下，贾珍请王熙凤到宁国府协理具体事务。凤姐杀伐决断，打罚宁国府有头脸的媳妇立威一段写得非常精彩：

> 凤姐方起身，别过族中诸人，自入抱厦内来。按名查点，各项

①司马迁：《史记》，韩兆琦评注，岳麓书社2011年版，第880页。
②曹雪芹、高鹗：《红楼梦》，人民文学出版社1992年版，第501页。

人数都已到齐，只有迎送亲客上的一人未到。即命传到，那人已张惶愧惧。凤姐冷笑道："我说是谁误了，原来是你！你原比他们有体面，所以才不听我的话。"那人道："小的天天都来的早，只有今儿，醒了觉得早些，因又睡迷了，来迟了一步，求奶奶饶过这次。"

……

凤姐便说道："明儿他也睡迷了，后儿我也睡迷了，将来都没了人了。本来要饶你，只是我头一次宽了，下次人就难管，不如现开发的好。"登时放下脸来，喝命："带出去，打二十板子！"一面又掷下宁国府对牌："出去说与来升，革他一月银米！"众人听说，又见凤姐眉立，知是恼了，不敢怠慢，拖人的出去拖人，执牌传谕的忙去传谕。那人身不由己，已拖出去挨了二十大板，还要进来叩谢。……那抱愧被打之人含羞去了，这才知道凤姐利害。众人不敢偷闲，自此兢兢业业，执事保全。不在话下。①

此段写法，是曹雪芹从《史记》中取法《司马穰苴列传》中，司马穰苴受命齐景公为将，杀伐宠臣庄贾立威一段故事：

穰苴既辞，与庄贾约曰："旦日日中会于军门。"穰苴先驰至军，立表下漏，待贾。贾素骄贵，以为将己之军而己为监，不甚急；亲戚、左右送之，留饮。日中而贾不至。穰苴则仆表决漏，入，行军勒兵，申明约束。约束既定，夕时，庄贾乃至。穰苴曰："何后期为？"贾谢曰："不佞大夫亲戚送之，故留。"穰苴曰："将受命之日则忘其家，监军约束则忘其亲，援枹鼓之急则忘其身。今敌

①曹雪芹、高鹗：《红楼梦》，人民文学出版社1992年版，第191页。

国深侵，邦内骚动，士卒暴露于境，君寝不安席，食不甘味，百姓之命皆悬于君，何谓相送乎!”召军正问曰：“军法期而后至者云何?”对曰：“当斩。”庄贾惧，使人驰报景公，请救。既往，未及反，于是遂斩庄贾以徇三军。三军之士皆振慄。①

秦可卿死后，尤氏托病不能料理丧事，贾珍请王熙凤帮忙协理事务，“那凤姐素日最喜揽事办，好卖弄才干，虽然当家妥当，也因未办过婚丧大事，恐人还不伏，巴不得遇见这事。”于是不畏勤劳，天天于卯正二刻就过来点卯理事，面对宁国府上上下下复杂的人事，王熙凤借此事整治了宁国府的风气，真可谓“脂粉堆里的英雄”。

8.《红楼梦》第五十一回“薛小妹新编怀古诗”中，薛宝琴作了十首怀古诗，众姐妹都争相传看，称奇道妙。

宝钗先说道：“前八首都是史鉴上有据的，后二首却无考，我们也不大懂得，不如另作两首为是。”黛玉忙拦道：“这宝姐姐也忒‘胶柱鼓瑟’，矫揉造作了。这两首虽于史鉴上无考，咱们虽不曾看这些外传，不知底里，难道咱们连两本戏也没有见过不成?那三岁孩子也知道，何况咱们?”②

胶柱鼓瑟比喻人的死守教条，遇事不知道变通。这一典故出自《史记·廉颇蔺相如列传》：“王以名使括，若胶柱而鼓瑟耳，括徒能读其父书传，不知合变也。”赵国与秦国长平之战，廉颇采用不战的方式与秦军相持，赵成王却听信谗言，以赵括代廉颇为将，蔺相如以此劝谏赵王

①司马迁：《史记》，韩兆琦评注，岳麓书社2011年版，第953页。
②曹雪芹、高鹗：《红楼梦》，人民文学出版社1992年版，第710页。

不要重用纸上谈兵的赵括，结果赵王不听，导致赵军大败。黛玉在此用“胶柱鼓瑟”一词形容宝钗，体现了宝钗恪守礼教、谨遵德行的个性特征。

9.《红楼梦》中写到探春住所时，用细节描写了探春书房有一个大桌子，上面各色笔墨纸砚，笔架上挂了一个悬鱼太守。“悬鱼太守”的典故出自《史记·循吏列传》，讲的是公仪休的故事。公仪休为鲁相，嗜好吃鱼，但是别人给他送鱼，他却不接受，曰：“以嗜鱼，故不受也。今为相，能自给鱼；今受鱼而免，谁复给我鱼者，吾故不受。”①《红楼梦》中这个看似不起眼的细节，体现了探春的“文采精华，见之忘俗”，也体现了她刚正不阿的个性特征，为后来抄检大观园和理家中不同凡响的表现奠定基础。

10.《红楼梦》第五十七回中，邢岫烟寄住于迎春处，因为要打点众婆子将自己的衣服典当，宝钗得知后悄悄替她赎了回来。宝钗、黛玉、湘云三人论及此事时，湘云心直口快，便要去找迎春替邢岫烟出气，黛玉便道：“你要是个男人，出去打一个抱不平。你又充什么荆轲、聂政，真真好笑。”荆轲、聂政是司马迁笔下的刺客形象，其事均见于《史记·刺客列传》，司马迁笔下他们是重义气，一诺千金，为报答知己而慷慨赴死的侠义之人。《红楼梦》此处借用，黛玉以荆轲、聂政比喻湘云爱打抱不平的性格。

通过对以上整理资料的分析可见，《史记》内容对《红楼梦》产生了一定影响，曹雪芹在《红楼梦》的创作过程中也自觉地接受了《史记》的内容。

---

①司马迁：《史记》，韩兆琦评注，岳麓书社2011年版，第1622页。

第三章 《红楼梦》对《史记》叙事艺术的接受与传承

同为叙事文学作品，《史记》的叙事艺术对《红楼梦》也有一定影响。司马迁以如椽巨笔勾勒出上下三千年的历史，其在叙事艺术方面对后世的叙事文学产生了重要的影响。《红楼梦》叙事“取法《史记》处居多”①。刘铨福在甲戌本《脂砚斋重评石头记跋》中也写道：“《红楼梦》虽小说，然曲而达，微而显，固得史家法。”戚蓼生也说：“噫！异矣。夫敷华炎藻，立意遣词，无一落前人窠臼，第观蕴于心而抒于手也，注彼而写此，目送而手挥，似谲而正，似则而淫，如春秋之有微词、史家之多曲笔。”②由此可见《红楼梦》对《史记》叙事艺术的自觉接受与发展。

李长之认为《史记》是中国的史诗，“《史记》是以人物为中心的一部古代史诗”，“诚然以形式论，没有采取荷马式的叙事诗，但以精神论，实在发挥了史诗性的文艺之本质”。③《史记》在内容上具有史诗包罗万象的特征，在描写上具有史诗客观性特征，在写人上具有史诗发展性的

---

①张新之：《红楼梦读法》，见朱一玄主编《红楼梦资料汇编》，南开大学出版社 2012 年版，第 701 页。

②戚蓼生：《石头记序》，见朱一玄主编《红楼梦资料汇编》，南开大学出版社 2012 年版，第 561 页。

③李长之：《司马迁的人格与风格》，生活·读书·新知三联书店 2014 年版，第 399 页。

特点，同时也具有浓郁的抒情性，所以《史记》可以说是“史诗性的纪程碑”①。白先勇认为《红楼梦》是一部史诗式的人生挽歌，何其芳先生著有《史诗〈红楼梦〉》，也认为《红楼梦》具有史诗性质。《史记》和《红楼梦》都具有史诗的内在特质。《史记》的史诗之笔对后来的中国古典小说创作影响深远。

作为叙事文学的典范，《史记》在叙事方法和叙事艺术方面积累了丰富的经验，其艺术表现对后来的叙事文学产生了很大影响。司马迁以其非凡的才华和史学家严谨的态度将近三千年的历史融会贯穿于一部书中，写了许多精彩的历史故事和令人难忘的场面，《史记》体现了他非凡的叙事能力。王树森等认为“《史记》文学形象丰富动人，表现方法纯熟精湛，对明清以来小说、戏剧等叙事文学有积极影响”②。同是叙事文学，《红楼梦》对《史记》在叙事艺术方面也有所传承与发展。《红楼梦》具有高超的叙事艺术技巧，小说中涉及的人物众多，事件纷繁，场景多变，能够把如此繁杂的内容安排得当，不仅体现了曹雪芹非凡的叙事才能，也可见其对史传文学的取法。

第一节　非凡的叙事结构

中国的叙事文学与史学关系密切，史官文化在中国古代文化中地位非常重要。当代学者杨义认为：“中国叙事作品虽然在后来的小说中淋

①李长之：《司马迁的人格与风格》，生活·读书·新知三联书店2014年版，第402页。

②见《中国文学500题》“《史记》在中国文学史上的地位和影响”一节，辽宁人民出版社1986年版。

漓尽致地发挥了它的形式技巧和叙写谋略，但始终是以历史叙事的形式作为它的骨干的，在一个相当长的时间中存在着历史叙事和小说叙事一实一虚、亦高亦下、互相影响、双轨并进的景观。”①史传文学在叙事艺术方面为后世小说的创作提供了丰富的创作艺术。作为史传文学鼻祖的《史记》，在叙事艺术方面的特点也为后世小说创作提供了丰富的经验。

《史记》作为“二十四史”之首，是中国叙事文学的典范，其“事广而文局，词质而理畅，斯亦尽美矣”②。司马迁以如椽巨笔将三千年的历史、形形色色的历史人物钩织于《史记》一书之中，充分体现了司马迁非凡的叙事能力，也表现了《史记》一书超凡的结构艺术。全书既是由一个个独立传记的篇章组成，又是一个时间组织严密的整体系统。

一部《史记》，全书历时近三千年，涉及的人物有四千余人，司马迁创立了十二本纪、十表、八书、三十世家、七十列传的结构体系，从体例上设计了一个具有非常完整的时间和空间维度的历史叙事结构。《史记》的叙事结构使近三千年的历史和众多的历史人物生动地再现于读者眼前，正如李长之所说“《史记》一部书，就整个看，有它整个的结构；就每一篇看，有它每一篇的结构。这像一个宫殿一样，整个是堂皇的设计，而每一个殿堂也都是匠心的经营”③。司马迁在结构艺术方面的突出成就为后世的叙事文学提供了可借鉴的艺术经验，对后世的叙事文学产生了重要影响。《红楼梦》一书在写法上便深得史家之笔法与深意，“此书描绘中国之家庭，穷形尽相，足与二十四史方驾”④。作为中

①杨义：《中国叙事学》，人民出版社2009年版，第18页。

②司马贞：《补史记序》。

③李长之：《司马迁的人格与风格》，生活·读书·新知三联书店2014年版，第337页。

④季新：《红楼梦新评》，见朱一玄主编《红楼梦资料汇编》，南开大学出版社2012年版，第897页。

国古典小说的典范，《红楼梦》通过宝黛爱情悲剧展现了四大家族的兴衰史，进而揭示了深刻的社会问题。纵观《红楼梦》一书，在叙事结构方面受到《史记》的深远影响。

一、《红楼梦》对《史记》宏观叙事结构的接受

《史记》是我国第一部纪传体通史，记录了上自黄帝、下至汉武帝当朝的近三千年的历史，涉及的历史人物有四千余人，全书一百三十篇，五十二万多字，无论内容含量或是规模都非常庞大。司马迁以超凡的叙事能力结构全文，从体例上设计了一个具有非常完整的时间和空间维度的历史叙事结构，使三千年的历史清晰有序地再现于世人眼前。

《史记》开创了本纪、世家、列传、表、书等五种体例，把历史人物的活动放在广阔的时代背景下和历史发展的进程中，既有编年体史书的序列性，同时又体现了纪传体记人列事的基本特征。这种纪传体的体例，打破了以往史书以时间顺序记事的编年体的基本模式，以人物为中心叙历史之事。不仅仅具有史书的实录性，同时也具有一定的文学性。所以鲁迅先生说《史记》是“史家之绝唱，无韵之《离骚》”。《史记》对后世的史书写作和文学创作都产生了非常重要的影响。

《史记》宏伟有序的结构艺术成就为后世的叙事文学提供了丰富的可借鉴的经验，《红楼梦》的创作也深受其影响。《红楼梦》所写事件纷繁复杂，在叙事过程中，《红楼梦》受到史传文学特别是《史记》的结构影响，曹雪芹接受了《史记》的结构艺术特征，创作出《红楼梦》这部结构庞大又有序的史诗。

1. 以大时空总揽小时空的时间整体性框架

对于叙事文学而言，作品的结构非常重要。西方汉学家认为中国明

清长篇章回小说缺乏艺术的整体感，缺乏结构意识。中国明清长篇章回小说在“外形”上的致命弱点，在于它的“缀段性”，一段一段的故事，形如散沙，缺乏西方小说“头、身、尾”一以贯之的有机结构，因而也就欠缺所谓的整体感。① 对于大部分线性结构的古代小说而言，在结构上多少存在这样的问题，但就《红楼梦》来说，开头和结尾之间是首尾一贯的，故事与故事间并非散沙，而是有机联系的，结构上具有明显的整体性特征。《红楼梦》作为叙事文学作品，具有可辨识的时间性“外形”。

杨义先生在《中国叙事学》中认为，中国叙事文学往往具有整体性的思维特征，了解这种整体性思维对解读中国叙事文学具有重要意义，比如在叙事与时间中习惯于按照年—月—日的顺序表达时间，了解这种整体性思维对解读中国叙事文学具有重要意义。中国叙事文学的结构框架往往也具有时间整体性特征。时间整体性观念深刻地影响了中国叙事作品的开头形态，中国人对一部作品，尤其是大作品的开头是非常讲究的，所谓“开宗明义”。《史记》和《红楼梦》的叙事也受这种整体性思维特征的影响。

司马迁创立了十二本纪、十表、八书、三十世家、七十列传的结构体系，把头绪纷繁的历史事件和历史人物按照由“大”到“小”的结构层次娓娓叙出。《史记》以十二本纪开头，包含着深刻的用意，是以它作为“究天人、通古今”的总枢纽。司马迁自述著十二本纪目的是“原始察终，见盛观衰”，可见《史记》以本纪开头，是一种精心设计的叙事谋略，在全书中起着纲领性作用。明代何乔新说：

①以上观点见浦安迪《中国叙事学》，北京大学出版社2012年版，第70页。

> 司马迁负迈世之气，有良史之才，其作《史记》也，措辞雄健，意兴深远，三代以下，秉史笔者未能或之先也。今观其书，本纪者天下之统，世家者一国之计，列传者一人之事，书著制度沿革之大端，表著兴亡理乱之大略，此其大法也。①

从《史记》的整体结构来看，除去表示时间顺序的“表”和记载不同时期典章制度、历律法则的“书”之外，全书分三个结构层次叙事。第一个结构层次是本纪，叙帝王之事，是“天下之统”。十二本纪以帝王为中心，从大时空的角度展现了三千年的宏大历史进程。十二本纪就相当于一部微缩版《史记》，是全书的科条纲目，主要以三千年历史发展过程中对社会发展最具有影响力的帝王为主线展开叙事，每一位帝王统治时期主要的事件、主要的人物都有提及，世家、列传都是以本纪为基础。第二个结构层次是世家，纪诸侯之事，乃“一国之计”。三十世家依附于十二本纪之下，撰写诸侯世家的发展历史。第三个结构层次是列传，写各个阶层对历史发展有一定贡献之人的重要事迹，是“一人之事”，七十列传中所传之人物又分散于本纪、世家之中。

本纪是科条纲目，就像一棵大树的树干；世家是围绕本纪展开的“辐”，犹如大树的枝条；列传就像是依附在枝干上的树叶。树干、枝条、树叶共同构成完整的枝繁叶茂的大树，本纪、世家、列传，就像十二棵大树共同构成上下三千年枝繁叶茂的历史之林。

由此可见，《史记》在叙事结构方面有明显的层次：由“天下（本纪）——一国（世家）——一人（列传）”的大时空总揽小时空的整体性框架，十二本纪是全书的大时空构架，本纪之下叙写世家，世家之下叙写不同

①何乔新：《何文肃公文集》卷二，上海古籍出版社2010年版，第578页。

人物的传记。这种结构艺术体现了司马迁在创作《史记》过程中的整体性思维特征。从大到小、从整体到局部的金字塔式的艺术结构，使作者的创作有条不紊，使读者更容易脉络清晰地接受。《史记》全书三千余年的历史，数千历史人物，一百三十篇，五十二万余字。从接受者的角度而言，如果不是司马迁以非凡的叙事能力使整部作品的结构层次分明，读者是很难对全书的内容有整体系统的认识的。中国文学传统的整体思维特征使《史记》叙事结构层次分明，有利于读者的接受。

《史记》这种大时空总揽小时空的时间整体性观念深刻地影响了中国古典小说的开头形态：往往先建立一个时空整体性框架之后，再进入故事的主体部分。《红楼梦》整体性的结构便受到了《史记》的影响：小说一开始先讲述了石头的传记故事：在大荒山无稽崖青埂峰下，有一块女娲补天时剩下的“无才可去补苍天”的顽石，被一僧一道带入尘世，历经人世间的富贵繁华和悲欢离合后重回青梗峰。这是全书结构的第一层，在全书具有“开宗明义”性质，是小说的大时空框架。作者在一开始先通过这个神话故事构建了一个时空整体性框架，具有一定的寓意，通过这一层使读者对整个故事的基本思路有所了解。

第二个结构层次是第五回贾宝玉梦游太虚幻境，这一回是微缩版的“红楼梦”，向读者预示了小说主要人物的命运结局，这是“石头”所历在幻境中的表现。太虚幻境是仙境，可是照应的却是大观园，所谓”假作真时真亦假“。贾宝玉梦游太虚幻境预览了大观园中诸人命运的悲剧结局和执迷不悟最终落入迷津。这是第一个结构层次中的“石头”所历在幻境中的表现。一方面补足了第一个结构层次中“石头”的故事，另一方面预示了小说后面要演绎的主要人物的命运结局，为“石头”幻形入世后在“富贵温柔之乡、花柳繁华之地”的贾府大观园经历做好了准备。

第三个结构层面是“石头”幻形入世后所历的具体演绎，也是故事的主体部分。青埂峰下的顽石幻形入世后于贾府目睹和亲历的故事。从叙事结构角度来看，小说由三个层面构成：石头“记”，石头幻形入世后在太虚幻境所历，石头幻形入世后人间所历。三个层面形成了金字塔式的结构特征，由大到小、从宏观到具体、有层次地演绎了整个宏大故事，也属于大时空总揽小时空的整体性框架布局，叙事过程中这种时间整体性有益于读者对作品的接受。

通过以上分析可见，《史记》的创作具有整体性的思维特征，因此整部作品虽然内容宏大，但是结构层次合理有序。这一叙事艺术对具有史诗性质的《红楼梦》产生了重要影响。

2. 纵横交错的立体结构

从总体结构来看，《史记》作为史书记载了历史发展的进程，保留了传统编年体史书的时间序列特征，同时司马迁也开创了以人物为中心的纪传体的史书创作体例。《史记》共一百三十篇，包含五种不同体例，这五种体例中，本纪、世家、列传以人物为中心记史，总共一百一十二篇，占了《史记》的绝大部分内容。《史记》纪传体的体例着重于以人物为主，相比传统的编年体史书体例时间系统性不够鲜明，因此司马迁在《史记》中专门撰写了十篇“表”，在以人物为中心记史的过程中使接受者对事件发展的时间序列有更清楚的认识。十篇大事年表按照历史发展的过程分成不同阶段，具体分为：

此外在《史记》中还有八篇“书”，这八篇书相当于社会背景。本纪、世家、列传相当于在大的社会背景和不同时间序列中活动的不同阶层的人物，它们共同构成一个立体化的历史社会，形成了一个纵横交错的网络化体系，体现了人与人、人与社会、人与自然的关系，使全书呈现出立体化的效果。《史记》通过纪人写事反映社会历史发展过程，展现广阔的社会空间和历史发展的基本规律，可谓点(人)、线(时间)、面(社会)的有机结合。

《史记》在传人基础上记史，将点(人物)与线(时间)结合起来反映面(社会)这种点(人)、线(时间)、面(社会)的有机结合的艺术手法，在《红楼梦》中也被借鉴，从而实现了点(人物)、线(宝黛爱情发展，四大家族由盛而衰的过程)、面(家族社会)的有机结合。

《红楼梦》在大结构方面以时间线索纵贯始终：作者借女娲炼石补天的神话开端，以青埂峰下的一块顽石演绎出整个故事，又以甄士隐(真事隐)、贾雨村(假语存)两个人物穿针引线，故事由他们展开，也由他们归结，那块大荒山无稽崖青埂峰下的顽石最后仍旧归于青埂峰下。《红楼梦》就是在错综复杂的人物关系中按照时间的序列，推进故事的发展演进。作为小说，《红楼梦》又以塑造人物为主，描写了广阔复杂的社会和家庭生活，反映了封建社会婚姻制度、家庭制度、道德伦理观念等各个方面，构建了一个立体化的结构框架。作为一部诗史，《红楼梦》在四大家族由盛而衰的纵向时间框架中叙述一个个人物的故事，上演人物的悲剧命运，更因此而表现了时代、社会的悲剧。这些人物的命运和家族的兴衰紧密结合，也可谓点线面的有机结合，从而呈现出纵横交错的立体化结构特征。

《史记》是一部宏伟巨著，司马迁将三千年的历史变迁熔铸于这一部作品中，通过对历史事件的记载、通过对历史人物的撰述不仅较为客观地再现了中国历史发展的进程，同时也深刻反映了历史发展的基本规律。《红楼梦》虽然只是一部家庭小说，但是却能够通过小说中人物的命运展现一个家族的兴衰，进而揭示造成悲剧的时代与社会原因。“麻雀虽小五脏俱全”，从“点”到“面”以小见大地体现了一个时代的缩影。

二、《红楼梦》对《史记》纪传体结构特征的传承与发展

《史记》开创了纪传体史书的先河，通过对历史上形形色色人物立传，再现从黄帝时期到汉武帝时期的历史情境。全书既是一个个独立传记的篇章组成，又是一个时间组织严密的整体系统。正如刘知几所言：“夫纪传之兴，肇于《史》《汉》。盖纪者，编年也；传者，列事也。编年者，历帝王之岁月，犹《春秋》之经；列事者，录人臣之行状，犹《春秋》之传。《春秋》则传以解经，《史》《汉》则传以释纪。寻兹例草创，始自子长。”①这里阐释了《史记》的纪传体的特征，即以记事写人为主，同时又具有编年的特性。《史记》的结构艺术对后世的历史和文学创作有重要影响。中国古典小说受史传文学的影响极大，《红楼梦》作为一部内容庞杂、人物众多、事件繁复的古典小说，在叙事结构方面，对《史记》开创的纪传体也有所借鉴。

1. 纵向“纪”年的线性结构

杨义先生认为：“中国人以大涵盖小的整体制衡部分的年月日时间观念，为历史叙事形成周密的编年系统打下了坚实的基础。”②《史记》开创了纪传体的新体例，全书以本纪、世家、列传为主体，以人物为中心的方式编纂历史，但纵观全书，结构方面又有明显清晰的时间线，具有编年体史书的基本特征。

①刘知几：《史通》，上海古籍出版社2015年版，第43页。
②杨义：《中国叙事学》，商务印书馆2019年版，第14页。

(1)整体结构的编年特征

《史记》和《红楼梦》的结构从表层来看，都是人物和事件在时空顺序构架上的线性结构。《史记》记录了从黄帝到汉武帝统治时期的近三千年的历史，全书在结构安排上以历史发展的时间为序，保留了编年体史书的基本特征。《史记》本纪、世家、列传、表、书五种体例，除“八书”外，其余四体都有明显的时间顺序，都是从上古时期到汉武帝当朝。十二本纪从传说时期的《五帝本纪》到汉《孝武本纪》；十表从《三代世表》至《汉兴以来将相名臣年表》；三十世家从春秋《楚世家》到汉《三王世家》；七十列传从春秋时期《伯夷列传》到《太史公自序》。

《红楼梦》和《史记》有在结构布局上有相同之处，整部小说有着非常鲜明的时间线索。从整体结构而言，《红楼梦》讲述了一个由好到了的过程。是贾宝玉这块“无才可去补苍天”的顽石幻形入世，历尽人世的富贵繁华与悲欢离合后重回青埂峰的人生悲剧史，是宝黛钗“金玉良缘”和“木石前盟”的婚姻爱情的悲剧史，是贾王史薛四大家族由“烈火烹油，鲜花着锦”的繁盛到“树倒猢狲散”的兴衰史。正如季新说《红楼梦》不仅是家庭题材的小说，而且也是具有深刻广泛意义的社会小说：“国家即是一大家庭，家庭即是一小国家”，“此书描绘中国之家庭，穷形尽相，足与二十四史方驾”①。全书在时间顺序的大构架下展现了人物命运的发展过程，展现了贾府的兴衰过程，是一段微缩的社会发展史。这种创作手法得益于《史记》等史传文学的编纂艺术。

(2)阶段性的时间层次

除了整体按照时间顺序叙事的线性结构特征外，《史记》和《红楼

①季新：《红楼梦新评》，见朱一玄主编《红楼梦资料汇编》，南开大学出版社2012年版，第897页。

梦》都包含一个清晰的阶段性的时间层次。

《史记》虽然以人物为中心记史，但是在给历史人物立传时，司马迁遵循了历史发展的时间线，依照时间顺序安排人物传记，全书叙事的结构具有时间性和阶段性。《史记》全书一百三十篇，其中本纪十二篇，世家三十篇，列传七十篇，这三种体例共一百一十二篇主要以人物为中心，但每一种体例的安排都有明显的时间线和阶段性。本纪第一篇《五帝本纪》，从传说时代的黄帝开始写起，再写到夏商周时期，再写到秦，最后写汉代帝王，有鲜明的时间阶段性。世家从《吴太伯世家》到《郑世家》主要是对春秋时期重要诸侯的历史记载；从《赵世家》到《田敬仲完世家》主要是对战国时期重要诸侯的历史记载；从《外戚世家》到《三王世家》主要是汉朝当代诸世家的历史记载。七十列传中，从《伯夷列传》到《仲尼弟子列传》是对春秋时期人物的列传；从《商君列传》到《蒙恬列传》是战国时期诸人的传记；从《张耳陈余列传》到《汲郑列传》是汉代当代重要人物的传记。全书基本按照上古(上古—春秋)、近古(战国—秦代)、当代(汉代)的阶段性时间顺序记载了近三千年的历史，成为我国第一部纪传体通史。

《红楼梦》虽是以写人叙事为主的小说，但是全书在结构方面也继承了《史记》叙事结构的传统，有明显的时间阶段性，清代学者二知道人《〈红楼梦〉说梦》中说：

> 《红楼梦》有四时气象：前数卷铺叙王谢门庭，安常处顺，梦之春也。省亲一事，备极奢华，如树之秀而繁阴葱笼可悦，梦之夏也。及通灵玉失，两府查抄，如一夜严霜，万木摧落，秋之为梦，岂不悲哉！贾媪终养，宝玉逃禅，其家之瑟缩愁惨，直如冬暮光

景，是《红楼》之残梦耳。①

此处以“四时气象”比喻说明整个故事的发展过程，犹如一年四季，从春到夏，由秋至冬，带有明显的时间性特点，客观展现了贾府由烈火烹油，鲜花着锦的盛世走向衰落的过程，犹如从春夏的繁茂到秋冬的冷寂，体现出鲜明的时间层次和阶段性。

从《红楼梦》具体内容而言，元妃省亲以前可以看作小说故事发展的第一阶段，是贾府的盛春之际。冷子兴演说荣国府从侧面描写了贾府的盛况，让读者先听为快；林黛玉进贾府是作者借黛玉之眼，向读者展现了贾府的主要人物及人物活动的主要环境；葫芦僧乱判葫芦案，揭示了四大家族之间相互勾连的庞大的裙带关系；秦可卿死封龙禁尉，通过贾府中一孙媳妇的丧事铺叙贾府门庭之盛。从“元妃省亲”到大观园结社吟诗、贾母等女眷的宴饮之乐，是小说故事发展的第二阶段，是宝黛爱情发展和贾府生活火红而烦躁的盛夏时期。“探春理家”是贾府由盛而衰的转折点，从此悲多欢少，大故迭起，小故不断，是小说故事发展的第三阶段，是贾府的多事之秋。大故如第七十四回“抄检大观园”，第九十五回“元妃薨逝”，第九十七回林黛玉之死；小故有“尤三姐自刎”“尤二姐吞金”“晴雯屈死”“司棋殉情”“四儿被逐”“芳官出家”“迎春误嫁”“薛蟠流放”“甄家被抄”“宝玉失玉”“夏金桂焚身”等。“抄检大观园”预示了后来贾家被抄家的结局；元妃之死，使贾府失去了政治靠山，在朝中敌对势力不断袭来时，连招架之功也丧失殆尽。宁国府被抄，标志了贾府政治上的没落，这是整个红楼世界衰败而凄冷的严冬。

---

①蔡家琬：《二知道人集》，又见冯其庸《重校八家评批红楼梦》，江西教育出版社 2000 年版，第 763 页。

贾母分散余资，说明贾府经济上完全枯竭；贾母的寿终正寝，宣告了贾府精神支柱的崩溃，此外鸳鸯上吊、奴仆反叛、妙玉被劫、凤姐“托孤”、惜春皈依佛门、宝玉斩断尘缘……一个赫赫扬扬的百年望族，“运终数回，不可挽回”，“树倒猢狲散”，最终落得“白茫茫一片大地真干净”。

由此可见，《红楼梦》的叙事结构具有明显的阶段性特征，这一点继承了《史记》叙事阶段性的时间特征，使繁复的人物事件有了较为明晰的节奏感，使整部小说的叙事结构更加严谨，故事情节更加引人入胜。

(3)微观叙事的时间顺序

李长之说：“《史记》一部书，就整个看，有它整个的结构；就每一篇看，有它每一篇的结构。这像一个宫殿一样，整个是堂皇的设计，而每一个殿堂也都是匠心的经营。”①《史记》“纪”年的特征，不仅在全书的宏观结构上体现出来，具体到微观的每一篇传记的叙事，也有明显的时间顺序。尽管《史记》是以写人为中心的纪传体，但在叙事过程中是以事件作为标准，来划定整篇文章的起始终止，具有明显的时间性特征。

《史记》按时间顺序叙事的方法在《红楼梦》叙事中也有所体现。从具体内容来看，《红楼梦》全书起于炎夏，终于严冬，预示了贾府由“烈火烹油，鲜花着锦”的繁盛走向“落得个白茫茫一片大地真干净”！全书按照时间发展顺序叙事，行文过程中凡春夏秋冬标明时节的语汇比比皆是，使读者在阅读过程中有一个明晰的时间线索，这是曹雪芹对史家笔

①李长之：《司马迁之人格与风格》，生活·读书·新知三联书店2013年版，第338页。

法的运用。如《红楼梦》第一回“甄士隐梦幻识通灵”中就多次运用了表示时间的词语，“一日炎夏永昼，士隐于书房闲坐”，“一日，早又中秋佳节”“真是闲处光阴易过，倏忽又是元宵佳节矣”，“士隐乃读书之人，不管胜利稼穑等事，勉强支持了一二年，越觉穷了下去”，单从第一回就可以看出曹雪芹对于史学家记史传统的继承。

就小说回目而言，很多回目就已经体现出故事情节鲜明的时间顺序，如：

……

第十七回　大观园试才题对额　荣国府归省庆元

……

第二十六回　蜂腰桥设言传心事　潇湘馆春困发幽情

第二十七回　滴翠亭杨妃戏彩蝶　埋香冢飞燕泣残红

……

第三十回　宝钗借扇机带双敲　龄官画蔷痴及局外

……

第三十八回　林潇湘魁夺菊花诗　薛蘅芜讽和螃蟹咏

……

第四十五回　金兰契互剖金兰语　风雨夕闷制风雨词

……

第四十九回　琉璃世界白雪红梅　脂粉香娃割腥啖膻

第五十回　芦雪亭争联即景诗　暖香坞雅制春灯谜

……

第五十三回　宁国府除夕祭宗祠　荣国府元宵开夜宴

……

第五十九回　柳叶渚边嗔莺叱燕　绛云轩里召将飞符

……

第六十二回　憨湘云醉眠芍药，　呆香菱情解石榴裙

……

第七十回　林黛玉重建桃花社　史湘云偶填柳絮词

……

第七十五回　开夜宴异兆发悲音　赏中秋新词得佳谶

第七十六回　凸碧堂品笛感凄清　凹晶馆联诗悲寂寞

……

通过以上示例的回目可见，《红楼梦》的叙事有明显的时间顺序。十七回“庆元宵”写的是元宵节之事；二十七回宝钗扑蝶、黛玉葬花写暮春时节景象；三十回龄官在蔷薇花架下画蔷字，是初夏时间景象；三十八回探春结海棠诗社，众人写菊花诗，开螃蟹宴是秋日景象；四十九回芦雪庵即景联诗，宝玉白雪中向往栊翠庵向妙玉乞红梅，描写的是冬日景象。其后的元宵开夜宴—柳叶渚边嗔莺叱燕—湘云醉眠芍药—填柳絮词—中秋夜宴等等，依此看下去，《红楼梦》的叙事有非常鲜明的春、夏、秋、冬的时间顺序。由此可见，《红楼梦》在叙事结构上继承了《史记》为代表的史书传统，具有编年的特征。

《史记》虽然是以传人为主的纪传体体例，但是作为史书，司马迁在编撰时也注重历史发展的时序性，因此《史记》也同时具有传统史书的编年特性，体现出鲜明的时间阶段性。《红楼梦》作为一部结构和规模宏大的小说，虽然以塑造人物为主，但是在叙事过程中沿袭了史传文

学的叙事传统，具有鲜明的时间性。同样作为叙事文学，《史记》和《红楼梦》在叙事结构上都有明显的时间顺序和时间层次。

通过分析可见，《红楼梦》在整体框架结构上接受了《史记》以时间为基本线索，以写人为主的布局安排，以时间为经传人为纬，融合了编年体与纪传体的基本特征，使全书脉络清晰、层次分明。

2. 横向“传”人的叙事结构

《史记》开创了以写人为主的纪传体记史传统，其人物传记主要集中在本纪、世家、列传中。司马迁不仅对处于历史政治舞台中心的人物立传，还为对历史发展具有一定贡献和典型意义的历史人物著书立传。《史记》就像一幅长长的历史画卷，使许多历史人物形象栩栩如生地展现于读者眼前，在历史发展的进程中徐徐而来，演绎了真实生动的历史发展进程，在一篇之中记述传主一生的经历，再现历史人物的形象与命运。

《史记》以人物为中心的纪传体形式，影响了后世的史书撰写体例，后世的正史撰写都沿袭了纪传体的传统。以人物为中心的纪传体体例，也深刻影响后世的小说创作。《红楼梦》是一部以塑造人物为主的小说体裁，但其所述之纷繁复杂的事件、形形色色的人物，需要作者有非凡的结构艺术安排能力，这一点上，《史记》对《红楼梦》的创作在叙事结构艺术方面提供了可借鉴的艺术经验。

（1）完整体现人物一生的命运

《史记》人物传记的写法，并不是随意写来，而是有一种时间性的“外形”制约着。在介绍人物时，往往是先介绍姓名、家世等，交代人物的出身来历，以“某某者某郡人也”的模式开端；再叙述人物经历的关键性事件；最后写人物的命运结局。通过功过成败等一系列过程展现人物一生，组成一种较为固定的模式，整体对人物的一生进行较为完整的再现。

如《高祖本纪》先写了刘邦起义前的事迹与经历，然后写刘邦起义，入关灭秦的过程，再写楚汉之争，刘邦打败项羽，最终称帝；最后写了刘邦称帝后的主要事件一直到死亡。完整反映了刘邦从沛公—汉王—汉高祖的一生经历，具有鲜明的时间顺序。《项羽本纪》一开始先介绍项羽："项籍者，下相人也，字羽。初起时，年二十四。其季父项梁，梁父即楚将项燕，为秦将王翦所戮者也。项氏世世为楚将，封于项，故姓项氏。"①然后叙述了项羽一生从江东起义、灭秦、入关分封诸侯王、楚汉战争、兵败自杀的全过程。又如《孝景本纪》一篇，整篇传记每一段的开头都以景帝在位的具体时间开始，从"元年四月乙卯，赦天下"到"甲子，孝景皇帝崩"，记录景帝在位期间发生的重要事件。余者本纪、世家、列传在撰写人物的过程中大抵如此，以时间为序主要体现传中人物的命运发展过程，《史记》中的人物传记基本都是遵循这一规律，这也成为史家的基本笔法。浦安迪先生认为："这种定型的叙事单元，不仅是历史书，而且也是全部中国叙事文学的惯用单位。"②换言之，《史记》人物传记的写法，对后世的叙事文学有很大的影响，以描写人物为主的小说更是会受到影响。如果把《史记》人物传记的片段截取下来就会发现，与后世小说有许多相似的地方。

《史记》通过记录历史人物一生的重要事件展现人物命运发展的手法，对《红楼梦》塑造人物也有一定影响。曹雪芹在叙述小说中人物的命运发展时继承发展了《史记》的史家笔法，小说中主要人物的故事基

①司马迁：《史记》，韩兆琦评注，岳麓书社2011年版，第171页。
②浦安迪：《中国叙事学》，北京大学出版社2012年版，第73页。

本都是有始有终，先从其家业根基说起，继而叙其命运发展，最终述其归宿，使读者对文中人物能够获得更加深刻的认识。如《红楼梦》开篇便讲述了顽石的来由以及“幻形入世”的过程，最终又回到青埂峰下的一段完整的历程。

此外《红楼梦》在写人时往往一开始先叙写其身世，这也深得太史公之法。如《红楼梦》第一回写贾雨村甄士隐二人：“庙旁住着一家乡宦，姓甄，名费，字士隐。嫡妻封氏，情性贤淑，深明礼义。家中虽不甚富贵，然本地便也推他为望族了。”①“姓贾名化、表字时飞、别号雨村者走了出来。这贾雨村原系胡州人氏，也是诗书仕宦之族，因他生于末世，父母祖宗根基已尽，人口衰丧，只剩得他一身一口，在家乡无益，因进京求取功名，再整基业。”②又如第二回介绍林如海：“这林如海姓林名海，表字如海，乃是前科的探花，今已升至兰台寺大夫。本贯姑苏人氏，今钦点出为巡盐御史，到任方一月有余。”第四回介绍李纨：“原来这李氏即贾珠之妻。珠虽夭亡，幸存一子，取名贾兰，今方五岁，已入学攻书，这李氏亦系金陵名宦之女，父名李守中，曾为国子监祭酒，族中男女无有不诵诗读书者。至李守中继承以来，便说“女子无才便有德，故生了李氏时，便不十分令其读书，只不过将些《女四书》、《列女传》、《贤媛集》等三四种书，使他认得几个字，记得前朝这几个贤女便罢了，却只以纺绩井臼为要，因取名为李纨，字宫裁。”诸如此类的写法在《红楼梦》中很普遍，这种人物出场交代出身的写法，是继承了《史记》传写人物的手法。

综上所述，《史记》开创的以写人为中心的纪传体手法对《红楼梦》

①曹雪芹、高鹗：《红楼梦》，人民文学出版社 1992 年版，第 7 页。

②曹雪芹、高鹗：《红楼梦》，人民文学出版社 1992 年版，第 11 页。

产生了一定影响。通过分析可见，《红楼梦》在整体框架结构上，接受了《史记》以时间为基本线索、以写人为主的布局安排，以时间为经、以写人物为中心，融合了编年体与纪传体的体例特征，使全书脉络清晰、层次分明。

（2）所传人物的层次分明

《史记》在给历史人物立传的结构安排上有其鲜明的特征，正如司马迁在《太史公自序》中言："罔罗天下放失旧闻，王迹所兴，原始察终，见盛观衰，论考之行事，略推三代，录秦汉，上记轩辕，下至于兹，著十二本纪，既科条之矣。并时异世，年差不明，作十表。礼乐损益，律历改易，兵权山川鬼神，天人之际，承敝通变，作八书。二十八宿环北辰，三十辐共一毂，运行无穷，辅拂股肱之臣配焉，忠信行道，以奉主上，作三十世家。扶义俶傥，不令已失时，立功名于天下，作七十列传。"①由此可见本纪是全书之纲领，主要记录帝王之事，是整个系统中的最高层次，体现了大一统的思想；世家是记录诸侯贵族的，是围绕本纪展开的；列传记录在推动社会发展过程中有意义的形形色色的历史人物。总之《史记》所记之人物在结构安排上井井有条，以本纪为中心向外辐射延伸，构成了庞大的立体化人物关系网，上至帝王将相下至平民百姓，每一个阶层的人物都有涉及，从而真实生动地展现了历史发展的进程。

《史记》中的本纪十二本纪为全书之"科条"，是司马迁安排史书结构和入传人物的总纲领；三十世家如"二十八宿环北辰，三十辐共一毂"，围绕在本纪中记载的帝王领袖周围，忠信行道，以奉主上；七十

①司马迁：《史记》，韩兆琦评注，岳麓书社2011年版，第1791—1792页。

列传为“扶义俶傥之士”立传。从入传人物的阶层地位来看，帝王领袖、王侯将相、平民百姓层次分明，毫不紊乱，入传人物的身份上至统治者，下到游侠、刺客等无所不包。《红楼梦》在人物层次的安排上继承了《史记》的这一特征，曹雪芹塑造人物时，以金陵十二钗正册中的人物为中心，她们相当于全书的纲领，金陵十二钗的地位相对于《史记》中十二本纪的纲领性地位，她们代表社会上层的贵族女性。以围绕在金陵十二钗周围的副册和又副册中的人物为辅，她们代表了形形色色被侮辱与被损害的女性角色。小说还涉及其他形形色色的人物，与金陵十二钗正册、副册和又副册中的角色，共同构成了一个立体化的人物结构网。这一结构特点是对《史记》中本纪、世家、列传之间人物层次关系的继承。

《史记》开创了以写人为主的纪传体体例，司马迁选择了对历史发展具有一定贡献的人物为其著书立传，使许多历史人物形象栩栩如生。他不仅为帝王将相等有一定社会地位的人物立传，也为能够推进社会发展或者有一定社会作用的底层人物立传，人物身份各异，人物层次不同。《史记》就像一个长长的历史画卷，让一个个生动的历史人物从历史发展的进程中徐徐而来，演绎了真实形象的历史进程。《红楼梦》接受了《史记》纪传体的结构特征，在宏阔的叙事结构中塑造了形形色色的人物形象。

三、《红楼梦》对《史记》人物传记形式的继承

《史记》开创了纪传体先河，以人物为中心记载历史，对后世的史书创作影响深远，对后世的古典小说创作也有极大影响。《红楼梦》是古典小说中写人艺术成就很高的作品，它和《史记》都是以人物为中心

叙事，对《史记》人物传记的形式也有继承。

1.《史记》单独立传与《红楼梦》总合一传

《史记》开创了以人物为中心的纪传体体例，司马迁选择从黄帝时期到汉武帝当朝的重要历史人物作为传主，分别为其著书立传。从表现形式来看，《史记》中的人物传记都是独立的篇章，《红楼梦》虽不像《史记》一篇篇给人物立传，也继承和发展了其传记特点。从题名来看，“是书题名极多”，《红楼梦》是读者最熟知的题名，最早这部小说的题名是《石头记》。“到了乾隆五十六年(1791)，忽然有一本印书出现了，不但印刷整齐，而且比八十回多出四十回书来。……这部百二十回的小说，已经不叫《石头记》了，正式改题为《红楼梦》。此本一出，风靡天下，堪称盛况空前。”①按照周汝昌先生的说法，《红楼梦》是刊印补全后的题名，曹雪芹创作时题名为《石头记》，这从现存的手抄本可以印证。按照甲戌本《凡例》中的解释，《石头记》的题名“是自譬石头所记之事也”，也就是小说内容是关于石头的传记，从《石头记》的题名便可看出，它继承了《史记》纪传体的特点。

《红楼梦》虽不像《史记》分章给人物立传，但却将诸多人物的传记总合成一传。清人二知道人在《〈红楼梦〉说梦》中说：“太史公纪三十世家，曹雪芹只纪一世家。太史公之书高文典册，曹雪序之书假语村言，不逮古人远矣。然雪芹纪一世家，能包括百千世家，假语村言不营晨钟暮鼓，虽稗官者流，宁无裨于名教乎？”②《史记》作为以写人为主的纪传体史书，主要通过一个个独立的人物传记构成历史发展的基本脉络。《红楼梦》作为小说，要展现完整的故事情节，人物传记不是独立的，

①周汝昌：《红楼小讲》，北京出版社2002年版，第1页。

②蔡家琬：《二知道人集》，人民文学出版社2016年版，第600页。

而是通过故事的发展塑造许多人物，《红楼梦》实际上就是“金陵十二钗”为主的人物传记的总合。

《史记》人物传记的形式对后世小说有重要的影响，如金圣叹在《读水浒法》中说：“《水浒传》一个人出来，分明便是一篇列传。至于中间事迹，又逐段逐段自成文字，亦有两三卷成一篇者，亦有五六句成一篇者。”张竹坡在《金瓶梅读法》中说：“《金瓶梅》是一部《史记》。然而《史记》有独传，有合传，却是分开做的。《金瓶梅》却是一百回共成一传，而千百人总合一传，内却又断断续续各人自有一传。”这里指出了《水浒传》和《金瓶梅》在人物写法方面和《史记》的人物传记有相似性。刘铨福在甲戌本《脂砚斋重评〈石头记〉》第二十八回之后幅的跋云：“《红楼梦》非但为小说别开生面，直是另一种笔墨。昔人文字有翻新法，学《梵夹书》。今则写西法轮齿，仿《考工记》。如《红楼梦》实出四大奇书之外，李贽、金圣叹皆未曾见也。”①假使李贽、金圣叹、张竹坡等人在世时读到《红楼梦》，定也会有相似的感叹：《红楼梦》一个人物出来又何尝不是一篇列传！《史记》有独传，有合传，有类传，《红楼梦》里何尝没有单传、合传、类传！只不过《史记》是分开做的一篇篇传记，展现从黄帝时期至汉武帝当朝的历史发展过程，《红楼梦》却是一百二十回共成一传，也是千百人总合一传，在总传也是各人自有一传，这也可以看作是对《史记》人物传记形式的继承与发展。

2.《红楼梦》对《史记》传记类型的继承

《史记》人物传记有单传、合传、类传、附传等不同类型。所谓单传是指单个人物的传记，传主为某个历史人物，如本纪里的《高祖本

①胡适：《红楼梦考证》，北京出版社2015年版，第67页。

纪》《项羽本纪》等，世家里的《孔子世家》《留侯世家》等，列传中的《李将军列传》《魏公子列传》等。合传一般是以两个历史人物为传主，共同放在一篇传记中，作为传主的二者之间往往有一定的联系。如《廉颇蔺相如列传》，廉颇和蔺相如所处的时代相同，身份相似，都是赵国重臣；《屈原贾生列传》中，屈原和贾谊不是同时代的人物，但二人怀才不遇的遭际却非常相似，所以司马迁将二人列入同一传记中。类传是某一类人物的传记，传主在身份、职业等方面有类似之处，司马迁本着以类相从的原则，将同一类人放在一起集中刻画。如《刺客列传》中所载的曹沬、豫让、聂政、荆轲等人，不是同时代的历史人物，但都具有“刺客”的身份特征，所以合为一传；《儒林列传》是对当时读书人所作的总传；《货殖列传》给不同时期重要的商人立传。附传在《史记》中比较特别，是在某一传记中兼写他人之事，也就是把某一人物的故事附加在别的传记之中或之后，通过体例、传记名称无法看出，只有细读内容才能识别。如《秦始皇本纪》中附加了秦二世的传记，《魏其武安侯列传》后面附加了灌夫之传。从人物传记的类型来看，《红楼梦》继承了《史记》的传统，单传、合传、类传、附传的人物传记形式在《红楼梦》中都有所体现，不同的是《史记》的传记是分开的一个个的传，《红楼梦》中的人物传记是分散在小说中的前后勾连的整体形式。

《红楼梦》中的主要人物，作者都会用重点的篇章写其人其事，相当于单传的形式。《红楼梦》中的人物之所以生动形象，也得益于作者善于用经典片段塑造人物。如小说第三回林黛玉进贾府实为黛玉之专传，表现林黛玉“步步留心，时时在意，不肯轻易多说一句话，多行一步路，惟恐被人耻笑了他去”的细心敏感的个性。第十一回到十五回为王熙凤专传，毒设相思局治死贾瑞，体现了她的狠毒，在秦可卿丧礼中协理宁国府，说明她的理家才干，铁槛寺弄权表现了她的贪婪，短短几回，集中展现了王熙凤性格的多面性，塑造了一个立体化的王熙凤形象。第十七回元妃省亲是元春之专传；第二十一回袭人箴劝宝玉为袭人专传，集中表现了袭人之贤；第四十六回“鸳鸯女誓拒鸳鸯偶”为鸳鸯传，集中体现了其烈其美；第四十八回“慕雅女雅集苦吟诗”为香菱专传，通过香菱学诗体现了她的才华；第三十一回、五十一到五十二回为晴雯专传，“撕扇子”表现其真，病补雀金裘体现其勇；第五十四到五十六回是探春专传，“敏探春兴利除宿弊”突出表现了其理家之才；第七十三回“懦小姐不问累金凤”为迎春专传，表现了迎春懦弱的个性特征；第七十四回“矢孤介杜绝宁国府”为惜春专传，表现了惜春之无情，为其后来看破红尘入空门埋下伏笔……《红楼梦》所记人物众多，作者对主要人物在专章里突显其主要性格特征，使人物个性鲜明，也使全书结构主次分明。

除了集中情节突出某一人物个性的单传形式之外，《红楼梦》对《史记》合传的形式也有所继承。小说一开始便是甄士隐与贾雨村的合传，作者意在“真事隐去，假语村言”，用甄、贾二字隐括全书的主题，引出后文的故事，使“假作真时真亦假”。以一甄士隐楔出贾雨村，以一贾雨村楔出林黛玉，然后引出贾府众人，以甄英莲引出薛宝钗，引出四大家族的勾连关系。这二人在小说中有着重要作用。《红楼梦》第六十五到六十九回为“二尤”合传，着重描写了尤三姐和尤二姐的悲剧命运。《红楼梦》中还有一种特殊的合传，因为某一件事把大观园众人聚集在一起，表现不同人物的个性特征。第七回周瑞家的送宫花一回，脂砚斋评道：“谓是宝钗正传，又著阿凤惜春一段，则又知是阿凤正传，今又写颦儿一段，却又将阿颦之天性从骨中一写，方知亦系颦儿正传。小说中一笔作两三笔者有之。”①通过周瑞家的送宫花一事，一路写来，写出众人不同的个性特点。

除了单传、合传之外，《红楼梦》对《史记》类传、附传的形式也有继承。如第九回“恋风流情友入家塾，起嫌疑顽童闹学堂”就是贾府众子弟形象的集中亮相，是这个贵族家庭一代继承人的类传。这些子弟本是贾府家业的继承者，可是却不务正业，作者在这一回里对其进行了深刻的讽刺。第五十八回到六十一回重点写莺儿、春燕、芳官、五儿等众丫头，是贾府丫头们的类传。综上所述，《红楼梦》虽为小说，但是在形式上自觉接受了《史记》人物传记的基本特征。

总而言之，《史记》开创了纪传体史书的先河，打破了以往史书以时间顺序记事的编年体的基本模式，以人物为中心叙历史之事。其宏大的结构艺术对后世文学创作都产生了非常重要的影响。作为中国古典小说的集大成者，《红楼梦》在结构艺术方面接受了《史记》的创作经验，从结构艺术来看，《红楼梦》受到《史记》的深远影响：纵向以编年为序记事，横向以人物为中心的传人。纵横交错，钩织出宏伟而层次分明的结构。

第二节　叙事视角的多元化

所谓的叙事视角，是一部作品看世界的特殊眼光和角度，“它是作者和文本的心灵结合点，是作者把他体验到的世界转化为语言叙事世界

①浦安迪：《红楼梦批语偏全》，北京大学出版社2012年版，第41页。

的基本角度。同时也是读者进入这个语言叙事世界，打开作者心灵窗扉的钥匙。”①当作者要展示一个叙事世界的时候，不可能直接把具体客观的世界照搬到纸面上，而是通过一定的叙事角度和语言文字把动态的立体世界再现出来，这里所说的叙事角度就是叙事视角。

中国传统的史学论著中，史官往往以一幅“全知全能者”的视角客观地进行叙事，以保证所记载历史内容的真实可信。《史记》中，司马迁一方面继承传统史官全知视角的叙事方式，另一方面又常用让历史人物站出来说话的限知视角；一方面采用实录式的客观叙事方式，另一方面又以评论者的姿态主观发表议论。《史记》这种多样化叙事视角的运用，使书中所撰人物更加生动形象，所叙事件更加真实可信。《史记》多种叙述视角的运用方式，对后世的叙事文学影响深远，《红楼梦》在叙事视角方面接受了《史记》的叙事特征。

一、全知视角与限知视角

《史记》在叙事过程中总体采取全知视角，全知视角是一种比较灵活自由的叙事视角，又被称为“上帝视角”，作者就如同全知全能的“上帝”，对所叙写的内容全都知道，叙事不受任何客观限制。作为史学论著，司马迁在叙事过程中通过搜集多方面的历史材料，全面地实录历史事实，并且按照“究天人之际，通古今之变，成一家之言”的宗旨探究历史发展的因果原委。因此作者在叙事过程中，往往站在全知的视角，全方位地表现历史事件的发展和历史人物的兴衰存亡，作为史官，他站在讲述者的角度，对所叙内容无所不知，书中所写的人物和事件尽在作

①杨义：《中国叙事学》，人民出版社2009年版，第197页。

者掌控之中。

如《高祖本纪》中对刘邦的介绍：

> 高祖，沛丰邑中阳里人，姓刘氏，字季。父曰太公，母曰刘媪。其先，刘媪尝息大泽之陂，梦与神遇。是时雷电晦冥，太公往视，则见蛟龙于其上……好酒及色，常从王媪、武负贳酒，醉卧，武负、王媪见其上常有龙，怪之。①

司马迁作为史官，用全知视角叙事，对刘邦的家世、性情、形象、行为了如指掌。文中称刘邦为“高祖”，是司马迁作为臣子对帝王的尊称，是从史臣的视角叙写；见蛟龙附于刘媪身上，本是刘太公的视角所见；见其上常有龙，应是酒店主人的视角所见。这些关于刘邦的事件又都是从司马迁的角度叙出，是一种叙事的全知视角体现。

又如《项羽本纪》中霸王别姬一段描写：

> 项王则夜起，饮帐中。有美人名虞，常幸从；骏马名骓，常骑之。于是项王乃悲歌慷慨，自为诗曰：“力拔山兮气盖世！时不利兮骓不逝！骓不逝兮可奈何！虞兮虞兮奈若何！”歌数阕，美人和之。项王泣数行下，左右皆泣，莫能仰视。②

项羽在垓下被汉军包围，已经是四面楚歌、穷途末路之时，这段帐中夜饮的情境没有在此前的史料中记载，也不是司马迁亲眼所见，但是司马迁以全知视角描写，使读者在《项羽本纪》中，感受到这个勇猛狂傲的西楚霸王，还有悲伤温情的一面，使历史人物的形象更加生动

①司马迁：《史记》，韩兆琦评注，岳麓书社2011年版，第194页。
②司马迁：《史记》，韩兆琦评注，岳麓书社2011年版，第188页。

真实。

中国古典小说的叙事中，作者对作品中人物的个性心理、事件的发展等往往是全知的，这一点受史传文学的叙事影响，小说家往往继承史学家叙事的传统，站在叙事者的角度将故事的发展娓娓道来。《红楼梦》的叙事过程中也采用了全知视角，小说一开篇便叙述了顽石"无才补天，幻形入世"，历尽人间的富贵繁华、悲欢离合之后重回青埂峰下的故事。从历经"几世几劫"，到空空道人抄录石上之文传之于世，再到曹雪芹于悼红轩中"披阅十载，增删五次，纂成目录，分出章回"，整个过程叙述者(作者)无所不知，以全知视角进行叙事。

又如《红楼梦》第二十九回"享福人福深还祷福，痴情女情深欲斟情"中，宝黛二人因为张道士提亲之事争吵，作者用全知的视角对宝黛二人的心理进行了深入的描述，剖析人物复杂的内心世界。

> 宝玉的心内想的是："别人不知我的心，还有可恕，难道你就不想我的心里眼里只有你！你不能为我烦恼，反来以这话奚落堵我。可见我心里一时一刻白有你，你竟心里没我。"心里这意思，只是口里说不出来。那林黛玉心里想着："你心里自然有我，虽有'金玉相对'之说，你岂是重这邪说不重我的。我便时常提这'金玉'，你只管了然自若无闻的，方见得是待我重，而毫无此心了。如何我只一提'金玉'的事，你就着急，可知你心里时时有'金玉'，见我一提，你又怕我多心，故意着急，安心哄我。"
>
> 看来两个人原本是一个心，但都多生了枝叶，反弄成两个心了。那宝玉心中又想着："我不管怎么样都好，只要你随意，我便立刻因你死了也情愿。你知也罢，不知也罢，只由我的心，可见你

方和我近，不和我远。”那林黛玉心里又想着：“你只管你，你好我自好，你何必为我而自失。殊不知你失我自失。可见是你不叫我近你，有意叫我远你了。”如此看来，却都是求近之心，反弄成疏远之意。如此之话，皆他二人素习所存私心，也难备述。①

通过作者的全知全能的叙事，使读者对人物的内心世界有了更多认识，小说人物的形象也更加立体化。这是受了《史记》等史传文学史学家叙事全知视角的影响。

《史记》总体上采取全知视角的方式叙事，但在局部描写上有时采取限知视角叙事。所谓限知视角，又叫有限视角，作者从某个人物的视角来观察叙事，是从某个人物的眼睛看出去的故事。限知视角叙事过程中，叙述者对事件的原因、过程和结果等进行隐藏，使读者的认知受到限制，许多内容不能直接知道，但也会更有悬念，使叙事更加委婉曲折，耐人寻味。

如《吕太后本纪》中，通过留侯之子张辟强的视角写吕后：

七年秋八月戊寅，孝惠帝崩。发丧，太后哭，泣不下。留侯子张辟强为侍中，年十五，谓丞相曰：“太后独有孝惠，今崩，哭不悲，君知其解乎？”丞相曰：“何解？”辟强曰：“帝毋壮子，太后畏君等。君今请拜吕台、吕产、吕禄为将，将兵居南北军，及诸吕皆入宫，居中用事，如此则太后心安，君等幸得脱祸矣。”丞相乃如辟强计。太后说，其哭乃哀。②

---

①曹雪芹、高鹗：《红楼梦》，人民文学出版社1992年版，第414页。

②司马迁：《史记》，韩兆琦评注，岳麓书社2011年版，第223页。

吕后“为人刚毅”，也是一个非常有政治头脑的女性，因为刘邦宠爱戚夫人，对她的地位和刘盈继位构成威胁，便千方百计挽回，最终在张良的建议下请出“商山四皓”辅佐刘盈，使刘邦打消了废立太子的决心。刘邦死后，吕后便扫除异己加害戚夫人母子。她的这些行为是在为自己谋取政治资本和利益，因此在惠帝死后，她“哭不悲”的行为有悖于人之常情，张辟强的这段分析反映了吕后复杂的内心世界，有助于读者更全面地了解人物。

又如《淮阴侯列传》中作者借韩信之口评价项羽：

> 项王喑恶叱咤，千人皆废，然不能任属贤将，此特匹夫之勇耳。项王见人恭敬慈爱，言语呕呕，人有疾病，涕泣分食饮，至使人有功当封爵者，印刓敝，忍不能予，此所谓妇人之仁也。项王虽霸天下而臣诸侯，不居关中而都彭城。有背义帝之约，而以亲爱王，诸侯不平。诸侯之见项王迁逐义帝置江南，亦皆归逐其主而自王善地。项王所过无不残灭者，天下多怨，百姓不亲附，特劫于威强耳。名虽为霸，实失天下心。故曰其强易弱。①

韩信曾为项羽部下，但多次献策不能为项羽所用，才来归附刘邦，所以他对项羽是比较了解的。司马迁从韩信的视角对项羽进行评价，具有一定的说服力和真实性，使读者能够更全面客观地了解项羽其人。

此外，《史记》每篇传记后的传赞，“太史公曰”是司马迁从“我”的视角评判历史人物，也是一种限知视角的叙事。这种限知视角使叙事更加生动，使读者能够多角度看问题，对人物、事件的了解更加全面真

①司马迁：《史记》，韩兆琦评注，岳麓书社2011年版，第1271页。

实。这种手法也被后世的叙事文学传承与发展。

《红楼梦》的叙事风格较为含蓄，故事情节引人入胜，这与作品从限知视角叙事有密切关联，使读者紧随叙述者的眼光探寻故事发展的下一步，不仅有继续阅读的好奇心，也会产生阅读结果探寻的快感。如《红楼梦》在第三回林黛玉进贾府中通过黛玉的行踪和眼光描写贾府的环境和人物：

> 林黛玉扶着婆子的手，进了垂花门，两边是抄手游廊，当中是穿堂，当地放着一个紫檀架子大理石的大插屏。转过插屏，小小的三间厅，厅后就是后面的正房大院。正面五间上房，皆雕梁画栋，两边穿山游廊厢房，挂着各色鹦鹉，画眉等鸟雀。台矶之上，坐着几个穿红着绿的丫头，一见他们来了，便忙都笑迎上来。①

这是林黛玉眼里的贾府，作者借黛玉的视角作为“镜头”展现贾府的环境，读者也跟随黛玉的行踪了解贾府的内部环境。林黛玉因为常听母亲说外祖母家非同一般，所以行为非常谨慎，因此在林黛玉视角下，粗略勾勒出贾府的布局陈设，体现了她不肯轻易多说一句话、多行一步路的大家闺秀风范。

刘姥姥的身份不同于贵族女性，她因为穷困到贾府“打秋风”，因为贾母怜惜，有了深入贾府游大观园的经历，这里的一切在这个乡下老人的眼里都是新奇的，从来没见过的，充满了陌生感。作者借刘姥姥的视角叙事，也带来一种陌生化的效果，如她醉酒后误入怡红院宝玉房里的一段描写：

①曹雪芹、高鹗：《红楼梦》，人民文学出版社 1992 年版，第 39 页。

于是进了房门，只见迎面一个女孩儿，满面含笑迎了出来。刘姥姥忙笑道："姑娘们把我丢下来了，要我碰头碰到这里来。"说了，只觉那女孩儿不答。刘姥姥便赶来拉他的手，"咕咚"一声，便撞到板壁上，把头碰的生疼。细瞧了一瞧，原来是一幅画儿。刘姥姥自忖道："原来画儿有这样活凸出来的。"一面想，一面看，一面又用手摸去，却是一色平的，点头叹了两声。一转身方得了一个小门，门上挂着葱绿撒花软帘。刘姥姥掀帘进去，抬头一看，只见四面墙壁玲珑剔透，琴剑瓶炉皆贴在墙上，锦笼纱罩，金彩珠光，连地下踩的砖，皆是碧绿凿花，竟越发把眼花了，找门出去，哪里有门，左一架书，右一架屏。刚从屏后得了一门转去，只见他亲家母也从外面迎了进来。刘姥姥诧异，忙问道："你想是见我这几日没家去，亏你找我来。那一位姑娘带你进来的？"他亲家只是笑，不还言。刘姥姥笑道："你好没见世面，见这园里的花好，你就没死活戴了一头。"他亲家也不答。便心下忽然想起："常听大富贵人家有一种穿衣镜，这别是我在镜子里头呢罢。"说毕伸手一摸，再细一看，可不是，四面雕空紫檀板壁将镜子嵌在中间。①

贾宝玉是贾母最疼爱的孙子，这个贵族公子平日所用也都是最好的，屋里的雕梁画柱、金碧辉煌，对一个困了累了就枕着黄松木在地头休息的乡下老太太来说，让她"越发把眼花了"。她没见过那么逼真的美人画，所以误认为画中人是跟她的姑娘；他没见过镜子，所以误以为镜中的自己是亲家母，这一切对刘姥姥而言，都具有陌生感，但也给读者一种新鲜感。

①曹雪芹、高鹗：《红楼梦》，人民文学出版社 1992 年版，第 572—573 页。

《红楼梦》中限知视角的使用非常多，如第七回作者借周瑞家的送宫花一事，从周瑞家的视角写出众姊妹不同的生活和个性特征；第五十三回“宁国府除夕祭宗祠”，作者把贾府除夕祭祀的盛况通过薛宝琴的视角一一道出；第六十五回借贾琏的小厮兴儿之口，评价贾府诸人等等。限制视角和全知视角的巧妙结合，使作品的叙事转换自如，合情合理，可以使读者的视角也随之变换，具有一种真实感和现场感。

二、主观视角和客观视角

浦安迪认为“叙事文学往往有两种声音：一是事件本身的声音，一是讲述者的声音，即叙述人的口吻”①。这里所说的“事件本身的声音”，即叙事者站在客观的视角叙事，所谓“讲述者的声音”，即叙事者主观的视角。《史记》是一部历史著作，司马迁以良史严谨的态度客观记录历史，在叙事方式上，除了客观叙述历史外，他还对历史人物进行主观评价，或将个人的褒贬之意隐于字里行间。作者忽而退到后台客观叙事，忽而走到前台主观评论，这种主观视角和客观视角结合的叙事方式在《红楼梦》中也有所传承。

1. 于序事中寓论断

北宋著名文学家苏洵言：“迁、固史虽以事、辞胜，然亦兼道与法而有之，故时得仲尼遗意焉。”②指出了司马迁在叙事过程中把个人的情感寓于叙事之中，继承了孔子撰写《春秋》一字褒贬的“春秋笔法”。古代所谓的“良史”首先要有实录精神，司马迁在著史的过程中既能尊重历史，又往往把自己的看法融入史传。如顾炎武所说：“古人作史，有

①浦安迪：《中国叙事学》，北京大学出版社2012年版，第14页。

②苏洵著：《嘉祐集笺注》，曾枣庄、金成礼笺注，上海古籍出版社2013年版，第123页。

不待论断，而于序事之中即见其指者，惟太史公能之。《平准书》末载卜式语，《王翦传》末载客语，《荆轲传》末载鲁句践语，《晁错传》末载邓公与景帝语，《武安侯田蚡传》末载武帝语，皆史家于序事中寓论断法也。”①顾氏举例说明司马迁在人物传记后往往借他人之语隐约表达自己的看法，这是于序事中寓论断法的写法。既不违背史官的实录精神，又有自己的批判在其中隐约体现。

诸如此类的写法在《史记》中还有许多，如《卫将军骠骑列传》。司马迁为汉武帝时期抗击匈奴的大将立传，在历史上功勋最显赫的是卫青、霍去病，一为大将军，一为骠骑将军，是汉武帝征战匈奴的主要战将。二人虽为名将，也颇有才华，但是也因为外戚的身份才能获得尊贵的地位，在传记中司马迁毫不隐晦二人“以外戚贵幸”的事实，同时对他们不修名节，对主上和柔自媚的表现也不加掩饰地进行讥讽，所以后代读者才有“卫、霍深入二千里，声震华夷，今看其传，不值一钱”②之感。相比较而言，《李将军列传》中“李广每战辄北，困踬终身，今看其传，英风如在。史氏抑扬予夺之妙，岂常手可望哉！”③便是作者于叙事中寓论断的叙事艺术，在客观叙事中表达了自己的情感倾向。

《史记》寓论断于叙事的手法在《红楼梦》中有所继承，作者在叙事过程中隐约表达自己的主观见解。如第六十九回，贾琏偷取尤二姐一事被王熙凤知道后，她便把尤二姐赚入大观园中，表面上对尤二姐有情有

①顾炎武著：《日知录集释》，黄汝成集释，栾保群、吕宗力校点，上海古籍出版社1983年版，第1429页。

②凌稚隆《史记评林·李将军列传》引黄震语，见周振甫编《史记集评》，重庆大学出版社2010年版，第306页。

③凌稚隆《史记评林·李将军列传》引黄震语，见周振甫编《史记集评》，重庆大学出版社2010年版，第306页。

礼，背地里却百般刁难。脂砚斋批点《石头记》，此回开始总批："写凤姐写不尽，却从上下左右写。写秋桐极淫邪，正写凤姐极淫邪；写平儿极义气，正写凤姐极不义气；写使女欺压二姐，正写凤姐欺压二姐；写下人感戴，正写下人不感戴凤姐。史公用意，非念死书子之所知。"此回写王熙凤"弄小巧用借剑杀人"，明写上下左右之人如何对待尤二姐，实际上是作者借此对比，暗写王熙凤如何对待尤二姐，不经意间王熙凤的嫉妒、狠毒已经在字里行间展露无遗。作者的用意也在叙事过程中表露无遗，这是对《史记》于叙事中寓论断手法的继承。

又如《红楼梦》第七十五回"开夜宴异兆发悲音"中，贾珍因为居丧不得游玩，便以习射的名义召集世家纨绔子弟吃酒赌钱为乐，于中秋之夜赏月作乐，众人正添衣饮茶，换盏更酌之际，忽然听见墙下有人长叹。

> 只听得一阵风声，竟过墙去了，恍惚闻得祠堂内扇开阖之声。只觉得风气森森，比先更觉凉飒起来，月色惨淡，也不似先明朗。众人都觉毛发倒竖。①

因为贾敬去世，按照礼法居丧期间不能游玩旷荡，也不能观优闻乐消遣取乐，贾珍等人便以习射为由开设赌局，淫逸作乐。这种行为既不合礼法，更不应该是世家子弟所为。因此在中秋节之夜，便有这段带有诡异色彩的描写。脂砚斋在七十五回前总批："贾珍居长，不能承先启后，丕振家风。兄弟问柳寻花，父子呼幺喝六，贾氏宗风其坠地矣，安得不发先灵一叹。"作者借贾府宗祠祖先之叹表达了对贾珍这起纨绔子弟

---

①曹雪芹、高鹗：《红楼梦》，人民文学出版社1992年版，第678页。

败家行为的哀叹，也揭示了贾府衰亡的重要原因，这正是于叙事中寓论断的艺术手法。

2. 传赞与诗赞

浦安迪认为伟大的叙事文学一定要有叙事人个性的介入，认为以叙述人的口吻从主观视角叙事，比事件本身客观视角叙事更重要，这也是《史记》等前四史受人推崇的原因。如《史记》许多地方隐约有司马迁的声音，总是与司马迁本人的遭遇联系在一起。这种联系到他自身的悲剧而发出的声音，反映了司马迁特殊的声音，透露出他对历史独特而深刻的评价。如每篇传后几乎都有“太史公曰”，这种“叙中夹议”的方式，便是司马迁主观视角叙事的重要体现。

《史记》是一部史著，司马迁以客观实录的笔法再现历史人物与历史事件，《史记》又是一部带有浓郁抒情色彩的史书，司马迁在每一篇传记中附上传赞，以“仆”“太史公”的身份表达自己对历史人物或历史事件的主观认识与评论。这种方式既符合司马迁作为良史的创作标准，同时也表达了个人的思想，使《史记》在客观真实地再现历史的同时也带有司马迁个性的色彩。《史记》每篇传记都有“太史公曰”的传赞，作者对所传人物和事件进行主观的评论，这种叙事方式对后世的叙事文学有深远影响。后世的史学论著末尾往往都有作者的传赞。

《红楼梦》是一部小说，小说往往以带有虚构性的叙事方式再现客观现实，作者的身份往往是隐藏起来的。《红楼梦》创作中继承了《史记》传赞的传统，借用诗赞发表作者的主观看法。《史记》中的传赞一般放在本传之后，在前文的客观叙述的基础上，司马迁主观叙述，发表个人的评价和认识。《红楼梦》中的诗赞，主要也是作者的评论和认识，但是由于《红楼梦》小说题材的限制，诗赞与小说正文并不是一个有机体，而是嵌入式地分散在作品不同的地方。

这种表达作者主观情感的诗赞可以放在开头，比如《红楼梦》第一回中，作者写道："后因曹雪芹于悼红轩中批阅十载，增删五次，纂成目录，分出章回，则题曰《金陵十二钗》，并题一绝云：满纸荒唐言，一把心酸泪，都云作者痴，谁解其中味。"这首绝句可以看成是小说的开篇词，是作者主观情感的表达。也可以放在结尾，《红楼梦》第百二十回"甄士隐详说太虚情，贾雨村归结红楼梦"，小说最后有一首诗赞："说道心酸处，荒唐愈可悲。由来同一梦，休笑世人痴。"此诗与第一回开篇诗首尾呼应，是作者主观性的总评。

《红楼梦》中还有一些在小说中间，属于作者总结评论性的诗赞。如第二回"贾雨村风尘怀闺秀"中，贾雨村在甄士隐家做客，甄家的丫头娇杏因为多看了他两眼，雨村便认为此女是巨眼英雄，后来发达做官后，碰到娇杏便纳她为妾，后又扶为正室夫人，和甄家小姐英莲的命运相比，娇杏真是"侥幸"，所以作者在此回中有诗云："偶因一直错，便为人上人。"第二十六回黛玉去探望宝玉，因晴雯和人赌气没有开门，正逢宝钗从宝玉屋里出来，于是黛玉伤心地哭起来，她的泣哭竟使宿鸟飞去远避。此回中作者有诗云："花魂默默无情绪，写梦痴痴何处惊。"又道："颦儿才貌世应希，独抱幽芳出绣闺。呜咽一声犹未了，落花满地鸟惊飞。"第六十六回"情小妹耻情归地府"中，因为柳湘莲悔婚，尤三姐自刎身亡，作者作诗叹道："揉碎桃花红满地，玉山倾倒难再扶。"这些嵌在小说故事中的诗赞，是作者主观评论的一种表现，是对《史记》"太史公曰"的传赞形式的继承。

第三节 预叙的艺术手法

杨义先生在《中国叙事学》中认为中国人擅长整体性思维，在时间观念上的整体性思维，深刻影响了中国叙事文学的结构形态和叙述程式，使叙事文学长于预叙，给后文展开叙述构设枢纽，埋下伏笔。所谓预叙是指对未来事件的暗示或预期，用热奈特的话说，是指“事先讲述或提及以后事件的一切叙述活动”①。

在《史记》中，司马迁常用预叙的手法叙事，避免了叙述的单调性，使故事跌宕起伏，情节前呼后应，使作品结构更加严谨。作为中国古典小说的代表作品，《红楼梦》以其生动的叙事艺术和深邃的思想内容，成为中国古典小说创作的集大成者。在《红楼梦》创作中，继承了《史记》的预叙手法，使作品叙事结构更加严谨、层次更加分明。从接受者的角度而言，使读者对叙述的情节结构更易于掌握，使故事的推进也顺乎情理。

一、梦的预叙作用

上古时期，先民对自然的认识有限，自然崇拜的思想使先民的生活带有神秘的巫神文化色彩，巫神文化的神秘色彩在先民的生活、思想、文学中都有所体现。以梦预兆是上古文学神秘色彩的常用手法，在古代人们认为梦可以沟通人神、预示吉凶，所以梦境描写很自然被文学作品

①[法]热奈特：《叙事话语新叙事话语》，王文融译，中国社会科学出版社1990年版，第17页。

当作预叙的手段而普遍采用。《史记》中就有大量以梦预叙的叙事手法的运用，此后小说的创作中也多以梦预兆故事情节的发展与结局。通过对梦的描写预言人物的命运或事件的发展走向，从而使作品具有一种神秘的天命观和宿命感，使读者能够从全局掌控内容与结构，这是我国古代叙事文学常用的技巧。

从生理学角度而言，梦是人在睡眠时，大脑的神经细胞正常进行活动的结果。俄国著名生理学家巴甫洛夫认为，人睡眠时大脑皮层有弥漫性抑制的出现，人进入熟睡状态不易有梦，而在浅睡时大脑皮层的抑制过程相应减弱或不均衡，假使兴奋性强的细胞群不能得到有效的抑制，或某些细胞群由于一定因素又开始活动，就可能导致梦的产生。从心理学角度来说，梦是人类的一种精神活动，人在现实生活中的愿望和想法在睡眠状态中被反映到大脑中，就会形成梦境。正如著名精神分析学家弗洛伊德所说："梦是人对睡眠中所受刺激的一种反应方式，是人们窥探心灵之窗，揭露人们种种无法实现的愿望的途径。"①由此可见，梦是一种主观的意识形态的产物。

《史记》中关于梦的记载有二十余处，其中大部分的梦具有很强的预言性质。如《高祖本纪》中刘媪梦与神遇，遂产高祖；《外戚世家》中，薄姬遇苍龙据腹而生孝文帝；王美人梦日入怀，产下汉武帝；《佞幸列传》中，孝文帝梦见黄头郎推其上天；等等。这些梦都有很强的预言性质，梦中的"龙""日""天"往往和帝王有关，都预示了传记中的人物日后成为帝王的合乎天理性，梦境的描写在此具有一定的预叙作用，这与汉代"君权神授""天人感应"等思想也有密切关联。

①弗洛伊德：《释梦》，孙名之译，商务印书馆2006年版，第48页。

如《赵世家》中赵盾的梦也具有预叙作用：

> 晋景公之三年，大夫屠岸贾欲诛赵氏。初，赵盾在时，梦见叔带持要而哭，甚悲；已而笑，拊手且歌。盾卜之，兆绝而后好。赵史援占之，曰："此梦甚恶，非君之身，乃君之子，然亦君之咎。至孙，赵将世益衰。"①

赵盾梦见其叔持腰而痛哭，过了一会儿又大笑，这个梦预兆了此后赵家的命运结局。赵盾死后，屠岸贾想要诛灭赵氏一族，下宫之难中把赵氏几乎诛杀殆尽。在公孙杵臼和程婴的保护下，赵氏孤儿得以存活，孤儿即赵简子，他使赵氏势力渐渐强大，至赵襄子时赵国正式形成。赵盾梦见其叔"持要而哭"，预示赵氏家族要被拦腰斩断，暗指下宫之难；"已而笑，拊手且歌"，预示在灾难之后，赵氏将大兴的结局。

> (孝成王)四年，王梦衣偏裻之衣，乘飞龙上天，不至而坠，见金玉之积如山。明日，王召筮史敢占之，曰："梦衣偏裻之衣者，残也。乘飞龙上天不至而坠者，有气而无实也。见金玉之积如山者，忧也。"②

此梦预兆了赵国长平之战惨败的结局。赵成王不听赵豹"圣人甚祸无故之利"的劝告，贪图韩国十七城，最终惹怒强秦，又中了秦国的反间计以赵括取代廉颇为将，以致最终的惨败结局。

解弢说："吾国记梦之作无佳文。盖国人莫不以梦为兆，非兆梦，

①司马迁：《史记》，韩兆琦评注，岳麓书社2011年版，第663页。
②司马迁：《史记》，韩兆琦评注，岳麓书社2011年版，第691页。

则不笔之于书。"①可见，梦在中国叙事文学中，往往具有一定的功能性的预兆作用。《史记》中关于梦的描写如此，《红楼梦》中的梦也大多具有预叙的作用。《红楼梦》中也有大量关于梦境的描写，有学者统计，小说描写了大小各异的三十三则梦②。《红楼梦》中的关于梦的描写继承了《史记》中梦的预叙的功能，比《史记》中梦的内容更加丰富，梦的种类和作用也更加多样化。

《红楼梦》中梦继承了《史记》中梦的预叙作用，预示人物的命运和事态发展。《红楼梦》作为写梦成就显著的文学作品，所描写的梦境大小各异，其中描写最精彩的具有预兆作用的梦就是"贾宝玉梦游太虚幻境"，此梦预兆了小说中主要人物的命运归宿，预示了贾府"落了片白茫茫大地真干净"的结局。"太虚幻境"是大观园的映射，贾宝玉梦中游历太虚幻境，警幻仙姑带他在"薄命司"看了通过"金陵十二钗"的图册，册中的图画和诗文预兆了主要人物的命运结局。

> 宝玉便伸手先将又副册橱开了，拿出一本册来，揭开一看，只见这首页上画着一幅画，又非人物，也无山水，不过是水墨滃染的满纸乌云浊雾而已。后有几行字迹，写的是："霁月难逢，彩云易散。心比天高，身为下贱。风流灵巧招人怨。寿夭多因毁谤生，多情公子空牵念。"宝玉看了，又见后面画着一簇鲜花，一床破席，也有几句言词，写道是："枉自温柔和顺，空云似桂如兰。堪羡优伶有福，谁知公子无缘。"③

---

①解弢：《小说丛话》，见朱一玄主编《红楼梦资料汇编》，南开大学出版社2012年版，第877页。

②王志尧：《红楼梦精解》，河南文艺出版社1999年版。

③曹雪芹、高鹗：《红楼梦》，人民文学出版社1992年版，第76—77页。

宝玉在金陵十二钗又副册中看到的是预兆晴雯和袭人命运的诗与画。这二人是宝玉最贴身、最得力的婢女，晴雯“风流灵巧”，是众丫头中最漂亮最灵巧的一个，但是却心直口快，个性过于张扬，最终被王夫人赶出大观园，只能让宝玉“多情公子空牵念”。袭人最是“温柔和顺”，她深得宝玉喜欢，也得到了王夫人的信赖，王夫人甚至悄悄把袭人的待遇提高到姨娘的规格，但她在宝玉出家后，嫁给了曾经和宝玉私交很好的优伶蒋玉菡。真是“堪羡优伶有福，谁知公子无缘”。此外副册中宝玉看到的是：“只见画着一株桂花，下面有一池沼，其中水涸泥干，莲枯藕败，后面书云：根并荷花一茎香，平生遭际实堪伤。自从两地生孤木，致使香魂返故乡。”这是对香菱命运的预示。“正册”中的十一幅图和十一首诗，预示了金陵十二钗正册中十二个女性的命运。

警幻仙姑又带宝玉听了《红楼梦》的仙曲，中间主要的十二支曲演绎了《金陵十二钗》正册中女性的悲剧。《引子》和《收尾》起了总起总束的作用：

【红楼梦·引子】开辟鸿蒙，谁为情种？都只为风月情浓。趁着这奈何天，伤怀日，寂寥时，试遣愚衷。因此上，演出这怀金悼玉的《红楼梦》。

【收尾·飞鸟各投林】为官的，家业凋零；富贵的，金银散尽；有恩的，死里逃生；无情的，分明报应。欠命的，命已还；欠泪的，泪已尽。冤冤相报实非轻，分离聚合皆前定。欲知命短问前生，老来富贵也真侥幸。看破的，遁入空门；痴迷的，枉送了性命。好一似食尽鸟投林，落了片白茫茫大地真干净！①

①曹雪芹、高鹗：《红楼梦》，人民文学出版社 1992 年版，第 84、89 页。

《引子》预示了宝黛钗爱情婚姻的悲剧结局，《收尾 · 飞鸟各投林》预示了贾府最终的衰败。除此之外，警幻仙姑给宝玉所饮“千红一窟(哭)”之茶和“万艳同杯(悲)”之酒，预兆了诸多女性命运的悲剧结局。

又如《红楼梦》第十三回秦可卿临死之前托梦给凤姐的一番话，预示了贾府这个显赫大族终有一日会走向衰败的命运结局。所以她奉劝凤姐作为贾府“脂粉堆里的英雄”，应该在繁荣时筹划衰败时的退路：“趁今日富贵，将祖茔附近多置田庄房舍地亩，以备祭祀供给之费皆出自此处，将家塾亦设于此。合同族中长幼，大家定了则例，日后按房掌管这一年的地亩，钱粮，祭祀，供给之事……便是有了罪，凡物可入官，这祭祀产业连官也不入的。便败落下来，子孙回家读书务农，也有个退步，祭祀又可永继。”①秦氏劝诫王熙凤在祖茔附近多置田庄房舍、设立家塾，即使家道中衰，子孙也可以回家读书务农，只有如此才不至于家破人散，落得个一无所有的结局。但是凤姐并没有把这个将死之人的话听进去，而是被烈火烹油，鲜花着锦之盛蒙蔽了双眼，最终见证了“家破人亡”的结局。

贾府的现状是怎样呢？小说第二回作者借冷子兴之口道出了贾府的真实状况。

> 如今生齿日繁，事务日盛，主仆上下安富尊荣者尽多，运筹谋画者无一；其日用排场，又不能将就省俭。如今外面的架子虽未甚倒，内囊却也尽上来了。这还是小事，更有一件大事。谁知这钟鸣鼎食之家，翰墨诗书之族，如今的儿孙竟一代不如一代了。②

①曹雪芹、高鹗：《红楼梦》，人民文学出版社 1992 年版，第 175 页。
②曹雪芹、高鹗：《红楼梦》，人民文学出版社 1992 年版，第 21 页

偌大一个家族无人运筹谋划，子孙们只知道安荣享乐，一代不如一代了。文字辈中贾敬一心只想炼丹求长生，不管家中俗务；贾赦世袭了祖上的官位，却不好好做官，一味好淫奢，甚至一大把年纪了还要讨老太太身边最得意的丫头鸳鸯为妾。玉字辈里贾珍作为贾家族长，不肯读书，只是一味享乐；贾琏管理荣国府事务，却是酒色之徒；贾珠早亡，只有一个遗腹子贾兰，年纪尚小；贾宝玉“行为偏僻性乖张”，只喜欢在脂粉队伍里混；贾环更是“燎毛的小冻猫子”。草字辈中的贾府子弟更是玩乐成性、不务正业，贾蓉不顾辈分和凤姐、尤氏姊妹关系暧昧，贾蔷公然在园中和女伶谈情，贾芹更是在水月庵窝娼聚赌。家塾更成了那些子弟们挣月钱或寻乐风流的地方。

贾府表面繁华，内囊却已空虚，但是贾府作为钟鸣鼎食大族，讲究日用排场，日常生活依然奢华，不能省俭。如第十三回描写秦可卿的丧礼，充分体现了贾府大族的派势，仅一副棺木板就上千两银子；为了灵幡经榜上写时好看，又花了一千二百两银子捐了个五品龙禁尉的虚衔；建造大观园和迎接元妃省亲更进一步体现了“鲜花着锦，烈火烹油”的盛况。但是同时作者也暗写了贾府的入不敷出的经济现状。如小说第五十三回“宁国府除夕祭宗祠”中，作者一方面借贾府门下庄头乌进孝进献物品，说明田庄收入的减削，通过贾珍父子的对话道出了贾府“这二年那一年不多赔出几千银子来！”“再两年再一回省亲，只怕就精穷了”“前儿我听见凤姑娘和鸳鸯悄悄商议，要偷出老太太的东西去当银子呢”①来说明荣国府经济入不敷出。另一方面又借宝琴之眼写了贾府祭祀宗祠的盛况，这种表面庄重风光而内里空虚的状况，恐怕只有贾府当

①曹雪芹、高鹗：《红楼梦》，人民文学出版社1992年版，第742页。

家管事的人最清楚。又如第七十三回贾琏央求鸳鸯偷老太太东西应急："这两日因老太太的千秋，所有的几千两银子都使了。几处房租地税通在九月才得，这会子竟接不上。明儿又要送南安府里的礼，又要预备娘娘的重阳节礼，还有几家红白大礼，至少还得三二千两银子用，一时难去支借。俗语说，'求人不如求己'。说不得，姐姐担个不是，暂且把老太太查不着的金银家伙偷着运出一箱子来，暂押千数两银子支腾过去。"可见贾家已经是黄柏木做磬槌子——外头体面里头苦了。秦氏一梦并没有警醒王熙凤，这个脂粉堆里的英雄并没有听取秦氏的劝告，而是一味地贪婪，最终贾家走向衰亡的运数也无法改变。

《红楼梦》中的梦除了继承《史记》梦的预叙作用外，梦还有隐喻人物内心情感的作用。西方著名心理学家弗洛伊德在他的《梦的解析》一书中认为梦是一种精神活动，是人在睡眠中窥探心灵的窗户，揭露了人类种种无法实现的愿望的途径。从心理学角度来说，梦是一种主观的意识形态的产物。借用此理论，《红楼梦》中一些梦境的描写是对人物内心世界的另一种方式的展示。

如《红楼梦》第八十二回中"病潇湘痴魂惊恶梦"中，林黛玉梦见贾雨村要接她回南边去成亲，老太太、邢夫人、王夫人等都前来贺喜，甚至宝玉也向自己道喜，黛玉伤心至极，宝玉为了表达真心，将一颗心剜出来血淋淋地递给黛玉，黛玉从梦中惊醒。这个梦隐喻了宝黛爱情的悲剧结局，也预示了黛玉内心最隐秘的思想情感。随着自己年龄一天天增长，和宝玉的感情也已日益成熟，但是黛玉已然是无父无母的孤儿，没有父母之命媒妁之言，自己的婚姻无人做主。贾府这边最疼爱自己的外祖母此时也不见有半点意思。所以她忧思伤心，感慨之余便成一梦。尽管在现实中、在梦中宝玉对黛玉都是忠心耿耿，可是他们的爱情如果得不到封建家长的支持，最终也是徒劳，这也预兆了宝黛爱情的悲剧结局。

综上所述，在中国叙事文学中，梦的描写往往具有一定的预兆作用，是带有功能性的叙事内容。《红楼梦》接受了《史记》中梦的预叙艺术手法，借梦境的描写为事件的发展埋下伏笔，为读者的阅读接受伏下引线，是梦的预叙手法运用的典范。《红楼梦》中的梦境描写也是作者借以表达主观意识形态的方式，在中国古典小说创作中，《红楼梦》对梦境描写最出色：小说题为《红楼梦》，本身就是一梦，再者无论叙写梦境的内容和规模，还是叙写梦境的艺术，成就都非常显著。

二、谶语的预兆性

《说文解字》云："谶，验也。从言，韱声。"①汉代学者张衡说："立言于前，有征于后，故智者贵焉，谓之谶书。"②所谓谶，即是一种于社会或个人的先兆性和应验性预言，通常假托天和神的旨意，以隐语的形式出现。谶语被运用到文学创作中，是指对人物命运或情节发展具有预示、暗喻及象征的部分，对作品的情节发展有一定的预叙作用。

1.《红楼梦》对《史记》中谣谶形式的继承

谶语的使用不仅使叙事过程充满神秘色彩，还有一定的预叙作用，叙述了历史人物的命运或是历史事件发展的结果。《史记》中的谶语主要是谣谶，所谓谣谶指作者借他人之口以歌谣形式说出，事后应验的话，是以歌谣的形式预示事件的发展结果，大多带有政治色彩。

如《史记·项羽本纪》中楚人有"楚虽三户，亡秦必楚"的谣谚，就

①许慎撰：《说文解字：附检字》，江苏古籍出版社2001年版，第51页。

②范晔：《后汉书·张衡列传》，中华书局2007年版，第562页。

带有预兆性质。战国后期，七雄中“横成则秦帝，纵成则楚王”，秦国因为商鞅变法国力日渐强盛，楚以地大物博，二者都有统一天下的可能。秦惠王时张仪出使楚国，游说楚怀王与秦结盟而解除了和齐国的盟约，最终使楚国败亡，楚怀王也客死秦国。因此即使后来秦朝统一，但是秦楚两家的旧恨未了结。“楚虽三户，亡秦必楚”的谣谚说明了楚人灭秦的决心，也预兆了历史的事实。

《史记·秦始皇本纪》记载：“始皇巡北边，从上郡入。燕人卢生使入海还，以鬼神事，因奏录图书，曰‘亡秦者胡也’。始皇乃使将军蒙恬发兵三十万人北击胡，略取河南地。”①“亡秦者胡也”在这里就带有谶语性质，预兆了秦朝灭亡的原因。秦始皇以为使秦灭亡的是北方的胡人，于是大修长城，以防范匈奴(当时人称之为胡)入侵，但结果秦朝亡在秦二世胡亥手里，亡秦的“胡”应该是胡亥的“胡”，此胡非彼胡。

再如《史记·周本纪》记载宣王之时童女谣曰：“檿弧箕服，实亡周国。”檿弧指的是用山桑木所制的弓箭，箕服指箕木做成的箭袋，这里所说的意思是有桑木弓箭和箕木箭袋的人，是亡周之人。周宣王听说有夫妇卖此物，便要杀掉他们，这对夫妇在逃亡的路上收养了一个女婴，就是后来致使西周亡国的褒姒。周幽王宠爱褒姒，为了博得千金一笑，便点燃烽火取悦褒姒，周幽王因为宠爱褒姒，废了申后与太子，改立褒姒为王后，这一做法惹怒了申候，使其勾结犬戎共同对付周王室，这成为西周亡国的直接原因。当周王室面临敌人攻击时，周幽王举烽火征兵，但是诸侯的援兵并未到，因为“烽火戏诸侯”已使周王室失信于诸侯，最终幽王被杀，西周灭国。当时的歌谣也一语成谶，预兆了西周灭亡的

①司马迁：《史记》，韩兆琦评注，岳麓书社2011年版，第160页。

直接原因。

《史记·晋世家》中晋献公宠爱骊姬，太子申生自杀，其余诸公子四散逃亡，后来公子夷吾继位，即晋惠公。民间有儿歌谣曰："恭太子更葬矣，后十四年，晋亦不昌，昌乃在兄。"这里的歌谣预示了晋公子重耳重返晋国，使晋称霸的史实。综上所述，《史记》中的谶语往往以歌谣的形式出现，对叙事发展有一定的预叙作用。

《红楼梦》继承了《史记》谣谶的预叙作用，谣谚在小说中的出现，具有一定的预兆性作用。如小说第一回中具有点题作用的《好了歌》：

> 世人都晓神仙好，惟有功名忘不了！古今有相在何方？荒冢一堆草没了。
>
> 世人都晓神仙好，只有金银忘不了！终朝只恨聚无多，及到多时眼闭了。
>
> 世人都晓神仙好，只有娇妻忘不了！君生日日说恩情，君死又随人去了。
>
> 世人都晓神仙好，只有儿孙忘不了！痴心父母古来多，孝顺儿孙谁见了？①

这首歌谣是跛脚道人所唱，甄士隐在历尽了离合悲欢、世态炎凉后，听了《好了歌》便悟道随跛脚道人一起出家了。这支歌谣唱尽了功名富贵的转瞬即逝，照应了小说开始僧道劝诫顽石的话："那红尘中有却有些乐事，但不能永远依恃。况又有'美中不足，好事多磨'八个字紧相连属，瞬息间则又乐极悲生，人非物换，究竟是到头一梦，万境归

①曹雪芹、高鹗：《红楼梦》，人民文学出版社1992年版，第17页。

空。"整首歌谣分为四节，每一节始于"好"，终于"了"，预示了整个故事由"好"到"了"的发展过程，也点明了"红楼梦"的主题。

《红楼梦》中还有一个重要的谣谶——"金玉良缘"，预兆了宝玉和宝钗符合世俗观念的婚姻结局。小说第四回"葫芦僧判断葫芦案"一回引出了宝钗出场，从薛宝钗出现，在贾府中便传出了"金玉良缘"之说。这个消息不胫而走，成为众人皆知的谣谶，成为横亘在宝黛爱情中间的最大阻碍，也是宝黛爱情悲剧的预兆。

贾宝玉生来就口衔宝玉，薛宝钗有赖头和尚所送金锁，金玉可成良缘。《红楼梦》第八回"比通灵金莺微露意"中，作者第一次正面细写了宝玉所戴之"玉"，玉的正面镌着"莫失莫忘，仙寿恒昌"八个字；宝钗所佩金锁一面有四个篆字，两面八字，共成两句吉谶："不离不弃，芳龄永继。"作者借莺儿之口说出宝玉所戴之玉上所镌之语"倒像和姑娘的项圈上的两句话是一对儿"，也借莺儿之口说出了宝钗的金锁是癞头和尚所赠。此癞头和尚莫非昔日青埂峰下携带宝玉入世之癞头和尚，可见这段姻缘也是注定的！

《红楼梦》三十四回"错里错以错劝哥哥"中，作者又借薛蟠之口道出"金玉良缘"之说。宝玉被贾政打后，宝钗从袭人口中得知此事可能与薛蟠有关，于是和薛姨妈数落薛蟠，薛蟠急了便说道：

> "好妹妹，你不用和我闹，我早知道你的心了。从先妈和我说，你这金要拣有玉的才可正配，你留了心。见宝玉有那劳什骨子，你自然如今行动护着他。"①

①曹雪芹、高鹗：《红楼梦》，人民文学出版社1992年版，第472页。

这里作者借薛蟠说出了"金玉良缘"，连林黛玉都知道"人家有金，你有玉相配"，可见金玉之说在贾府是众人皆知的。

但纵使有金玉良缘之说，但也要有前提条件才能成就此良缘，若事情的发展真如吉谶所言，方可保证金玉之良缘。正如宝玉所配之玉上所镌的"莫失莫忘，仙寿恒昌"八字，如若即失即忘，宝玉还可否"仙寿恒昌"？宝钗金锁上镌刻的"不离不弃，芳龄永继"八字，如若被离被弃，宝钗还可否"芳龄永继"？

《红楼梦》第三十六回"绣鸳鸯梦兆绛芸轩，识分定情悟梨香院"中，读者已可以窥见端倪。宝玉被打后，王夫人暗中将袭人当作宝玉的身边人，按照姨娘的待遇对她，宝钗去怡红院给袭人道喜，正值宝玉午睡，便坐在床边绣鸳鸯，只刚做了两三个花瓣，忽见宝玉在梦中喊骂说："和尚道士的话如何信得？什么是金玉姻缘，我偏说是木石姻缘！"宝玉说的是梦话，但是也反映了宝玉内心不同于传统的婚姻爱情观。

第九十回凤姐和贾母王夫人等密议宝玉的婚事，最终成就了金玉良缘，第九十五回宝玉失玉而疯癫，这已经和玉上的吉谶"莫失莫忘，仙寿恒昌"相背离。宝玉曾向黛玉说"你死了我做和尚"，是以谶语做伏笔，预示了宝玉在黛玉死后看破红尘的归宿，最终宝玉离开了贾府去做和尚，但却没有做到和宝钗"不离不弃"，所以玉和金锁上的吉谶最终只能是以悲剧收场。金玉故可以成就良缘，但是持重平和又深得贾府众人喜爱的宝钗终和不喜仕途经济的宝玉没有真正的爱情，所以最终即使成就姻缘，也不过是"玉带林中挂，金钗雪里埋"的婚姻悲剧。

又如第八十三回中，因为黛玉病重，周瑞家的代紫鹃回凤姐想要预支下个月的月钱，周瑞家的说起外头的歌谣："宁国府，荣国府，金银财宝如粪土。吃不穷，穿不穷，算来总是一场空。"这个歌谣预兆了贾府最终由盛到衰最终败落的结局。在外人看来，贾府极富极贵，殊不知此时连小姐的月钱都不能正常发放。

《红楼梦》对《史记》谶语使用的艺术继承并发展，其中的谶语与小说文本在结构、主题、意境上严密契合，呈现出自己独有的创造性，这些谶语的使用，在小说中具有一定的预叙作用，使小说结构更加严谨，内容前后照应。曹雪芹《红楼梦》中谶语的使用不仅仅对情节的发展有一定预叙作用，而且通过不同场合下不同形式的表现营造人物命运的悲剧氛围，以增加艺术的蕴涵和感染力，这在此前的文学创作中是绝无仅有的。《史记》和《红楼梦》都是结构宏大、内容丰富、思想深刻的作品，所以谶语的使用对读者接受作品有一定的积极意义，从读者接受的角度来看，使用谶语带来的预叙效果，能够加强读者的阅读心理期待，从而使读者产生更强烈的阅读兴趣。

2.《红楼梦》对《史记》中谶语形式的发展

从文学体裁的区别来看，《史记》属于史传，《红楼梦》属于小说。史传是实录史事，小说是虚构故事。所以《史记》中有一些歌谣谚语渲染历史，但作者不会加入有大量虚构的内容。《红楼梦》是小说，作者可以用多样的文学手法描写人物和事件，表达丰富的情感。除了谣谶之外，《红楼梦》中的谶语形式还有新的表现，《红楼梦》中的诗歌、戏剧、谜语等，都具有一定的预示性，在小说中起了重要的预叙作用。

(1)诗谶

作为具有史诗性质的诗意化的小说，《红楼梦》中大量的诗歌都具有预叙作用，隐喻了人物的个性特征或是命运结局。正如蔡义江先生所说："《红楼梦》诗词在艺术表现手法上有一种其他小说诗词所少有的特殊现象，那就是作者喜欢用各种方法预先隐写小说人物的未来命运。”①

《红楼梦》是一部诗意化的小说，通过诗歌表现人物个性特征，是《红楼梦》塑造人物形象的艺术手法。林黛玉敏感多情的个性和孤独无依的身世使她的诗作总是充满悲情感伤的色彩，《葬花吟》中的“侬今葬花人笑痴，他年葬侬知是谁”，《桃花行》里的“东风有意揭帘栊，花欲窥人帘不卷”，《秋窗风雨夕》中“已觉秋窗秋不尽，那堪风雨助凄凉”，还有“冷月葬花魂”等，这些诗句无不隐喻林黛玉的悲剧命运。宝钗的性格持重大方、精通世，所以她的诗作风格含蓄浑厚，以《咏白海棠》诗为例，宝钗的诗自有宝钗的特点：“珍重芳姿昼掩门”“冰雪招来露砌魂”，这正是宝钗识大体、自重品行、人格之象征；“淡极始知花更艳”“不语婷婷日又昏”，又是她不爱花儿粉儿，甚至连所住居室都是雪洞一样的素淡个性的象征。黛玉《咏白海棠》自有黛玉之特色，是其个性特征的体现：“半卷湘帘半掩门”，正是潇湘馆黛玉日常生活之写照；“秋闺怨女拭啼痕”就是活脱脱一黛玉的形象再现。宝钗之诗含蓄浑厚，黛玉之诗风流别致，体现了二人不同的个性特征。《红楼梦》中以诗歌表现人物个性特征的例子比比皆是，这种按头制帽的写法是《红楼梦》诗词创作的特征，也是《红楼梦》以诗预叙手法的重要表现。

除了以诗歌隐喻人物个性特征外，《红楼梦》还以诗预兆人物的命运。《红楼梦》中诗谶色彩最显著的就是“金陵十二钗”的判词，每一首判词都预示了主人公的命运结局。这些判词是警幻仙子带贾宝玉游历太虚幻境时，他看到的“金陵十二钗”册中预示人物命运的诗歌。

如“金陵十二钗”正册中宝钗和黛玉的判词：

---

①蔡义江：《红楼梦诗词曲赋鉴赏》，中华书局2001年版，第4页。

可叹停机德，堪怜咏絮才。玉带林中挂，金簪雪里埋。

这首判词是对林黛玉和薛宝钗命运的预示，作者肯定了宝钗之德、黛玉之才，但是“可叹”“堪怜”又预示了二人命运的悲剧色彩。“玉带林中挂，金簪雪里埋”是对钗黛二人命运的预示与写照，木石虽为前盟，最终爱情无果，但是却始终被牵挂；金玉虽为良缘，但是也不免“雪里埋”的婚姻悲剧。“才自精明志自高，生于末世运偏消。清明涕泣江边望，千里东风一梦遥”是贾府中的三姑娘探春的判词，作为贾府里最精明能干的女孩子，贾探春不仅生的“俊眼修眉，顾盼神飞，文采精华，见之忘俗”，而且颇有才干和见识。《红楼梦》第五十六回“敏探春兴利除宿弊”集中体现了探春理家之才。但是作为姨太太所生之女，庶出的身份和贾府的末世使探春终不免远嫁外藩的命运结局。

又如“金陵十二钗又副册”中袭人的判词是：

枉自温柔和顺，空云似桂如兰，
堪羡优伶有福，谁知公子无缘。

袭人是贾宝玉的贴身大丫头，也是不同于宝玉身边其他丫头的一个。她是宝玉“初试云雨情”的对象，她是王夫人暗暗许与宝玉做房里人的姨娘，她箴劝宝玉，温柔和顺，她深得人意，最为贤惠。她服侍宝玉就眼里心里只有宝玉，但是最终因为宝玉出家，嫁给了蒋玉菡为妻。这首判词预示了袭人的命运结局。

“金陵十二钗副册”中香菱的判词云：

根并荷花一茎香，平生遭际实堪伤。
自从两地生孤木，致使香魂返故乡。

诗中赞美了香菱的出身、品性、才貌之美：她出身于书香仕宦之家，她有“颇似东府里小蓉大奶奶的品貌”，她有大观园众小姐一样的诗学之才。同时又感慨她一生坎坷的命运遭际：从小被拐子拐去，又嫁给薛蟠为妾，后又因夏金桂而殒命。判词预示了香菱最终的命运归宿。

《红楼梦》第五回中的这些判词隐喻了众女性的命运归宿，是这些女子的人生谶语。不独“金陵十二钗”正册，还有“金陵十二钗”副册、又副册，每一首判词便是一个悲剧写照，在小说中具有预叙的作用。

(2)戏谶

《红楼梦》是一部百科全书，其中有很多关于这个封建大家庭庆贺摆宴赏戏的情节，也写了很多戏曲文化，作者穿插这些戏文在书中，对小说情节的发展有预示作用。

如《红楼梦》第十八回元妃省亲时所点四出戏，脂砚斋评点道：“所点之戏剧伏四事，乃通部书之大过节、大关键。”

> 第一出《豪宴》；【庚辰双行夹批：《一捧雪》中伏贾家之败。】
> 第二出《乞巧》；【庚辰双行夹批：《长生殿》中伏元妃之死。】
> 第三出《仙缘》；【庚辰双行夹批：《邯郸梦》中伏甄宝玉送玉。】
> 第四出《离魂》。【庚辰双行夹批：《牡丹亭》中伏黛玉死。】①

王希廉在《红楼梦回评》第十八回也评道：“元妃点戏四处，末出《离魂》是谶兆，亦是伏笔。”《红楼梦》以宝黛爱情发展为基本线索，小说的主干故事又是以贾府的兴衰为背景，贾家兴衰的关键又是在宫中身处贵妃高位的元春，这几个因素相互关联，共同勾织了《红楼梦》复杂

①浦安迪：《红楼梦批语偏全》，北京大学出版社2012年版，第97页。

庞大的故事结构。可见这四出戏文都有一定的隐喻内涵，在小说中起了一定的预叙作用，所谓的“戏中有戏”，不仅使叙事更加精彩多样，也使小说具有更丰富的蕴涵。

小说第二十二回“听文曲宝玉悟禅机”中，因宝钗十五岁生日，贾母喜其稳重和平，便给宝钗办酒席过生日。席间宝钗点了一出《鲁智深醉闹五台山》，其中有一支《寄生草》：

> 漫揾英雄泪，相离处士家。谢慈悲剃度在莲台下。没缘法转眼分离乍。赤条条来去无牵挂。哪里讨烟蓑雨笠卷单行，一任俺芒鞋破钵随缘化。

这是宝玉思想发生转折的重要一回，贾宝玉通过此曲初悟禅机，隐喻了宝玉在历尽人间富贵繁华与悲凉之后，最终遁入空门的结局。

又如《红楼梦》第二十九回“享福人福深还祷福　痴情女情重愈斟情”中贾府众人去清虚观打醮，贾母与众人上楼看戏，“神前拈了戏，头一本是《白蛇记》，贾母问：‘《白蛇记》是什么故事？’贾珍道：‘是汉高祖斩蛇方起首的故事’。”①《白蛇记》隐喻贾府创业者宁国公、荣国公建立家业的过程；第二本是《满床笏》，是唐朝名将郭子仪六十大寿时，七子八婿皆来祝寿，由于他们都是朝廷里的高官，所以拜寿时把笏板摆满了床头，这里隐喻贾府“烈火烹油，鲜花着锦”的盛世现状；第三本《南柯梦》，隐喻贾府最后一切成空，家业破败的结局。这三本戏预示了贾家由祖辈创业到繁盛再到最后衰落破败的过程。

《红楼梦》第二十三回“西厢记妙词通戏语，牡丹亭艳曲警芳心”中，

---

①曹雪芹、高鹗：《红楼梦》，人民文学出版社1992年版，第289页。

林黛玉偶然听到梨香院的女孩子们练习戏文：

> 唱道是："原来姹紫嫣红开遍，似这般都付与断井颓垣。"林黛玉听了，倒也十分感慨缠绵，便止住步侧耳细听，又听唱道是："良辰美景奈何天，赏心乐事谁家院。"听了这两句，不觉点头自叹，心下自思道："原来戏上也有好文章。可惜世人只知看戏，未必能领略这其中的趣味。"想毕，又后悔不该胡想，耽误了听曲子。又侧耳时，只听唱道："则为你如花美眷，似水流年……"林黛玉听了这两句，不觉心动神摇。又听道"你在幽闺自怜"等句，亦发如醉如痴，站立不住，便一蹲身坐在一块山子石上，细嚼"如花美眷，似水流年"八个字的滋味。①

林黛玉听到的是《牡丹亭·游园》中的词曲，表达了林黛玉伤春和闺怨之情，委婉表达了闺中女子内心的幽微情感。《牡丹亭》中杜丽娘因为游园看到姹紫嫣红都付与断井颓垣，便联想到自己如花美眷只能在小庭深院度过似水流年，引发了内心青春的觉醒。《牡丹亭》是浪漫主义的，所以杜丽娘可以在梦中表达情欲，可以超越生死追求爱情；但是《红楼梦》是现实主义的，林黛玉的青春觉醒后，她不能超越礼教追求爱情，在贵族小姐的身份、世家大族的文化面前，她只能压抑自己的情感，期望有父母之命媒妁之言，能够了却她的心愿。但是在门当户对的婚姻观面前，寄人篱下又体弱多病的孤女又怎能符合贾府家长对宝玉的择偶标准呢！所以"原来姹紫嫣红开遍，似这般都付与断井颓垣"的曲词也是对林黛玉青春悲剧和爱情悲剧的写照，具有一定的预叙作用。

①曹雪芹、高鹗：《红楼梦》，人民文学出版社1992年版，第327页。

(3)谜谶

以谜语的形式预示人物的命运结局和小说情节发展的倾向，也是《红楼梦》预叙的手法。《红楼梦》第二十二回“制灯谜贾政悲谶语”中，贾府众人在元宵节所作灯谜，具有一定的预叙作用，“个人灯谜，就是个人小照，与《红楼梦》曲遥遥相对”①。这一天本是佳节吉庆之日，可是众人的灯谜谜底却毫无吉庆之意，这自然是作者的妙笔，借灯谜隐喻了众人的命运结局。

以贾府四姐妹的灯谜为例，元春所制灯谜：“能使妖魔胆尽摧，身如束帛气如雷。一声震得人方恐，回首相看已化灰。”谜底是爆竹，脂砚斋批道：“元春之谜，才得侥幸，奈寿不长，可悲哉！”②迎春所制灯谜：“天运人功理不穷，有功无运也难逢。因何镇日纷纷乱，只为阴阳数不同。”谜底是算盘，脂砚斋批道：“此迎春一生遭际，惜不得其夫何！”③探春所制灯谜谜底是风筝，脂砚斋批道：“此探春远适之谶也，使此人不远去，将来事败，诸子孙不至流散也。”④惜春之灯谜：“前身色相总无成，不听菱歌听佛经。莫道此生沉黑海，性中自有大光明。”谜底是海灯，脂砚斋批道：“此惜春为尼之谶也。公府千金至缁衣乞食，宁不悲夫。”⑤这些灯谜预示了众人命运的悲剧结局，可谓一迷成谶。

贾元春是贾府的关键人物，身为贵妃的她是贾府富贵延续的命脉，可谓声势显赫，元春的灯谜谜底是爆竹，爆竹是一散而尽的东西，贾政

①王希廉：《红楼梦回评》，见朱一玄主编《红楼梦资料汇编》，南开大学出版社2012年版，第601页。

②浦安迪：《红楼梦批语偏全》，北京大学出版社2012年版，第127页。

③浦安迪：《红楼梦批语偏全》，北京大学出版社2012年版，第127页。

④浦安迪：《红楼梦批语偏全》，北京大学出版社2012年版，第127页。

⑤浦安迪：《红楼梦批语偏全》，北京大学出版社2012年版，第127页。

看到此谜便心有不安，觉得不祥。迎春的灯谜是算盘，这纷乱的算盘也是迎春纷乱如麻人生的写照。探春的灯谜谜底是风筝，这也预示了后来探春远嫁的命运。惜春的谜底是海灯，预示了惜春后来出家为尼的结局。这些灯谜谜底的凄凉和元宵节的热闹形成鲜明对比，是对众人悲剧命运的预兆，所以贾政看了众人的灯谜后心内不由得沉思："今乃上元佳节，如何皆作此不祥之物为戏耶?"心内越想越烦闷，回至房中仍然思索难眠，伤悲感慨，因为他通过灯谜已经隐约看到了谜底预兆的不祥的结局。爆竹是一响即散之物，算盘是动乱如麻之物，风筝是飘飘浮荡之物，海灯是清净孤独之物。元宵佳节，贾氏姐妹所做灯谜都是如此不祥之物，不仅隐喻了每个人的命运归属，也预示了家族命运的悲剧结局。

综上所述，《红楼梦》不仅继承了《史记》以歌谣预叙的谶语形式，还借诗歌、戏剧、谜语等不同文学形式预示事件的发展或人物命运结局等，在小说中具有一定的预叙作用。

三、借伏笔预叙的手法

《史记》作为中国叙事文学的宏伟巨制，囊括上下三千年的历史，涉及成百上千个历史人物及繁复的事件，司马迁以其如椽巨笔，在广阔的历史背景下生动再现了一个个历史人物的命运轨迹，为了在广阔的历史文化背景下清晰展现人物一生的命运，采用埋伏笔的手法是《史记》叙事艺术的体现。这一手法在《红楼梦》中得以继承发展，《红楼梦》中涉及的人物之众、线索之繁、内容涉及面之广，很少有小说可与之匹敌。曹雪芹在叙事过程中接受了《史记》的伏笔艺术，以其非常的才华，将纷繁复杂的事件叙写得非常精彩。从接受者的角度而言，伏笔的运用，使读者能够更加清晰地把握故事发展的方向，而且读者的阅读期待会更加强烈。

1. 伏笔预示事态的发展

司马迁作为汉当代人，在《史记》中对当朝的历史事件记载得最为精彩完整。纵观《史记》，从楚汉之争大汉王朝初立到汉武帝当朝，每一个帝王统治时期都会围绕一个核心问题进行论述。高祖时期以楚汉之争为核心极言打天下的过程；吕太后惠帝时期主要围绕诸吕专权与刘氏的矛盾展开；孝文帝时期主要写了文帝的施德与善政，为汉代的强大打下了基础；孝景帝时期核心事件是七国之乱；汉武帝时期的核心事件是对黄老思想的改变，儒家思想统治地位的确立，捍卫领土与尊严的对边战争。在对一些大事件进行叙述时，司马迁往往会采用预叙的手法埋下伏笔，使后文的叙事更加顺畅、更易于理解。

如汉景帝时期的七国之乱，其根源在于刘邦初定天下时分封诸子及同姓为诸侯王。汉初经过吕氏之乱，到了汉文帝，此时诸王叔兄已不听王命，“济北王背德反上”“淮南王长废先帝法，不听天子诏，居处无度，拟于天子，擅为法令”，这些都成为七国之乱的苗头。文帝立太子时与有司的一段对话也是为后来的七国之乱埋下伏笔：

正月，有司言曰：“蚤建太子，所以尊宗庙。请立太子。”上曰：“朕既不德，上帝神明未歆享，天下人民未有嗛志。今纵不能博求天下贤圣有德之人而禅天下焉，而曰豫建太子，是重吾不德也。谓天下何？其安之。”有司曰：“豫建太子，所以重宗庙社稷，不忘天下也。”上曰：“楚王，季父也，春秋高，阅天下之义理多矣，明于国家之大体。吴王于朕，兄也，惠仁以好德。淮南王，弟也，秉德以陪朕。岂为不豫哉！诸侯王宗室昆弟有功臣，多贤及有德义者，若举有德以陪朕之不能终，是社稷之灵，天下之福也。今不选举焉，而曰必子，人其以朕为忘贤有德者而专于子，非所以忧天下也。朕甚不取也。”①

汉文帝虽仁德，但是他的同宗诸王们早已野心勃勃，因此到了汉景帝时期，当晁错建议皇帝削藩时，七国之乱便自然而然地暴发了。

《史记》记载了诸多历史上的重要事件，在对这些大事件进行叙述的时候，司马迁很讲究叙事的手法，以伏笔预示事件的发展是《史记》中常用的手法。伏笔是故事情节推进的预示，具有预叙的作用，有利于读者对所叙事件的接受。《红楼梦》的叙事也继承了《史记》善用伏笔的方法，使整部作品内容脉络贯通、前呼后应。

作为一部鸿篇巨制的小说，《红楼梦》所涉及的人物繁多、内容丰富、思想深刻，作者在展开叙事时也善于运用伏笔使事件的前后连贯更加紧密，不仅使所叙事件的发展符合逻辑，同时也符合读者的阅读期待视野。

如《红楼梦》第二十七回“滴翠亭杨妃戏彩蝶”，作者浓墨重彩写了红玉替凤姐传话一事，突出了宝玉身边这个不起眼的丫头的伶俐，为后来贾家衰败后红玉得救宝玉埋下了伏笔。脂砚斋在甲戌本回末总批道：“凤姐用小红，可知晴雯等埋没其人久矣！无怪有私心私情。且红玉后有宝玉大得力处，此于千里外伏线也。”②当小红给传完话，回到山坡上找凤姐回话的时候，这里有看似不起眼的一笔：“看见凤姐不在山坡上，见司棋从山洞中出来站着系裙子。”③这不经意的一笔却为后文埋下伏

①司马迁：《史记》，韩兆琦评注，岳麓书社2011年版，第238—239页。

②浦安迪：《红楼梦批语偏全》，北京大学出版社2012年版，第21页。

③曹雪芹、高鹗：《红楼梦》，人民文学出版社1992年版，第308页。

笔，真可谓“草蛇灰线、伏脉千里”。第七十一回“鸳鸯女无意遇鸳鸯”一回，明写了司棋和潘又安之事，这两事为第七十三回傻大姐在山洞拾得绣春囊设了伏线，也为后文的抄检大观园埋下了伏笔。

第二十八回“薛宝钗羞笼红麝串”，元妃端午节赐礼，宝玉和宝钗的一样：上等宫扇两柄，红麝香珠二串，凤尾罗二端，芙蓉簟一领；黛玉和迎春姐妹的相同：只有扇子和数珠。这是小说中的重要伏笔，暗示了以元妃为代表的封建家庭在宝玉婚姻大事上的最终选择。元春作为皇妃，是牵系贾府荣辱得失的重要人物，小说第十八回作者浓墨重彩地写元妃省亲的盛大场面时，既表现了元妃尊贵的身份与贾家荣辱相连，写尽了皇家气派，同时也在元春和母亲相聚时表达了自己虽贵为皇妃却不得自由的悲苦。贾宝玉是贾府最有希望重振家业的继承人，也是元妃最宠爱的弟弟，因此对宝玉婚姻对象的选择尤为慎重。在宝玉的婚姻大事的选择方面，元妃选择了和贾家门当户对的薛家、选择了持重大方的薛宝钗。元妃端午赐礼预示了贾府对宝玉婚姻的最终抉择，也预示了宝玉和黛玉爱情的悲剧结局。作为封建大家庭的贾家公子，贾宝玉的婚姻大事自然要遵从“父母之命，媒妁之言”，从某种意义上来说，贾宝玉的婚姻最终的选择权在于封建家长。“金玉良缘”的结局，作者在叙事中多次以伏笔预叙。

2. 伏笔预示人物的命运

《史记》中伏笔的运用除了预示事态发展外，还有一些预示人物的命运。如《史记·李将军列传》篇首借汉文帝之口叹曰：“惜乎，子不遇时！”这伏下李广命运遭际“数奇”之根，李景星在《史记评议》中诠释：

以后叙击吴楚还赏不行，此一数奇也；叙马邑诱单于无功，此一数奇；叙赎为庶人，叙出定襄无功，叙出右北平军功无赏，直至引刀自到，是以数奇终之。其数奇之旁写，则以从弟李蔡事为趁，以望气王朔语、以天子诫卫青语为趁，并借以点明眼目也。其数奇之余波，则当户之早死也，敢之被射杀也，陵之生降也，又李氏陵迟衰微，李氏名败云云，皆是极端叹其数奇处。①

司马迁饱含敬仰爱慕之情地颂扬了李将军超凡的射箭之术和忠实诚信的品性，但也无奈叙写了李将军不遇时的数奇一生。“惜乎，子不遇时!”成为李将军一生命运遭际的伏线。

《红楼梦》继承了《史记》这一写法，作者借用伏笔的使用让读者对作品中人物的命运发展有更清晰的认识。如《红楼梦》在第一回就通过癞头和尚预说了甄英莲(香菱)的悲剧命运：

(甄士隐)方欲进来时，只见从那边来了一僧一道：那僧则癞头跣脚，那道则跛足蓬头，疯疯癫癫，挥霍谈笑而至。及至到了他门前，看见士隐抱着英莲，那僧便大哭起来，又向士隐道：“施主，你把这有命无运、累及爹娘之物，抱在怀内作甚?”士隐听了，知是疯话，也不去睬他。那僧还说：“舍我罢，舍我罢!”士隐不耐烦，便抱女儿撤身要进去，那僧乃指着他大笑，口内念了四句言词道：“惯养娇生笑你痴，菱花空对雪澌澌。好防佳节元宵后，便是烟消火灭时。”②

甄英莲是《红楼梦》中出现的第一个悲剧女性人物，曹雪芹以一种

①李景星：《史记评议》，岳麓书社2003年版，第100页。
②曹雪芹、高鹗：《红楼梦》，人民文学出版社1992年版，第10页。

以小见大的笔法进行创作，欲写贾府兴衰，先写甄家之盛衰，“假作真时真亦假”，以甄家的故事隐喻后文贾家的故事。英莲的悲剧只是一个开始，为后文众女子的悲剧拉开一个序幕。作者一开始通过癞头和尚之口道出了英莲“有命无运”的人生悲剧，“菱花空对雪澌澌”预示了日后英莲被拐子卖给薛蟠为侍妾的婚姻悲剧；“好防佳节元宵后”预示了元宵佳节英莲被拐的事情，“便是烟消火灭时”预示了葫芦庙着火祸及甄士隐家，从而使甄家衰落的悲惨结局。因此这一段描写为后文埋下伏笔，具有预叙的作用。

曹雪芹为甄家女儿起名甄英莲，甄英莲尤言“真应怜”，姓名中就体现出人物的悲剧性：本是娇生惯养的千金小姐，最后却沦为人贩子手中的商品被任意买卖；本应该有一个门当户对、谈吐相得的夫婿，但是却被卖给了荒淫的呆霸王为妾；本是一个冰雪聪明知书达理的贵族小姐，却成为被人任意打骂买卖的奴仆。纵观全书，英莲的命运真是可怜！作者把这个富有悲剧色彩的人物放在小说的开始，也预示了后文众女子的悲剧。

又如林黛玉的命运结局，作者在小说叙事中运用伏笔预示了人物的命运。《红楼梦》一开篇，作者叙述了这样一个故事：

> 那僧笑道：“此事说来好笑，竟是千古未闻的罕事。只因西方灵河岸上三生石畔，有绛珠草一株，时有赤瑕宫神瑛侍者，日以甘露灌溉，这绛珠草始得久延岁月。后来既受天地精华，复得雨露滋养，遂得脱却草胎木质，得换人形，仅修成个女体，终日游于离恨天外，饥则食蜜青果为膳，渴则饮灌愁海水为汤。只因尚未酬报灌溉之德，故其五内便郁结着一段缠绵不尽之意。恰近日这神瑛侍者

凡心偶炽，乘此昌明太平朝世，意欲下凡造历幻缘，已在警幻仙子案前挂了号。警幻亦曾问及，灌溉之情未偿，趁此倒可了结的。那绛珠仙子道：‘他是甘露之惠，我并无此水可还。他既下世为人，我也去下世为人，但把我一生所有的眼泪还他，也偿还得过他了。’”①

这便是“木石前盟”的故事，绛珠仙草便是林黛玉的前世，神瑛侍者是贾宝玉肉体凡胎的化身。绛珠仙草下凡用自己一生的眼泪还神瑛侍者的灌溉之恩，也为后文故事中林黛玉爱哭的性格特征埋下伏笔，而还泪报恩也隐喻了后文宝黛故事的悲剧结局。

《红楼梦》第三回林黛玉进贾府又通过黛玉之口明写了她的病由：

众人见黛玉年貌虽小，其举止言谈不俗，身体面庞虽怯弱不胜，却有一段自然的风流态度，便知他有不足之症。因问：“常服何药，如何不急为疗治?”黛玉道：“我自来是如此，从会吃饮食时便吃药，到今日未断，请了多少名医修方配药，皆不见效。那一年我三岁时，听得说来了一个癞头和尚，说要化我去出家，我父母固是不从。他又说：“既舍不得他，只怕他的病一生也不能好的了。若要好时，除非从此以后总不许见哭声，除父母之外，凡有外姓亲友之人，一概不见，方可平安了此一世。”疯疯癫癫，说了这些不经之谈，也没人理他。②

这一段叙述预示的林黛玉的悲剧命运结局，按照癞头和尚所言，她

①曹雪芹、高鹗：《红楼梦》，人民文学出版社1992年版，第8页。
②曹雪芹、高鹗：《红楼梦》，人民文学出版社1992年版，第30页。

的病“若要好时，除非从此以后总不许见哭声”，但是黛玉却偏偏是爱哭之人，注定她的病一生不能好了；“除父母之外，凡有外姓亲友之人，一概不见，方可平安了此一世”，但是她却母亲早亡，不得已寄人篱下来到外祖母家，所以怎能平安了此一生？

林黛玉是《红楼梦》中最重要的人物之一，作者要在小说中展现其一生的悲剧命运，在叙事艺术方面，作者用伏笔预叙了她的命运。伏笔的运用使读者在接受文本的过程中对人物的命运结局不会感到突兀，符合读者的阅读心理，同时以伏笔的手法也通过反复皴染加强了悲剧效果和悲剧的感染力，使读者既自然而然地接受悲剧，也禁不住对作品中人物的悲剧扼腕叹息。

第二十八回“蒋玉菡情赠茜香罗”中写了宝玉和蒋玉菡惺惺相惜互换汗巾的故事，这也成为后文宝玉挨打的伏笔，同时也伏下了袭人嫁给蒋玉菡的命运结局。宝玉送给蒋玉菡的松花汗巾原为袭人之物，蒋玉菡送给宝玉的大红汗巾最终又归于袭人，以此系定二人姻缘，后来袭人嫁给蒋玉菡之日，看到猩红汗巾与那条松花汗巾时，“始信姻缘前定”，这一伏笔构思甚巧。

《红楼梦》第二十二回宝钗过十五岁生日，贾母喜她稳重，亲自给她过生日，这也是后来宝钗与宝玉成婚的伏笔，又借“寄生草”曲文使宝玉参悟，预示了宝玉在经历了人世的悲欢离合与世态炎凉之后，最终“归于大荒”的人生结局。第九十五回中，贾宝玉因为丢了通灵宝玉，贾府上上下下为寻找宝玉闹得乌烟瘴气。邢岫烟前往栊翠庵求妙玉扶乩，结果是：“噫！来无迹，去无踪，青埂峰下依古松。欲追寻，山万重，入我门来一笑逢。”①这段乩书预示了通灵宝玉的前世、今生与归宿，为贾宝玉最终回归大荒山的命运归宿埋下了伏笔。

3.《红楼梦》对《史记》伏笔艺术的发展

《红楼梦》是一部大书，形形色色的人物，错综复杂的人物关系，多层次化的思想内容，如何将庞杂的内容呈现于读者眼前，需要作家精心结撰，有非凡的叙事能力，《红楼梦》无疑是叙事文学的成功范例。作者在开篇先以“小故事”预演了小说“大故事”的结局，不仅使全书在叙事艺术方面具有整体性特征，同时也使读者更易于接受作品的内容。这种以小见大的手法是《红楼梦》对《史记》预叙艺术的发展。

（1）“石头记”——隐喻贾宝玉的人生悲剧

《红楼梦》是一部现实主义作品，但是小说一开篇却先叙述了一个关于石头的神话故事：女娲补天余下被弃于大荒山无稽崖青埂峰下“无才可去补苍天”的顽石，因已通灵性而被弃不用，所以哀号悲鸣。被一僧一道“幻形入世”带到花柳繁华之地、富贵温柔之乡，历尽人世的悲欢离合与世态炎凉，最终重返大荒山。

这段神话故事使小说具有了浓郁的浪漫主义色彩，这段石头的故事隐喻了小说中贾宝玉的故事，顽石即是“假宝玉”，“假宝玉”即是贾宝玉。曹雪芹巧妙地借顽石隐喻了“贾宝玉”的姓名，并且将其个性特征赋予贾宝玉，贾宝玉便是幻形入世的顽石，顽石的经历便是宝玉人生经历的缩影，因此，小说一开篇先预示了贾宝玉的人生悲剧。

（2）“木石前盟”——隐喻宝黛爱情悲剧

《红楼梦》故事内容中，一条主要的线索便是贾宝玉和林黛玉的爱

①曹雪芹、高鹗：《红楼梦》，人民文学出版社1992年版，第1314页。

情故事，作为家庭题材的小说，《红楼梦》打破了传统才子佳人剧的传统，对宝黛这一对情投意合的才子佳人的爱情故事的描写，并没有以有情人终成眷属的大团圆结局告终。曹雪芹以现实的笔调描写了宝黛的爱情悲剧，如鲁迅先生说："自有《红楼梦》以来，传统的思想和写法都打破了。"①

从接受学的角度来看，这样的叙写并不符合读者的阅读心理期待。于是作者在《红楼梦》一开篇用神话故事的形式隐喻了宝黛的爱情悲剧——木石前盟。

西方灵河岸上三生石畔的绛珠仙草，因得到神瑛侍者的甘露灌溉，最终脱去草胎木质修成女体。在神瑛侍者下凡入世之际，也一起下凡入世，将一辈子的眼泪还给他以报答灌溉之恩。这段木石前盟的还泪之说隐喻了宝黛爱情的悲剧结局。

(3)"假作真时真亦假"——以甄家的故事隐喻贾家的兴衰

《红楼梦》的思想深刻，内容具有多层次性，虽以宝黛故事为主线，但不同于一般的才子佳人剧。从小说的内容来看，还有一条重要的线索：贾家的兴衰。小说演绎宝黛爱情悲剧的同时，也演绎了贾家由"烈火烹油，鲜花着锦"的繁荣到"树倒猢狲散""落得个白茫茫大地真干净"的结局。

偌大一个故事结构，曹雪芹先从小处着笔写起，《红楼梦》一开篇，作者先不写贾家大族，而是先写姑苏城外的乡宦甄家的故事。甄士隐本是神仙一品人物：禀性恬淡，家境殷实。却因葫芦庙大火，甄家被烧成一片瓦砾。家资散尽、女儿被拐、丈人嫌弃，这使甄士隐亲身体会了人

①鲁迅：《中国小说史略》，中华书局2016年版，第227页。

世悲欢与世态炎凉，最终他看破红尘，随跛脚道人出家去了。甄家的故事隐喻了贾家的故事，“假作真时真亦假”。正如脂砚斋评点《石头记》所言：“不出荣国大族，先写乡宦小家，从小至大，是此书章法。”①

通过以上分析可见，《红楼梦》作为一部大书，尽管思想内容复杂、人物关系错综，但是作者在一开篇就以小见大的手法隐喻了小说故事发展的结局。从叙事学的角度而言，《红楼梦》的这种叙事方式符合中国人在叙事文学中的整体性思维特征；从接受者的角度而言，这种预叙手法的应用能使读者从宏观角度对小说中故事的发展有整体的认识，在阅读后文时就如打开一幅巨型卷轴画，一点一点看到故事的发展，直到最后整个故事完全展现在读者眼前。既不超出读者的阅读期待视野，符合其逻辑思维，又使读者在接受故事的过程中对故事本身带来的悲剧震撼力有更深入的切肤体会。

综上所述，司马迁在《史记》的叙事过程中善于借用伏笔的运用预叙事件的发展或者人物命运的发展，这一叙事艺术手法在《红楼梦》中有所继承，伏笔的运用使文章的结构更加严密紧凑，让读者在阅读的过程中对事件的发展不至于产生突兀、疑惑之感。有助于全文达到结构严谨、情节发展合理的效果。

第四节 “特犯不犯”的叙事艺术

《史记》记载了众多人物形象和复杂的事件，这些人与事难免会有

①浦安迪：《红楼梦批语偏全》，北京大学出版社2012年版，第7页。

雷同与重复之处，但作者却能用不同的叙事手法写出不同人物、不同事件的特征，显示了超凡的叙事才能。这种“特犯不犯”的艺术对后世的叙事文学有重要影响。《红楼梦》在叙事艺术上继承了《史记》的这种叙事传统，使人物个性鲜明，使小说叙事生动而引人入胜，显示了作者超凡的叙事才能。

作为家庭题材的小说，《红楼梦》中叙写了众多人物和庞杂的日常琐事，人物众多活动空间有限，难免有形貌、个性类似之处，事件繁杂又多为日常，叙述时难免有雷同之处。曹雪芹笔下的人物个性分明，类似的事件也各有不同，足见其叙事手法的高妙。正如梦觉主人在《红楼梦序》中说：“至于日用事物之间，婚丧喜庆之类，俨然大家体统，事有重出，词无再犯。其吟咏诗词，自属清新不落小说故套；言语动作之间，饮食起居之事，竟是庭闱形表，语谓因人，词多彻性，其诙谐戏谑，笔端生活未坠村编俗俚。此作者工于叙事，善写性骨也。”①脂砚斋等人批点《石头记》时也多次提到“重不见重，犯不见犯”“特犯不犯”，即是这一叙事艺术的表现，所谓犯就是重复、雷同之意。

一、事同而写法不同

作为叙事文学，《史记》通过历史人物记载了纷繁复杂的历史事件，很多性质相同、情节类似的历史事件在司马迁笔下却写出各自不同的特点，这一个性化的叙事特征，在《史记》的类传里表现最为突出。

如《史记》中有《孟尝君列传》《平原君虞卿列传》《魏公子列传》《春申君列传》，为“战国四公子”的专传。这四位都以养士好客而闻名于诸

---

①梦觉主人：《红楼梦序》，见朱一玄主编《红楼梦资料汇编》，南开大学出版社2012年版，第563页。

侯，在当时的政坛上有重要影响。明代学者陈仁锡评论道："太史公作四君传，具见好客意，孟尝则曰'以故倾天下之士气'，平原则曰'故争相倾以待士'，信陵则曰'倾平原君客'，春申则曰'招致宾客以相倾夺'。'孟尝君客无所择'，此句乃孟尝千古断案，传中只以好客一事自始至终详序之，此史家秘法也。"①虽然同为好客，但描写却各有不同。

又如《刺客列传》，依次写了曹沫劫持齐桓公迫使其归还侵地，专诸为吴公子光刺杀吴王僚，豫让为报答智伯知遇之恩而谋刺赵襄子，聂政为严仲子刺杀韩相侠累，荆轲为燕太子丹谋刺秦王的故事。同样都是刺杀事件，而且同列一传，司马迁把每一事件写得毫不重复、各具特色。曹沫劫持齐桓公一事，以"勇"为核心。以齐鲁两国的实力而言，齐强鲁弱，曹沫在齐桓公和鲁庄公会盟之时敢劫持桓公，何其勇也！以二国实力相差，此次会盟中无疑是鲁国受牵制，但是曹沫却出其不意地劫持齐桓公，最终迫使齐国归还了侵占鲁国的土地。曹沫劫持齐桓公时"颜色不变，辞令如故"②，以一弱国使臣而不畏强国之君，确实勇气可嘉。专诸刺吴王僚，以吴国统治者内部的矛盾为核心，公子光是个有政治野心之人，他的父亲想让弟弟季子札治国，但是季子札逃而不肯立，所以吴人立僚为王。公子光作为吴王诸樊之子没能继承王位，心中自是不满，"使以兄弟次邪，季子当立；必以子乎，则光真嫡嗣，当立"③，于是让专诸刺杀了吴王僚，最后自立为王，即历史上赫赫有名的吴王阖闾。此刺杀事件也写得极富戏剧化特色："酒既酣，公子光佯为足疾，入窟室中使专诸置匕首鱼炙之腹中而进之。既至王前，专诸擘鱼，因以

①陈仁锡：《陈评史记》，见张新科等主编《史记研究资料萃编》，三秦出版社 2011 年版，第 600 页。

②司马迁：《史记》，韩兆琦评注，岳麓书社 2011 年版，第 1197 页。

③司马迁：《史记》，韩兆琦评注，岳麓书社 2011 年版，第 1198 页。

匕首刺王僚，王僚立死。”①豫让谋刺赵襄子一事，以“士为知己者死”为关目，豫让为智伯的谋士，智伯十分尊崇他，以“国士遇之”，所以在韩赵魏合谋灭了智伯之后，豫让为报智伯知遇之恩，“变名姓为刑人”“漆身为厉，吞炭为哑”，想方设法为智伯报仇，司马迁生动叙写了这个感人的故事。聂政为严仲子刺杀韩相，司马迁又写得何其孝义刚烈。因要供养母亲，聂政谢绝严仲子百镒之金，当他的母亲去世后，聂政受严仲子之托，独自仗剑至韩刺杀韩相，因为担心连累姐姐，他便“自皮面决眼，自屠出肠”而死。荆轲刺秦王一事又写得何等悲壮！由此可见，同样是刺杀事件，在同一传记之中，司马迁却写得各不相同，足见其非凡的叙事才能。

《史记》这种独特的叙事手法在《红楼梦》中有所继承，《红楼梦》中有些事情性质相同，但因为在小说中的地位和作用不同，作者采取了不同的写法。如第三回林黛玉进贾府时，小说写黛玉随邢夫人去拜见大舅舅贾赦，贾赦推说：“连日身上不好，见了姑娘彼此倒伤心，暂且不忍相见。”后又去拜见二舅舅贾政，贾政斋戒去了也没有见到。脂砚斋评道：“赦老不见又写政老，政老又不能见，是重不见重、犯不见犯，作者惯用此法。”②细读《红楼梦》，作者的确擅长这种“重不见重，犯不见犯”的叙事手法，脂砚斋等批点时也常常会提到此种手法。

如第十九回“意绵绵静日玉生香”，庚辰本有畸笏叟眉批：“‘玉生香’是要与‘小恙梨香院’对看，愈觉生动活泼。且前以黛玉，后以宝钗，特犯不犯，好看煞！”③第二十回写史湘云的出场，“只见史湘云大

①司马迁：《史记》，韩兆琦评注，岳麓书社2011年版，第1198页。

②浦安迪：《红楼梦批语偏全》，北京大学出版社2012年版，第12页。

③朱一玄主编：《红楼梦资料汇编》，南开大学出版社2012年版，第324页。

说大笑的，见他两个来，忙问好厮见"。脂砚斋此处批道："写湘云又一笔法，特犯不犯。"林黛玉进贾府是因为母亲去世投奔外祖母家，所以初进贾府时谨慎小心，不肯多说一句话、多行一步路，足见其多愁善感；宝钗进贾府是举家进京，临时住在贾府，所以礼数周到，足见她的端庄持重的个性；湘云是贾府里的熟客，性格又开朗豁达，所以她们在小说中的初次亮相，写法都不同。

《红楼梦》第四十七回，赖大家设宴庆祝赖昌荣做官，席间薛蟠误以为柳湘莲是风月子弟百般纠缠，于是将薛蟠骗到避人之处将其痛打一番。脂砚斋批道："却与凤姐赚贾瑞一段遥遥相对，同一机心，同一辣手。湘莲之诱薛蟠与凤姐之诱贾瑞，同一机杼而又有别，瑞识凤姐而不自量，若蟠则全不识人。"①"王熙凤毒设相思局"治贾瑞一事和"呆霸王调情遭苦打"一事性质相同，但作者的叙事却各有不同。

同是被打，《红楼梦》第三十三回正面详写了宝玉挨打，通过这件事情揭示了小说中人物之间的矛盾，展现了不同人物的性格特征，推进了宝黛钗关系的进一步发展，在小说中有着重要意义。第四十八回侧面描写了贾琏挨打，作者没有正面描写贾赦打贾琏，而是通过平儿向宝钗借棒疮药丸时，间接叙述出来。前者写贾政打宝玉是实写详写，后者写贾赦打贾琏是虚写略写，与前文毫不相犯。

同是写死，曹雪芹用不同的叙事手法进行描述，同时也寄托了作者赋予不同人物的不同的情感，读来生动形象、感人至深。正如清人诸联在《红楼评梦》中所言：

可卿之死也使人思，金钏之死也使人惜，晴雯之死也使人惨，

①浦安迪：《红楼梦批语偏全》，北京大学出版社2012年版，第127页。

尤三姐之死也使人愤，二姐之死也使人恨，司棋之死也使人骇，黛玉之死也使人伤，金桂之死也使人爽，迎春之死也使人恼，贾母之死也使人羡，鸳鸯之死也使人敬，赵姨娘之死也使人快，凤姐之死也使人叹，妙玉之死也使人疑，毫无一同者。非死者之不同，乃生者之笔不同也。①

《红楼梦》中描写了诸多人物的生日，作者用不同的手法描写不同的生日，写下了一篇篇精彩绝伦的妙文。如第十一回“庆寿辰宁府排家宴”写贾敬的寿辰，作为宁国府的家长，贾敬一心好道，并没有住在宁府，所以这一回作者借贾敬寿辰，正面写了宁国府诸人诸景诸事。第二十二回写薛宝钗生日，贾母见宝钗稳重大方，又是在贾府过第一个生辰，便自己捐资二十两为宝钗庆祝生日。这一回里贾母对宝钗的倚重，宝钗的善于奉迎，宝玉听文曲悟禅机都是后文的重要伏笔，对推进故事情节的发展有重要作用。

第四十三、四十四两回写凤姐的生日，前半部分攒金庆寿之“乐”，后半部凤姐泼醋之“闹”形成强烈的戏剧冲突，不同于小说中其他生日的场景描写。脂砚斋在第四十三回夹批：“一本书若一个一个只管写生日，复成何文哉？故起用宝钗，盛用阿凤，终用贾母，各有妙文，各有妙景，余者诸人，或一笔不写，或偶用一语带过，或丰或简，其情当理合，不表可知，岂必谆谆死笔，按数而写众人生日哉？”②在这一回里，作者还借宝玉祭奠金钏，一明一暗、一详一略、一热闹一冷清，穿插写了金钏的生日，与王熙凤的生日不重复也不冲突，足见曹雪芹的叙事艺

①诸联：《红楼评梦》。见冯其庸《重校八家评批红楼梦》，青岛出版社2015年版。

②浦安迪：《红楼梦批语偏全》，北京大学出版社2012年版，第118页。

术之高超。

第六十二、六十三回写了宝玉生日，作者别出心裁地借宝玉生日引出了宝琴、岫烟、平儿生日，原来他们四人同日生，哈斯宝评点："今只写一个宝玉生日，接连引出了多少个生日……此等雷同之事，写的却细腻别致，委实见奇。"①此回描写了众人庆生的热闹场面。又因贾母、王夫人等管理人员不在家，便不拘于礼法，众人又在怡红院开夜宴给宝玉庆生，宝玉和众小姐丫头一起游戏取乐抽花签，热闹非凡。

第七十一回写贾母八十大寿，贾母作为贾府辈分最高、年纪最长的主子，是贾府最高权威，所以曹雪芹在描写贾母生日时自然不同于其他。筵席从七月二十八开到八月初五，宴请不同级别的宾客亲友家下，前来贺寿者也是络绎不绝，世交公侯都来拜寿，场面热闹而奢华。同样是写生日，曹雪芹却写出了不一样的生日场面，真是叙事高妙！

二、从不同角度叙写同一事件

《史记》不同人物的传记之中，往往会出现类似或相同的事件，司马迁能够从不同角度进行描写，呈现出不同的叙事风貌，使读者也不觉其烦冗重复。

如张仪两次出使楚国之事在《楚世家》《张仪列传》《屈原列传》中均有所载：《楚世家》中记录了张仪两次出使楚国的事件，第一次是"（楚怀王）十六年，秦欲伐齐，而楚与齐从亲，秦惠王患之，乃宣言张仪免相，使张仪南见楚王"，使齐楚绝交；第二次是"（楚怀王）十八年，秦使使约复与楚亲，分汉中之半以和楚。楚王曰：'愿得张仪，不愿得

①哈斯宝：《新译红楼梦回批》，见朱一玄主编《红楼梦资料汇编》，南开大学出版社 2012 年版，第 773 页。

地。'张仪闻之，请之楚"。[1]《楚世家》记此二事主要突出秦楚齐三国的关系，齐楚之盟的破除打破了"纵成则楚王"的政治格局，是楚国被秦所灭的重要原因。《张仪列传》中记载张仪两次出使楚国的事件，主要突出他作为谋臣的谋略与才能。《屈原列传》里写张仪两次出使楚国之事，写出了张仪的狡诈，司马迁以"楚怀王贪而信张仪""怀王悔，追张仪不及"等字眼道出了楚怀王的昏庸无能，为屈原的悲剧埋下一伏笔。综上所述，司马迁善于从不同角度叙写同一事件，在不同的传中表现不同人物的特点。

《史记》善于从不同角度叙写同一事件的叙事艺术，在《红楼梦》中也有所体现，同样体现出作者出色的叙事才能。如《红楼梦》中对大观园全景式的描绘展现，第十七回"大观园试才题对额"中，在大观园初建成时，贾政带领清客相公游园题对，作者正面细致地对大观园各处的景致进行描绘，并通过宝玉之口根据不同景致特征进行命名题对，使读者对大观园有一个立体的空间印象。这一回也通过"大观园试才题对额"展现了贾宝玉的才情，作者主要着意于对大观园景物的客观描写，是对大观园外景的展现。

第四十回刘姥姥二进荣国府时，贾母怜贫惜老，带着刘姥姥游园，这是对大观园内景全方位展示。如写潇湘馆"只见两边翠竹夹路，土地下苍苔布满，中间羊肠一条石子砌的甬路"，"窗下案上设着笔砚，书架上放着满满的书"，这些景物描写不仅体现了林黛玉的才情，同时也表现了她幽僻喜静的个性特点。探春的房中又是不同，"探春素喜阔朗，所以三间屋子并不曾隔断，当地放着一张花梨大理石大案，案上磊着各

①司马迁：《史记》，韩兆琦评注，岳麓书社2011年版，第627页。

种名人法帖，并数十方宝砚，各色笔筒，笔海内插的笔如树林一般。”探春也是姊妹中才华超众的一个，她的屋子里也是文房四宝具备，但和黛玉相比，“阔朗”二字不仅是房屋陈设的不同，也是二人心性的不同。到了蘅芜苑，只见宝钗的房屋如雪洞一般，一玩器全无，十分朴素，这和第六回薛姨妈向王夫人说宝钗脾气古怪，不爱花儿粉儿的话有异曲同工之妙，体现了宝钗的个性特征。王希廉批道：“看其写园中景致，与前宝玉随政老游园时绝无一笔犯复。”同样是全景式地写大观园，此回中作者借刘姥姥之眼，写出了大观园各处不同的景致特征，此回的重点在于借景物突出住在大观园中诸人的不同的个性特征。

三、前后对比反映事态发展的不同阶段

《红楼梦》第十三回王熙凤协理宁国府办理秦可卿的丧事可谓让凤姐大出风头，当贾珍苦苦求她协办丧事时，“那凤姐素日最喜揽事办，好卖弄才干，虽然当家妥当，也因未办过婚丧大事，巴不得遇见这事”。得了这件事之后，凤姐不畏辛劳，威重令行，把秦氏的丧事治理得井井有条、体体面面。秦氏丧礼不仅体现了王熙凤的治理才能，同时也表现了贾家处于“烈火烹油，鲜花着锦”之时的繁盛。第一百一十回贾母殡葬，凤姐开始还依着自己能干，想着在这件事上大有一番作用，王夫人等也知道她曾经办理了秦氏的丧礼，所以让凤姐总理此事。但是此时的贾府已经日薄西山、辉煌不再了，凤姐纵是再有才能，也是捉襟见肘、照顾不周，还落得各处人的不满。“凤姐一肚子的委屈……想要把各处的人整理整理，又恐邢夫人生气，要和王夫人说，怎奈邢夫人挑唆，丫头们见邢夫人不助着凤姐的威风，更加作践起她来。”

清代徐凤仪《红楼梦偶得》中说：“十三回秦氏之丧，贾珍锐意穷奢

极欲，然作者欲借此以写凤姐之才，当富足之时，人皆趋利，颐指气使，固所乐从；若一百十一回贾母之丧，邢夫人吝财，且故掣其肘，呼应不灵，非其因运败而才短也？”①同样是王熙凤治理丧事，一在开头、一在结尾，体现了贾府由盛到衰的过程。

《红楼梦》中关于薛宝钗的生日，小说中有两处特别写到。第二十二回写宝钗十五岁的生日，贾母出资给宝钗做生日，这时元妃省亲后贾府处在兴旺之时。第一百八回“强欢笑蘅芜庆生辰”，又写了薛宝钗生日，同样是贾母出资给宝钗过生日，但这时元妃薨逝、宁国府被抄，贾家的富贵繁华已经不再，林黛玉已死，探春已嫁，人员也不齐全。贾母在贾府家境已经大不如从前的情况下，拿出一百两银子给宝钗过生日，但是毕竟今非昔比、物是人非，所以众人也只能强颜欢笑。与前文所写宝钗的生日场景形成鲜明对比。

综上所述，《史记》善于叙事，纷繁复杂的历史事件、历史人物在其笔下各不相同，体现了司马迁超凡的叙事能力。《红楼梦》也善于叙事，繁杂的日常琐事和关系密切的人物最容易使读者混淆不清，曹雪芹在叙写过程中却能够细腻地区别，这种“重不见重，犯不见犯”的表现手法是对《史记》叙事艺术的继承。

第五节　互见法的运用

互见法是司马迁在《史记》中首创的一种独特的叙事方法。互见法

①徐凤仪：《红楼梦偶得》，见朱一玄主编《红楼梦资料汇编》，南开大学出版社2012年版，第575页。

的使用，使《史记》中所载的历史人物更加形象逼真，所叙的历史事件更加真实可信。“这一方法是将一个人的生平事迹、一件历史事件的始末经过，分散在数篇之中，参差互见，彼此相补。”①关于《史记》的互见法，最早由宋代文学家苏洵提出：

> 迁之传廉颇也，议救阏与之失不载焉，见之《赵奢传》；传郦食其也，谋挠楚权之缪不载焉，见之《留侯传》。固之传周勃也，汗出洽背之耻不载焉，见之《王陵传》；传董仲舒也，议和亲之疏不载焉，见之《匈奴传》。夫颇、食其、勃、仲舒，皆功十而过一者也。苟列一以疵十，后之庸人必曰：智如廉颇，辩如郦食其，忠如周勃，贤如董仲舒，而十功不能赎一过，则将苦其难而怠矣。是故本传晦之，而他传发之。则其与善也，不亦隐而彰乎！②

苏洵指出了《史记》互见法的特征是“本传晦之，他传发之”，司马迁在某篇传记中写了某人某事，其他篇目如果涉及时就不再重复叙述，而用“事见某篇”“语在某篇”等提示性文字标明，以表示互见。李笠在《史记订补》中对互见有更简洁明了的说明：“史臣叙事，有缺于本传而详于他传者，是曰互见。”靳德俊把这种方法称为互文相足：“一事所系数人，一人有关数事，若为详载，则繁复不堪，详此略彼，详彼略此，则互文相足尚焉。”③互现法的使用，使《史记》在叙述历史、人物塑造等方面显出突出成就。

---

①张大可：《史记研究》，商务印书馆2013年版，第249页。

②苏洵：《苏老泉先生全集》卷九。

③靳德俊：《史记释例》，商务印书馆1933年版，第14页。

一、互现法叙事

当代学者刘松来认为，狭义的互见法是司马迁为了避免史料重复的一种手段，正如唐代著名史学评论家刘知几所说："若乃同为一事，分在数篇，断续相离，前后屡出，于高纪则云'语在项传'，于项传则云'事具高纪'。"①他还指出，从广义上说，互现法是"此详彼略，互为补充，连类对比，两相照应"的一种表现手法。如"鸿门宴"一事，在《项羽本纪》中，司马迁大篇幅、详细描写整个事件的过程。项羽一生骁勇善战，但却刚愎自用，鸿门宴是他人生的一个重要转折点，他没有听从范增之计除去刘邦，结果放虎归山，最终被刘邦打败。所以在本传中对鸿门宴一事进行了详尽的描写。

《高祖本纪》中对鸿门宴一事的叙述就简要很多：

> 十一月中，项羽果率诸侯兵西，欲入关，关门闭。闻沛公已定关中，大怒，使黥布等攻破函谷关。十二月中，遂至戏。沛公左司马曹无伤闻项王怒，欲攻沛公，使人言项羽曰："沛公欲王关中，令子婴为相，珍宝尽有之。"欲以求封。亚父劝项羽击沛公。方飨士，旦日合战。是时项羽兵四十万，号百万。沛公兵十万，号二十万，力不敌。会项伯欲活张良，夜往见良，因以文谕项羽，项羽乃止。沛公从百余骑，驱之鸿门，见谢项羽。项羽曰："此沛公左司马曹无伤言之。不然，籍何以生此！"沛公以樊哙、张良故，得解归。归，立诛曹无伤。②

①刘知几：《史通》卷二《二体》，上海古籍出版社2015年版，第26页。

②司马迁：《史记》，韩兆琦评注，岳麓书社2011年版，第203页。

《留侯世家》中更是简略叙出：

> 项羽至鸿门下，欲击沛公，项伯乃夜驰入沛公军，私见张良，欲与俱去。良曰："臣为韩王送沛公，今事有急，亡去不义。"乃具以语沛公。沛公大惊，曰："为将奈何？"良曰："沛公诚欲倍项羽邪？"沛公曰："鲰生教我距关无内诸侯，秦地可尽王，故听之。"良曰："沛公自度能却项羽乎？"沛公默然良久，曰："固不能也。今为奈何？"良乃固要项伯。项伯见沛公。沛公与饮为寿，结宾婚。令项伯具言沛公不敢倍项羽，所以距关者，备他盗也。及见项羽后解，语在《项羽》事中。①

凡此多次皴染描述，使整个事件全面展现，更加符合历史真实，通过不同传记不同角度的描写，也客观表现了历史人物在历史事件中的地位。

又如晋公子重耳流亡一事，在《晋世家》中叙述非常详细，而在《赵世家》中言及赵衰时仅寥寥几语写出：

> 赵衰从重耳出亡，凡十九年，得反国。重耳为晋文公，赵衰为原大夫，居原，任国政。文公所以反国及霸，多赵衰计策，语在晋事中。②

同样的一件事情在不同的人物传记中出现，主次详略和写作角度不同，体现了事件在不同传记的地位不同，也表现出不同人物的个性特征，这是《史记》中惯用的叙事手法。

---

①司马迁：《史记》，韩兆琦评注，岳麓书社2011年版，第854页。
②司马迁：《史记》，韩兆琦评注，岳麓书社2011年版，第662页。

互现法的使用使《史记》叙事条理分明、首尾完具，《红楼梦》在叙事过程中，对《史记》的互见法也有继承，在小说的叙事中多次体现。如《红楼梦》第三十三回“手足眈眈小动唇舌，不肖种种大承笞挞”中，贾宝玉因和戏子琪官私交甚好，被忠顺王府的人上门逼问琪官的行踪，贾政为此大怒，又加上金钏投井后贾环在背后挑唆说宝玉的不好，贾政一怒之下痛打了宝玉一顿。贾母得知后心疼宝玉，便怒斥贾政道：“我说一句话，你就禁不起，你那样下死手的板子，难道宝玉就禁得起了？你说教训儿子是光宗耀祖，当初你父亲怎么教训你来！”①从小说所写内容来看，《红楼梦》并没有写贾政年轻时的事情，所以读者对贾代善怎样教训贾政自然不清楚；从逻辑上讲，贾母在盛怒之时，也不可能啰啰唆唆地讲出贾代善教训儿子的具体事情。曹雪芹运用了互现法，在第四十五回通过赖嬷嬷之口补叙出来：

(赖嬷嬷)因又指宝玉道：“不怕你嫌我，如今老爷不过这么管你一管，老太太护在头里。当日老爷小时挨你爷爷的打，谁没看见的。老爷小时，何曾像你这么天不怕地不怕的了。还有那大老爷，虽然淘气，也没像你这扎窝子的样儿，也是天天打。还有东府里你珍哥儿的爷爷，那才是火上浇油的性子，说声恼了，什么儿子，竟是审贼！如今我眼里看着，耳朵里听着，那珍大爷管儿子倒也像当日老祖宗的规矩，只是管的倒三不着两的。他自己也不管一管自己，这些兄弟侄儿怎么怨的不怕他？你心里明白，喜欢我说，不明白，嘴里不好意思，心里不知怎么骂我呢。”②

①曹雪芹、高鹗：《红楼梦》，人民文学出版社 1992 年版，第 458 页。

②曹雪芹、高鹗：《红楼梦》，人民文学出版社 1992 年版，第 621 页

赖嬷嬷是贾府的老家人，她曾经侍奉过贾母一辈主子，所以对贾家过去的事情知道的不少。细读小说我们发现，宁国公和荣国公是以军功而被封的爵位，所以贾府有武将的传统，从赖嬷嬷的这段话中，可以看出贾府家长教育子孙时经常会动用“武力”，贾政小时候应该经常被父亲打，所以才没有天不怕地不怕的个性。也许当年贾政被父亲打时，贾母也像王夫人一样既心疼又无助，所以她非常排斥贾政打自己最心爱的这个孙子贾宝玉。读到赖嬷嬷这段，读者心中的疑问也才能清楚明白。

再如《红楼梦》这部小说是以贾府为主要环境展开叙述，如何展现这个人物众多、关系繁杂的贾府的大环境呢？作者以互见法的形式，在小说一开始就层层渲染，渐渐道出，使读者对小说发生的主要环境有了一个立体化的认识。正如脂砚斋在第二回总评中所说：

> 此回亦非正文本旨，只在冷子兴一人，即俗谓“冷中出热，无中生有”也。其演说荣府一篇者，盖因族大人多，若从作者笔下一一叙出，尽一二回不能得明，则成何文字？故借用冷子一人，略出其文，使阅者心中，已有一荣府隐隐在心，然后用黛玉、宝钗等两三次皴染，则耀然于心中眼中矣。此即画家三染法也。①

《红楼梦》第二回借冷子兴之口，演说贾府的基本情况，使读者从侧面对贾府的现状和主要人物关系有所了解。第三回通过林黛玉进贾府，作者以林黛玉的视角正面描写了贾府的环境与人物，通过黛玉所见所闻，使贾府——这个故事发生的大环境——直接在读者面前展现，也使小说的几个主要人物在读者面前亮相，初步展现了人物的个性特征。

①浦安迪：《红楼梦批语偏全》，北京大学出版社2012年版，第10页。

第四回通过“葫芦僧乱判葫芦案”，写出贾府庞大复杂的社会关系，把小说的环境扩大到社会的层面，到此主要人物与主要活动环境都展现在读者眼前。

互见法是司马迁在《史记》中使用的独特的叙事方法，这种方法避免了重复繁缛，使叙事内容更加简洁明了。《史记》开创的互见法对后世的叙事文学有一定影响，《红楼梦》在叙事时也接受了《史记》互见法的影响，作为一部鸿篇巨制的小说，《红楼梦》中人物数量众多，事件纷繁复杂，在叙事过程中，互见法的使用，使作品中所叙事件更具有全面性、人物更加立体化。

二、互见法写人

互见法在《史记》中对于如实刻画历史人物有着重要意义，不仅避免了重复赘余，而且使本传的主题和传主的性格更统一。传主的事迹如果和本传表现的主题不符，在本传中可以不叙，而在其他传记中写出。这不仅使人物的主要性格在本传中得以突出体现，又展现了人物性格的多面性，使人物形象能够多角度地展现，更加立体化，更加真实可信。

《史记》在人物本传中，往往突出人物的主要特征，使人物形象个性鲜明。作为史官，司马迁必须尊重历史事实和历史人物的真实性，因此在其他人物传记中补出与本传中不同的一面。这样使传记中的人物既不失历史真实性，又突显了个性特征，同时也隐约彰显了作者的情感倾向。

如《项羽本纪》中，项羽是一个悲剧英雄人物的形象。巨鹿之战中项羽破釜沉舟，体现了他的英勇善战；鸿门宴中放走刘邦，又体现了他的轻信率直；霸王别姬可见他多情的一面；乌江自刎又写出了末路英雄的苍凉悲壮。在本传中，司马迁主要把项羽塑造成一个悲剧英雄的形象，而项羽的缺点大部分通过其他传记补叙出来。如《高祖本纪》刘邦数落项羽十罪，与群臣讨论项羽失败的原因，集中描写了项羽嫉贤妒能、不善用人的缺点；《淮阴侯列传》中借韩信之口说出项羽“名虽为霸实失天下心”，不得民心的一面，“诈坑秦降卒二十余万”又暴露出他残暴的一面；等等。把本传中的人物和其他传记中相关的记载结合起来，才会看到一个更加真实立体的历史人物形象。

《红楼梦》在描写人物时，也经常使用互见法进行多角度的描写，使人物形象更加立体化、性格特征更加突出。如贾宝玉的形象，在《红楼梦》中便是一个复杂的人物，小说第二回，在冷子兴眼里，他是一个“酒色之徒耳”“将来色鬼无疑了”。第三回林黛玉进贾府时，作者通过黛玉之眼看到的贾宝玉是一个“面若中秋之月，色如春晓之花，鬓若刀裁，眉如墨画，面如桃瓣，目若秋波。虽怒时而若笑，即瞋视而有情”①，且个性乖僻的美少年。第十五回又写了在北静王眼里，贾宝玉语言清楚，谈吐有致，“果然如‘宝’似‘玉’”，并向贾政夸赞：“令郎真乃龙驹凤雏，非小王在世翁前唐突，将来‘雏凤清于老凤声’，未可量也”②。第三十五回，在傅家婆子眼里，宝玉是“外像好里头糊涂，中看不中吃的”，“时常没人在跟前，就自哭自笑的，看见燕子，就和燕子说话，河里看见了鱼，就和鱼说话，见了星星月亮，不是长吁短叹，就是咕咕哝哝的。且是连一点刚性也没有，连那些毛丫头的气都受的。爱惜东西，连个线头儿都是好的；糟踏起来，那怕值千值万的都不管

①曹雪芹、高鹗：《红楼梦》，人民文学出版社1992年版，第49页。
②曹雪芹、高鹗：《红楼梦》，人民文学出版社1992年版，第199页。

了"①的呆里呆气的人。总之，不同人眼里的贾宝玉有不同的一面，作者把他性格中不同的面从不同角度写出，使得人物立体形象、栩栩如生。

《红楼梦》第五十五回，凤姐因为生病休养，荣国府的日常事务暂时由李纨、探春等管理。这一回里，曹雪芹借用凤姐一人之口，描绘了贾府诸人的个性特征，真是横扫大军的大手笔：

我正愁没个膀臂。虽有个宝玉，他又不是这里头的货，纵收伏了他也不中用。大奶奶是个佛爷，也不中用。二姑娘更不中用，亦且不是这屋里的人。四姑娘小呢。兰小子更小。环儿更是个燎毛的小冻猫子，只等有热灶火坑让他钻去罢。真真一个娘肚子里跑出这个天悬地隔的两个人来，我想到这里就不伏。再者林丫头和宝姑娘他两个倒好，偏又都是亲戚，又不好管咱家务事。况且一个是美人灯儿，风吹吹就坏了；一个是拿定了主意，"不干己事不张口，一问摇头三不知"，也给十分去问他。倒只剩了三个姑娘一个，心里嘴里都也来的。②

王熙凤用"佛爷"形容李纨是个老好人，以"美人灯"形容黛玉的多愁多病，以"事不关己不张口，一问摇头三不知"形容宝钗的沉稳世故，写得传神绝妙，补叙出了人物的另一面个性特征。第六十五回作者借兴儿之口说王熙凤"嘴甜心苦，两面三刀，上头一脸笑，脚下使绊子，明是一盆火，暗是一把刀：都占全了"，又向尤氏姐妹介绍贾府诸人：

①曹雪芹、高鹗：《红楼梦》，人民文学出版社 1992 年版，第 482 页。
②曹雪芹、高鹗：《红楼梦》，人民文学出版社 1992 年版，第 780 页。

“原来奶奶不知道。我们家这位寡妇奶奶，他的浑名叫作‘大菩萨’，第一个善德人。我们家的规矩又大，寡妇奶奶们不管事，只宜清净守节。妙在姑娘又多，只把姑娘们交给他，看书写字，学针线，学道理，这是他的责任。除此问事不知，说事不管。只因这一向他病了，事多，这大奶奶暂管几日。究竟也无可管，不过是按例而行，不像他多事逞才。我们大姑娘不用说，但凡不好也没这段大福了。二姑娘的浑名是‘二木头’，戳一针也不知嗳哟一声。三姑娘的浑名是‘玫瑰花’。”尤氏姊妹忙笑问何意。兴儿笑道：“玫瑰花又红又香，无人不爱的，只是刺戳手，也是一位神道，可惜不是太太养的，‘老鸹窝里出凤凰’。四姑娘小，他正经是珍大爷亲妹子，因自幼无母，老太太命太太抱过来养这么大，也是一位不管事的。奶奶不知道，我们家的姑娘不算，另外有两个姑娘，真是天上少有，地下无双。一个是咱们姑太太的女儿，姓林，小名儿叫什么黛玉，面庞身段和三姨不差什么，一肚子文章，只是一身多病，这样的天，还穿夹的，出来风儿一吹就倒了。我们这起没王法的嘴都悄悄的叫他‘多病西施’。还有一位姨太太的女儿，姓薛，叫什么宝钗，竟是雪堆出来的。”①

兴儿是贾琏的小厮，他对贾府诸女眷的评价是从一个下人的视角所作的批判，是作者跳出大观园的叙事空间对人物的描写。《红楼梦》中重要的人物，作者都会用专门的章回描写，而上述两例是作者借他人之口从侧面描写，补充了正面描写的不足，使人物形象更加生动形象。

①曹雪芹、高鹗：《红楼梦》，人民文学出版社1992年版，第936页。

第六节　精彩的细节描写

细节是作品描写叙事的最小单位，细节使描写更加形象，细节描写越多，描写的密度就越大，生活的具象感就越强，作品就越生动形象，能够使接受者如临其境，如见其人。《史记》之所以具有鲜明的文学性，其中一个显著的特征就是司马迁特别擅长细节描写。《史记》的细节描写非常出色，这些精彩的细节描写，使《史记》具有更大的艺术魅力。《史记》细节描写的手法对后世小说、戏剧的创作也有一定的影响。

一、细节描写可以使人物形象生动传神

古希腊历史学家普鲁塔克在《亚历山大传》中说："美德或者恶行，并不总是在最光荣的事业中明显地表现出来，而通常是某些细微的举动，只言片语或者一颦一笑，较之阵亡数万人的会战，千军万马的调动和攻城略地的壮举，更能显示出人物的性格。"作为历史著作，《史记》所传的都是真人真事，作者没有编造故事的权利，在那个文史不分的时代，司马迁通过情节结构的剪裁和细节的加工发挥自己的创作才能，使历史人物仿佛活现纸上。

司马迁往往通过细节描写就鲜明生动地刻画出人物的本性，他笔下的细节描写可谓点睛之笔，具有一定的传神作用。《史记》记载了众多历史人物形象，司马迁善于用典型的事件突显人物个性特征，并往往成为人物命运发展的基本线索。如《史记 · 李斯列传》中记载：

(斯)年少时，为郡小吏，见吏舍厕中鼠，食不洁，近人犬，数惊恐之。斯入仓，观仓中鼠，食积粟，居大庑之下，不见人犬之忧。于是李斯乃叹曰："人之贤不肖譬如鼠矣，在所自处耳！"①

李斯因为看到厕中之鼠和仓鼠而感发了对于人生的认识，而"老鼠哲学"也成为李斯后来行为的基本准则。司马迁形象地通过这件事情写出了李斯的性格特征，一心要做"食积粟，居大庑之下"是他的追求目标，《李斯列传》紧紧围绕这个核心来记录李斯其人其行。

《陈丞相世家》中记载："里中社，平为宰，分肉食甚均。"父老曰："善，陈孺子之为宰！"平曰："嗟乎，使平得宰天下，亦如是肉矣！"②这一细节突显了陈平的治理之才，为其以后辅佐刘邦治理天下奠定了基础。清代学者章学诚《文史通义》中说："陈平佐汉，志见社肉，李斯亡秦，兆端厕鼠。推微知著，固相士之玄机；搜间传神，亦文家之妙用也。"③概括了司马迁擅于细节描写的特点。

又如《陈涉世家》中开篇便通过一个细节描写凸显了陈涉的与众不同：

陈涉少时，尝与人佣耕，辍耕之垄上，怅恨久之，曰："苟富贵，无相忘。"佣者笑而应曰："若为佣耕，何富贵也？"陈涉太息曰："嗟乎！燕雀安知鸿鹄之志哉！"④

此时的陈涉虽与人在田间佣耕，可是他不甘于现状，对当下的生活

①司马迁：《史记》，韩兆琦评注，岳麓书社2011年版，第1212页。
②司马迁：《史记》，韩兆琦评注，岳麓书社2011年版，第866页。
③章学诚：《文史通义》，中华书局2014年版，第534页。
④司马迁：《史记》，韩兆琦评注，岳麓书社2011年版，第783页。

现状并不满意，他是心有大志之人。通过这个细节描写，把陈涉与普通佣者区别开来，也为此后他敢于揭竿而起，反对暴秦埋下伏笔。

《酷吏列传》记载张汤儿时看家，因为老鼠偷吃了家里的肉，所以被父亲怒笞，张汤便审讯老鼠：

> 汤掘窟得盗鼠及余肉，劾鼠掠治，传爰书，讯鞫论报，并取鼠与肉，具狱磔堂下。其父见之，视其文辞如老狱吏，大惊，遂使书狱。①

这个细节描写突出说明张汤从小就具备作为狱吏的天赋，也体现了身为酷吏的张汤，“酷”的个性特点，也是《史记》记载张汤其人其事的基本线索。

《淮阴侯列传》中市井少年笑韩信虽然长得高大，但却是个胆小鬼，并且侮辱韩信如果不敢杀了他就从胯下爬过去。传中写道：“于是信孰视之，俛出袴下，蒲伏。一市人皆笑信，以为怯。”这个细节描写生动表现了韩信细微的内心世界，面对众人侮辱，韩信“孰视之”，然后“俛出袴下，蒲伏”，看对方看了很长时间说明韩信内心不形于色的愤怒，在孰视的过程中，感性的愤怒被理性战胜，所以他匍匐甘受胯下之辱。姚苎田《史记菁华录》“一片沉毅，在熟视二字。非复向日为一饥饱轻喜怒故态矣。须参，须参！”众人都笑韩信胆小怯懦，但从熟视到伏出胯下，体现了韩信隐忍的个性特征。

《红楼梦》继承并发展了《史记》的细节描写的艺术，在叙事写人过程中也非常注重细节描写，见微知著。如小说第三回林黛玉进贾府后，

①司马迁：《史记》，韩兆琦评注，岳麓书社2011年版，第1650页。

和贾府等人一起吃晚饭的场景。

> 贾母正面榻上独坐，两边四张空椅，熙凤忙拉了黛玉在左边第一张椅上坐了，黛玉十分推让。贾母笑道："你舅母你嫂子们不在这里吃饭。你是客，原应如此坐的。"黛玉方告了座，坐了。贾母命王夫人坐了。迎春姊妹三个告了座方上来。迎春便坐右手第一，探春左第二，惜春右第二。旁边丫鬟执着拂尘，漱盂，巾帕。李，凤二人立于案旁布让。外间伺候之媳妇丫鬟虽多，却连一声咳嗽不闻。寂然饭毕，各有丫鬟用小茶盘捧上茶来。当日林如海教女以惜福养身，云饭后务待饭粒咽尽，过一时再吃茶，方不伤脾胃。今黛玉见了这里许多事情不合家中之式，不得不随的，少不得一一改过来，因而接了茶。早见人又捧过漱盂来，黛玉也照样漱了口。盥手毕，又捧上茶来，这方是吃的茶。①

林黛玉的父亲林如海是巡盐御史，她也是官宦之家的千金小姐，但贾家是公侯之家，又与别家不同，所以进贾府后她"步步留心，时时在意"，从这段吃饭的细节描写就可以看出这个公侯之家很讲究规矩礼数。当王熙凤拉林黛玉在贾母左边第一张椅子入座时，林黛玉的推让说明她懂得谦让，这是尊位，尽管她是客人，但是还有王夫人等长辈在场，所以她不敢擅坐。贾家的饮茶习惯不同于林家，但是林黛玉入乡随俗，照着别人的方式改过自己的习惯，体现了她的善于观察、谨小慎微。

又如第十九回"情切切良宵花解语"中，宝玉和茗烟偷偷到袭人家探望袭人，按照规矩，宝玉作为贵族公子出行要有众人陪护，偷偷跑出

①曹雪芹、高鹗：《红楼梦》，人民文学出版社 1992 年版，第 48 页。

来是不合规矩的，宝玉作为贾府的贵族公子，在怡红院锦衣玉食，忽然来到平民百姓家中，袭人一家人忙做一团。

> 花自芳母子两个百般怕宝玉冷，又让他上炕，又忙另摆果桌，又忙倒好茶。袭人笑道：“你们不用白忙，我自然知道。果子也不用摆，也不敢乱给东西吃。”一面说，一面将自己的坐褥拿了铺在一个炕上，宝玉坐了，用自己的脚炉垫了脚，向荷包内取出两个梅花香饼儿来，又将自己的手炉掀开焚上，仍盖好，放与宝玉怀内，然后将自己的茶杯斟了茶，送与宝玉。彼时他母兄已是忙另齐齐整整摆上一桌子果品来。袭人见总无可吃之物，因笑道：“既来了，没有空去之理，好歹尝一点儿，也是来我家一趟。”说着，便拈了几个松子穰，吹去细皮，用手帕托着送与宝玉。①

袭人是宝玉房里最得力的大丫头，心地纯良，恪尽职守，是个竭力尽忠之人。她本来是贾母的婢女，因为贾母疼爱宝玉所以将她给了宝玉，袭人服侍宝玉后，心里眼里只有一个宝玉，非常尽心尽力，对宝玉照顾得体贴入微，从这个细节便可看出。因为天气冷，所以袭人让宝玉坐在炕上，又准备脚炉、手炉给宝玉取暖，生怕他冻着。因为宝玉身份非同一般，到了花家这种底层人家，不能随便用别人的东西，也不能乱吃东西，所以袭人只用自己日常所用之物给宝玉：自己的坐褥、自己的脚炉、自己的手炉、自己的茶杯，这些都是私人的日用之物，也体现了二人之间亲密的关系。当花家人摆了一桌子果品款待宝玉时，袭人只拿了几个松子穰，吹去细皮，用手帕托着送与宝玉吃，这个细节描写体现

①曹雪芹、高鹗：《红楼梦》，人民文学出版社 1992 年版，第 264—265 页。

了袭人对宝玉照顾得极细心周到。

第四十回贾母带刘姥姥游大观园，来到宝钗居住的蘅芜苑，小说对宝钗的房屋做了细节描写："及进了屋子，雪洞一般，一色玩器全无，案上只有一个土定瓶中供着数枝菊花，并两部书，茶奁茶杯而已。床上只吊着青纱帐幔，衾褥也十分朴素。"①这些细节描写体现了宝钗喜素冷的性情，小说关于薛宝钗喜爱素冷的个性体现，还有多处细节描写，如第七回写宝钗所吃之冷香丸配方：

> 要春天开的白牡丹花蕊十二两，夏天开的白荷花蕊十二两，秋天的白芙蓉蕊十二两，冬天的白梅花蕊十二两。将这四样花蕊，于次年春分这日晒干，和在药末子一处，一齐研好。又要雨水这日的雨水十二钱，……白露这日的露水十二钱，霜降这日的霜十二钱，小雪这日的雪十二钱。把这四样水调匀，和了药，再加十二钱蜂蜜，十二钱白糖，丸了龙眼大的丸子，盛在旧瓷坛内，埋在花根底下。若发了病时，拿出来吃一丸，用十二分黄柏煎汤送下。②

后面又通过薛姨妈之口就说宝钗脾气古怪，从来不爱花儿粉儿的。这些细节描写都突显了宝钗"冷"的个性特征，这与她日后"金钗雪里埋"的命运结局有密切联系，具有一定的预示作用。

二、细节描写使叙事更加传神逼真，更富有感染力

《史记》中记载了大量的历史人物、历史事件，除了让读者从宏观的历史框架下了解历史事实外，司马迁还善于运用细节描写历史人物和

①曹雪芹、高鹗：《红楼梦》，人民文学出版社1992年版，第545页。
②曹雪芹、高鹗：《红楼梦》，人民文学出版社1992年版，第108—109页。

历史事件，使得他笔下的历史人物栩栩如生、历史事件真实可信，并充满了文学色彩。

《史记》作为史传，其内容是严谨的，不可能充满想象和虚构地展开来写，这一点不同于虚构文学。《史记》中的文章备受后人赞赏，与司马迁精彩的叙事相关，注重细节描写也是《史记》叙事艺术精彩的一种表现。姚苎田《史记菁华录》亦云"史公每于小处著神"。司马迁精心选择人物生活中的小故事，"以小见大"地表现人物的基本特点，这也是作者艺术才能的重要表现。细节描写不仅使人物形象更加生动，在叙事过程中，细节描写往往会使叙事更加传神逼真，更富有感染力。

如《陈丞相世家》中写陈平年轻的时候，虽然家中贫穷，但是却有独特的人格魅力：

> 邑中有丧，平贫，侍丧，以先往后罢为助。张负既见之丧所，独视伟平，平亦以故后去。负随平至其家，家乃负郭穷巷，以弊席为门，然门外多有长者车辙。①

陈平发迹前，家中贫穷，需要靠给乡里帮忙补贴家用，住在偏僻的"负郭穷巷"，家里的大门都是草席做成，非常简陋。虽然很贫穷，但是"门外多长者车辙"，说明他平时经常和德高望重的长者交往，侧面说明了陈平的人格和品德出众，才会得到长者们的青睐。

又如《汲郑列传》中，司马迁在传赞中感叹宾客的趋炎附势。

> 太史公曰：夫以汲、郑之贤，有势则宾客十倍，无势则否，况众人乎！下邽翟公有言，始翟公为廷尉，宾客阗门；及废，门外可

①司马迁：《史记》，韩兆琦评注，岳麓书社2011年版，第866页。

> 设雀罗。翟公复为廷尉，宾客欲往，翟公乃大署其门曰："一死一生，乃知交情。一贫一富，乃知交态。一贵一贱，交情乃见。"汲、郑亦云，悲夫！①

汲黯和郑庄都是贤能之人，他们位列九卿有权有势时，前来投靠的人很多，但他们被罢官失势后就是门庭冷落情状了，又借用翟公的故事加以感叹。

《红楼梦》中的细节描写也往往使叙事更加生动传神，如第三回林黛玉进贾府后，王熙凤的出场描写：

> 一语未了，只听后院中有人笑声，说："我来迟了，不曾迎接远客！"黛玉纳罕道："这些人个个皆敛声屏气，恭肃严整如此，这来者系谁，这样放诞无礼？"心下想时，只见一群媳妇丫鬟围拥着一个人从后房门进来。这个人打扮与众姑娘不同，彩绣辉煌，恍若神妃仙子。②

这段描写中，有几个细节值得注意，其一"只听后院中有人笑声"，此时正是贾母会见自己外孙女之时，有贾母在场其他人应该是规规矩矩的，可是王熙凤竟然笑着出场，便可表现出她的"不守规矩"，而如此放诞无礼是因为她备受贾母宠爱，所以不用恪守礼仪。其二下人们"个个皆敛声屏气，恭肃严整如此"，与王熙凤的放诞无礼完全不同，说明这些人是害怕王熙凤的，也表现了她"待下人们严苛了些"（第六回周瑞家的语）。这段细节描写中，王熙凤的"笑"与众人的"敛声屏气"形成明

①司马迁：《史记》，韩兆琦评注，岳麓书社2011年版，第1633页。
②曹雪芹、高鹗：《红楼梦》，人民文学出版社1992年版，第108页。

显比照；王熙凤彩绣辉煌的打扮与贾府小姐们的打扮也完全不同。字里行间中，人物的音容笑貌、言行举止已经现于读者眼前，极富感染力。

又如小说第六回刘姥姥一进荣国府时，在房中等王熙凤时，这时候屋里的自鸣钟响了：

> 刘姥姥只听见咯当咯当的响声，大有似乎打箩柜筛面的一般，不免东瞧西望的。忽见堂屋中柱子上挂着一个匣子，底下又坠着一个秤砣般一物，却不住的乱幌。刘姥姥心中想着："这是什么爱物儿？有甚用呢？"正呆时，只听得当的一声，又若金钟铜磬一般，不防倒唬的一展眼。接着又是一连八九下。①

西洋自鸣钟在当时是极为罕见的东西，刘姥姥作为一个庄稼人自然没有见过，来到贾府这样的钟鸣鼎食之家，眼里所见都是新奇的。这里用细节描写了刘姥姥眼里的自鸣钟，钟声如"打箩柜筛面"一般，看上去是个匣子，底下还坠着一个乱晃的秤砣般的东西。箩、筛子、秤砣都是乡下人日常生活中常见的东西，所以这个新鲜陌生的事物在刘姥姥眼里非常新奇，这种细节描写有一种陌生化的效果，也非常符合刘姥姥的身份特征。

综上所述，《红楼梦》在叙事艺术方面接受了《史记》的创作经验。《史记》和《红楼梦》一为史书以纪实为主，一为小说，以虚构为主，在题材和体裁方面都有不同特征，但是二者都属于叙事文学，以记事写人为主。司马迁以如椽巨笔勾勒出上下三千年的历史，其在叙事艺术方面的才华可谓无人能及，对后世的叙事文学产生了重要的影响。《红楼

①曹雪芹、高鹗：《红楼梦》，人民文学出版社 1992 年版，第 100 页。

梦》作为中国古典小说的杰出作品，在叙事艺术方面表现也非常突出，曹雪芹自是才华横溢的作家，但有着良好学养的他自然也会自觉地从前人的创作中汲取经验，《史记》的叙事艺术自然也会对其创作《红楼梦》带来重要影响。

作为小说家，曹雪芹无疑是叙事艺术的大师，《红楼梦》采取了多种不同的叙事手法使故事跌宕起伏、引人入胜。清代王希廉《红楼梦总评》言："《红楼梦》一书，有正笔，有反笔，有衬笔，有借笔，有明笔，有暗笔，有先伏笔笔，有照应笔，有着色笔，有淡描笔，各种笔法，无所不备。"①脂砚斋在甲戌本第一回眉批："实则实事，然亦叙得有间架、有曲折、有顺逆、有映带、有隐有见、有正有闰，以致草蛇灰线、空谷传声、一击两鸣、明修栈道、暗度陈仓、云龙雾雨、两山对峙、烘云托月、背面敷粉、千皴万染诸奇书中之秘法，亦不复少。"②戚蓼生言："夫敷华炎藻，立意遣词，无一落前人窠臼，第观蕴于心而抒于手也，注彼而写此，目送而手挥，似谲而正，似则而淫，如春秋之有微词、史家之多曲笔。"③可见，《红楼梦》不仅叙事手法多样，叙事艺术高超，而且其叙事"取法《史记》处居多"（张新之《红楼梦读法》）。刘铨福在《脂砚斋重评石头记跋》中也写道："《红楼梦》虽小说，然曲而达，微而显，固得史家法。"因此，《红楼梦》的创作手法与《史记》有密切联系，是对《史记》叙事艺术的自觉接受与发展。

---

①王希廉：《红楼梦总评》，见朱一玄主编《红楼梦资料汇编》，南开大学出版社2012年版，第578页。

②浦安迪：《红楼梦批语偏全》，第2页。

③戚蓼生：《石头记序》，见朱一玄主编《红楼梦资料汇编》，南开大学出版社2012年版，第561页。

第四章 《红楼梦》对《史记》写人艺术的接受与传承

《史记》和《红楼梦》是中国文学史上写人艺术成就出色的两部代表作品，《史记》刻画了栩栩如生的历史人物形象，《红楼梦》塑造了形形色色的艺术典型。司马迁以其独到的眼光选择了历史发展过程中具有典型意义的人物为其立传，使这些历史人物形象名垂千古；曹雪芹用艺术家的眼光塑造了《红楼梦》中的经典艺术形象，这些艺术形象在文学创作中也是熠熠闪光。总观《史记》和《红楼梦》两部作品，尽管一为史传文学，一为小说，但《史记》的写人艺术对《红楼梦》产生了一定影响，《红楼梦》在写人方面对《史记》进行了自觉接受。

中国传统的史书以纪事为主，因此历史、史书主要是写事，《史记》开创了纪传体的先河，以写人为主，其最显著的成就是塑造了诸多不朽的历史人物形象。和先秦时期的史书作品相比较，“《史记》的文字，最大的贡献还在描写人物，左氏只是描写事，司马迁进一步描写人”①。《史记》以人物为中心，人物在作品中属于主体地位，不只是为叙事和说理等服务。吴组缃先生说：“毛主席在《为人服务》里，称司马迁是个文学家，他不讲是史学家，我觉得讲的对，因为他写的是人，写

①朱自清：《经典常谈》，吉林人民出版社2013年版，第58页。

得像小说一样。”①《史记》一共一百三十篇，其中本纪、世家、列传都以人物为中心，构建了一幅形形色色的历史人物画廊，司马迁以其生花妙笔使得历史人物栩栩如生，一个个都是“活生生的人”(吴组缃语)。这些生动形象的历史人物也成为后世文学创作的重要素材，《史记》的写人艺术也为后世小说创作提供了可借鉴的艺术经验。

《红楼梦》代表了中国古典小说的巅峰，塑造了众多生动的人物形象。《红楼梦》在写人艺术方面的成就是作者才华的体现，作者接受、吸纳了历代文学创作的精华。正如朱自清先生所说：“一部古代的长篇小说，能够塑造出既是高度典型化的又是高度个性化的人物形象，通过这些形象反映出一个历史时代的面貌和思想潮流，是历史发展的结果，这除了社会发展所提供的条件外，也标志着现实主义创作的高度发展，是融合了丰富的文学史上的创作经验的，是青出于蓝胜于蓝的。”②《史记》在描写人物方面独特的手法和技巧，浸润了后世的文学创作，特别是对以塑造人物为要素的小说创作影响深远。

特别是接受了《史记》的写人艺术，作者“不虚美不隐恶”，塑造了立体化的有艺术感染力的生动形象。

第一节 注重人物的立体化与真实性

《史记》作为我国第一部纪传体史书，以人物为中心写史，奠定了

①吴组缃：《关于中国古代小说理论的几点体会》，见《吴组缃小说课》2019年版，第294页。

②李希凡、蓝翎：《红楼梦评论集》，人民文学出版社1973年版，第20—21页。

传记文学的基础。所谓传记文学，是“以各种书面的、口头的、形象化的材料和回忆为依据，用文学再现作者本人或他人的生平”①。这里阐明了传记文学的基本特点，一是“再现”性，也就是所写的人物、事件等要真实可信；一是“文学”性，也就是要富有想象力，用艺术的手法描写。《史记》可谓传记文学的光辉典范，它达到了文学和历史的统一。

《史记》开启了传记文学的先河，在文学上最主要的成就体现在塑造人物形象方面。司马迁以史学家的严谨态度对历史人物和历史事实进行实录，所写人物是立体化的完整性形象。所谓完整性指《史记》在写人方面刻画的人物不是单一的某一方面的性格，而是具有多种性格的完整的人物形象，人物性格具有流动性和复杂性，这样的人物更具有真实性。正如班固《汉书·司马迁传》中的评价：“自刘向、扬雄博极群书，皆称迁有良史之材，服其善，序事理，辩而不华，质而不俚，其文直，其事核，不虚美，不隐恶，故谓之实录。”②较之其他的史学家，司马迁以更加客观和严肃的态度看待历史人物，对他们的生命过程做了客观真实的剖析与描写。

梁启超曾说：“孔子作《春秋》时或为目的而牺牲事实，其怀抱深远之目的，而又忠勤于事实者，唯迁为兼之。”③《史记》中虽也包含了作者的主观情感，但司马迁“忠勤于事实”，并没有为目的而牺牲事实。司马迁给历史人物作传时，能够尊重历史事实，不“为圣者讳、为尊者讳，为贤者讳”。《史记》中本纪主要记录帝王之事，司马迁并不因为传主的地位尊贵而为其避讳，掩盖历史真相。比如在《高祖本纪》中，司马迁

---

①《简明不列颠百科全书》第九卷，中国大百科全书出版社 1991 年版，第 545 页。

②班固：《汉书》，中华书局 2007 年版，第 622 页。

③梁启超：《中国历史研究法》，岳麓书社 2010 年版，第 101 页。

写了刘邦从平民到成为帝王的过程，在本传中主要表现刘邦有心机、善用人才、顺应民心，最终建立帝业的历史功绩的历史事实，但在其他传记中又写出了刘邦性格行为的另一面。

> 至彭城，项羽大破汉军。汉王败，不利，驰去。见孝惠、鲁元，载之。汉王急，马罢，虏在后，常蹶两儿欲弃之，婴常收，竟载之，徐行面雍树乃驰。汉王怒，行欲斩婴者十余，卒得脱，而致孝惠、鲁元于丰。① (《樊郦藤灌列传》)
>
> 昌为人强力，敢直言，自萧、曹等皆卑下之。昌尝燕时入奏事，高帝方拥戚姬，昌还走，高帝逐得，骑周昌项，问曰："我何如主也?"昌仰曰："陛下即桀纣之主也。"②(《张丞相列传》)

《樊郦藤灌列传》中记载彭城之战刘邦败亡，途中为了自己活命而多次把子女推下车，幸得被夏侯婴救起，这里表现了刘邦的自私无情。《张丞相列传》中写他好色无赖，拥戚姬而骑周昌颈。《魏豹列传》作者借魏豹之口说出刘邦对臣子不能以礼相待："人生一世间，如白驹过隙耳。今汉王慢而侮人，骂詈诸侯群臣如骂奴耳，非有上下礼节也，吾不忍复见也。"《黥布列传》中，随何说服黥布归顺刘邦，黥布见到刘邦时，"上方踞床洗，召布入见，布大怒，悔来，欲自杀"，表现了刘邦的散漫无礼。《郦生列传》中司马迁通过骑士之口道出刘邦不好儒生而粗鄙的特点："沛公不好儒，诸客冠儒冠来者，沛公辄解其冠，溲溺其中。与人言，常大骂。"当郦生被召见时，刘邦正坐在床上让两个女子洗脚，可见其傲慢无礼。司马迁并没有因为刘邦是帝王尊长而掩饰其不光彩的

①司马迁：《史记》，韩兆琦评注，岳麓书社2011年版，第1310页。

②司马迁：《史记》，韩兆琦评注，岳麓书社2011年版，第1316页。

一面，而“不虚美，不隐恶”，展示了人物性格的全貌，使其更加符合历史真实。

在帝王本纪中，司马迁对汉文帝是赞美肯定较多的，在《孝文本纪》传赞中，司马迁充满溢美之情地评价：“孔子言‘必世然后仁。善人之治国百年，亦可以胜残去杀’。诚哉是言！汉兴，至孝文四十有余载，德至盛也。廪廪乡改正服封禅矣，谦让未成于今。呜呼，岂不仁哉！”肯定了汉文帝的“仁”“善”优点。但司马迁也没有掩饰汉文帝的缺点，在其他传记中一一写出。如《李将军列传》中不能重用李广；《贾谊传》中迫于老臣的压力，把贾谊贬谪长沙，说明他的软弱。钱锺书先生曾说：“文帝曰：惜乎，子不遇时，如令子遇高帝时，万户侯岂足道哉！……尔时胡儿骑凭陵，足伸其用，文帝不能大任，反叹其生不逢时。……从此言之，疏斥贾谊，复何怪哉！”①司马迁在肯定汉文帝仁善的同时，也毫不掩饰他不能任用贤臣良将一点，使其形象更加立体化，具有历史真实性。

在《项羽本纪》中，司马迁突出写项羽的神勇和英雄气概，但也写了他残暴和缺少谋略的一面，体现了人物性格的复杂多样性。钱锺书先生评价说：“‘言语呕呕’与‘喑恶叱咤’，‘恭敬慈爱’与‘僄悍滑贼’，‘爱人礼士’与‘妒贤嫉能’，‘妇人之仁’与‘屠坑残灭’，‘分食推饮’与‘刓印不予’皆若相反相逢；而既具在羽一人之身，有似两手分书，一喉异曲，则又莫不同条共贯，科以心学性理，犁然有当。《史记》写人物性格，无复综如此者。”②这既体现了《史记》写人注重立体化的特征，

①钱锺书：《管锥编·李将军列传》，见周振甫编《史记集评》，重庆大学出版社2010年版，第310页。

②钱锺书：《管锥编·项羽本纪》，见周振甫编《史记集评》，重庆大学出版社2010年版，第476页。

也是司马迁作为史官"不虚美，不隐恶"实录精神的体现。

由此可见，司马迁选择所撰人物的历史素材时，抓住表现人物的主要特征，同时又注重人物性格的多面性表现，立体化地再现历史人物形象。日本学者斋藤正谦说："读一部《史记》，如直接当时人，亲睹其事，亲闻其语。使人乍喜乍愕，乍惧乍泣，不能自止。"①清人熊士鹏也说："余每读其列传，观其传一人，写一事，自公卿大夫，以及儒侠医卜佞幸之类，其美恶、谓正、喜怒、笑哭、爱恶之情，跃跃楮墨间，如化工因物付物，而无不曲肖。"②可见《史记》里描写的历史人物形象真实生动，惟妙惟肖，体现了《史记》塑造人物真实立体化的特点。

《史记》写人注重立体化和真实性的特点，在《红楼梦》中有所继承与发展，《红楼梦》中的人物虽是作家虚构出来的艺术形象，但也体现了一种艺术真实性，人物性格具有丰富性和复杂性，具有立体化的圆形人物的特征。曹雪芹遵循现实主义创作原则，继承了司马迁"不虚美，不隐恶"的实录精神，把"亲睹亲闻"的人物作为描写对象，"实录"了他们的生活和"正邪两赋"的气质风貌，因此他笔下的人物有真实生动，具有立体化特征。

吴组缃先生认为："《史记》同后世那些史书就不同，他眼界开阔，不把人看得绝对化，哪是好人，哪是坏人，不像我们电影那样简单化，好人就是好人，坏人就是坏人。《史记》就不同，很难说哪是好人哪是坏人，在写一篇里，这个人有优点，另一篇中他有缺点，辩证地看

①泷川资言，《史记会注考证》引，见张新科等主编《史记研究资料萃编》2011年版，第412页。

②熊士鹏：《鹤山小隐文集》。

人。”①《史记》之前的史书，往往遵循“为圣者讳、为尊者讳，为贤者讳”的原则，对帝王、圣贤等人的缺点要讳饰或避而不谈，司马迁能够“不虚美，不隐恶”，全面展现人物的多面性。《史记》塑造人物如此，《红楼梦》塑造人物也如此。鲁迅先生认为：“至于说到《红楼梦》的价值，可是在中国底小说中实在是不可多得的。其要点在敢于如实描写，并无讳饰，从前的小说叙好人完全是好，坏人完全是坏，大不相同，所以其中所叙的人物，都是真的人物。”②这两位学者对两部作品的写人艺术评价如出一辙，从侧面体现了《史记》和《红楼梦》在写人艺术方面的共同特点，也体现了二者对传统的突破。

《红楼梦》之前，古典小说就人物塑造而言，一般都有“美则无往不美，恶则无往不恶”的特点，好人在小说中表现出来的都是好的一面，坏人表现出来的都是坏的一面。从人物的外形特征来看，坏人其形象必然是“鼠耳鹰腮”“黄发黧面”，好人其形象必然是“面阔口方”“剑眉星眼”，《红楼梦》却不同。如小说第一回，作者通过甄家丫头娇杏之眼写贾雨村“敝巾旧服，虽是贫窘，然生得腰圆背厚，面阔口方，更兼剑眉星眼，直鼻权腮”。贾雨村在小说中可以说是个反面角色，他受甄士隐资助才得进京赶考最后走上仕途，在审判薛蟠打死人案中徇私枉法，明知道被拐之人是甄士隐的女儿，却因为自己的仕途把恩义抛于脑后；他因林如海推荐，蒙贾政帮助才重新做了官，但当贾家败落之际，他却落井下石，丝毫不念及当日恩惠。这样一个奸人，曹雪芹笔下却是一个相貌堂堂之人。此处脂砚斋批道：“最可笑世之小说中，凡写奸人则用鼠

①吴组缃：《关于中国古代小说理论的几点体会》，见《吴组缃小说课》，人民文学出版社2019年版，第312页。

②鲁迅：《中国小说史略》，中华书局2016年版，第277页。

耳鹰腮等语。”第八十回写到夏金桂，在宝玉的眼里是“举止形容也不怪厉，一般是鲜花嫩柳，与众姊妹不相上下的”，夏金桂在小说中是一个悍妇、妒妇的形象，她嫁给薛蟠后，想要谋害香菱，敢于和薛姨妈顶撞，把薛家搅得鸡犬不宁，但是在小说中又把她写成一个外表与众姐妹不相上下、非常漂亮的女性，脂砚斋批道：“别书中形容妒妇，必曰黄发黧面，岂不可笑。”以上两例中可见，《红楼梦》在塑造人物时，首先在人物外形描写方面，突破了传统的小说“好人完全是好，坏人完全是坏”这一特点。

中国古典小说中的人物形象，往往具有类型化、脸谱化特点，小说中的人物与读者有一定的距离，和日常生活中的人物不太相符。《红楼梦》塑造人物注意展示人物性格的复杂性，在突出人物主要性格特征时，又展现人物性格的其他方面。所以小说塑造的人物具有立体化、真实性的特点。作者这种塑造人物的基本方法与观念在小说第二回中也有明确体现。

“天地生人，除大仁大恶两种，余者皆无大异。若大仁者，则应运而生，大恶者，则应劫而生。运生世治，劫生世危。尧、舜、禹、汤、文、武、周、召、孔、孟、董、韩、周、程、张、朱，皆应运而生者。蚩尤，共工，桀，纣，始皇，王莽，曹操，桓温，安禄山，秦桧等，皆应劫而生者。大仁者，修治天下；大恶者，挠乱天下。清明灵秀，天地之正气，仁者之所秉也；残忍乖僻，天地之邪气，恶者之所秉也。今当运隆祚永之朝，太平无为之世，清明灵秀之气所秉者，上至朝廷，下及草野，比比皆是。所余之秀气，漫无所归，遂为甘露，为和风，洽然溉及四海。彼残忍乖僻之邪气，不能荡溢于光天化日之中，遂凝结充塞于深沟大壑之内，偶因风荡，或被云催，略有摇动感发之意，一丝半缕误而泄出者，偶值灵秀之气适过，正不容邪，邪复妒正，两不相下，亦如风水雷电，地中既遇，既不能消，又不能让，必至搏击掀发后始尽。故其气亦必赋人，发泄一尽始散。使男女偶秉此气而生者，在上则不能成仁人君子，下亦不能为大凶大恶。置之于万万人中，其聪俊灵秀之气，则在万万人之上；其乖僻邪谬不近人情之态，又在万万人之下。"

这里作者谈到的"正邪两赋"之说，不仅是贾雨村对宝玉等一类人物的评论观点，也是曹雪芹在小说中塑造人物的基本观念。

比如《红楼梦》中众多的女性形象，她们美貌、有才情，但作者在塑造这些人物时也毫不掩饰其缺陷，如宝钗之丰、黛玉之弱、香菱之呆、湘云之咬舌等，使《红楼梦》中的人物具有"缺陷美"，而这种"缺陷美"使人物形象更加生动真实。林黛玉是曹雪芹热情讴歌的一个女性形象，作者赋予她非凡的美貌，同时也赋予她出众的才华。但作者也毫不掩饰林黛玉的缺点：她"从会吃饮食时便吃药"的怯弱身体，她孤僻敏感、爱使小性的性格。这些优点和缺点，小说中都大做文章加以表现，也正因为此，读者眼里的林黛玉才是一个极富真实感的艺术形象，才会使人既赞叹又感慨，既怜爱又悲叹，感动许多读者。

王熙凤在《红楼梦》众女性中，是"脂粉队里的英雄，连那些束带顶冠的男子也不能过"，精明能干又八面玲珑，作为荣国府的内务总管，她把上上下下的事务打理得井井有条，非常精明能干。《红楼梦》中"王熙凤协理宁国府"一回，作者更是集中笔墨写了她出色的管理才干。小说一方面写王熙凤的才干出众，另一方面对她贪婪、狠毒的一面也极力描写。她背地里用贾府众人月钱放高利贷中饱私囊；她滥用官府私权收受贿赂；她因为贾瑞“癞蛤蟆想吃天鹅肉”而置其于死地；因为贾琏偷娶尤二姐而醋性大发，将尤二姐骗至贾府又暗中虐待，最终致使尤二姐吞金自亡。作者不遗余力地展示她的才干，同时也不加掩饰地揭露她的阴险狠毒和贪婪的一面，使得王熙凤这个人物既可敬可爱又可憎可恨，形象逼真而不矫揉造作。

《红楼梦》中的人物形象虽然是作者虚构的文学形象，但却形象逼真，《红楼梦》描写的不是神仙鬼怪、英雄豪杰等非凡的人物，而是日常生活中的人物，就容易引起读者的共鸣，具有真实感，如历史中的真实人物般栩栩如生，这体现了作者在人物塑造方面高超的艺术手法。小说和史传相比，一为虚构，一为实录，所以小说家可以根据自己的主观需要塑造人物，小说中的人物形象往往带有作家浓厚的个人感情。中国传统的小说在塑造人物形象时，作家会赋予艺术形象浓厚的个人色彩，具有片面性特点。《红楼梦》打破了这种传统，写出了人物的多种性格因素，对正面人物不溢美不隐恶，对反面人物也不掩饰其善美的一面，尽量写出人物性格的丰富性，所以塑造的艺术形象具有真实性，这是对司马迁《史记》“不虚美，不隐恶“写人艺术手法的继承。

第二节 注重人物的典型性

《史记》以人物为中心著录历史，所涉及的历史时间横跨上下三千年，其间英雄辈出，人物繁多，所以对传主的选择是史学家面临的一个重要的问题，入传的人物必须有其典型意义。《史记》中每篇传记都有鲜明的主题，每个人物也具有典型的性格特征。如高步瀛说“史公之文，每篇各有主旨”①，吴见思说“盖史公之文，每篇各有一机轴，各有一主意”②。司马迁对入传人物的选择不只是着眼于社会地位，更重要的是看其社会作用，入传的人物具有一定的代表性和典型性。《红楼梦》作为一部小说，其中所描写的人物也都具有一定的典型意义。

一、所传人物的典型意义

《史记》记载了上自黄帝下至汉武帝时期近三千年的历史，在历史发展过程中人物庞杂繁多，司马迁以史学家的眼光选择在社会变革中有影响的人物，不论帝王将相还是社会下层的人物，都是时代潮流中叱咤风云的人物。司马迁认识到了人在社会发展中的决定性作用，肯定人的主导地位，因此采用以人为中心的纪传体形式记录历史，“究天人之际，通古今之变，成一家之言”。

梁启超认为：“《史记》每一篇列传，必代表某一方面的代表人物。如《孔子世家》、《孟荀列传》、《仲尼弟子列传》代表学术思想界最重要的人物，《苏秦》、《张仪》列传代表造成战国局面的游说之士，《田单》、《乐毅》列传代表有名将帅，四公子《平原》《孟尝》《信陵》《春申》列传代表那时新贵族的势力，《货殖列传》代表当时经济变化，《游侠列传》《刺客列传》代表当时社会上的一种风尚。每篇都有深意。大都从全社会着眼，用人物来做一种现象的反影。”③《史记》在择取人物入传时，不仅仅记录帝王将相之事，还包括社会各个阶层的人物，所选入传的人物具有

①高步瀛：《史记举要》。

②吴见思：《史记论文》第六册《屈原贾谊列传》总评。

③梁启超：《中国历史研究法补编》，地方出版社1996年版，第41页。

广泛性，列入传中的人物也具有一定的代表性和典型意义。

司马迁在《太史公自序》中说明了《史记》中每一篇传记立传的原因，表明他在入传人物的选择方面是经过深思熟虑的。从全书的结构来看，也是有机的统一体，传中人物层次分明，涵括不同阶层的人物，其中本纪主要记载帝王之事，“罔罗天下放失旧闻，王迹所兴，原始察终，见盛观衰，论考之行事，略推三代，录秦汉，上记轩辕，下至于兹，著十二本纪，既科条之矣”。这在《史记》中相当于纲领。世家主要记载王侯世家之事，“二十八宿环北辰，三十辐共一毂，运行无穷，辅拂股肱之臣配焉，忠信行道，以奉主上，作三十世家”。世家中的人物是帝王身边的辅拂股肱之臣。列传涉及的人物身份复杂，种类繁多，司马迁“扶义俶傥，不令已失时，立功名于天下，作七十列传”，把在历史发展中有一定贡献和地位的人物都列入史传中。

总而言之，《史记》开创了以人物为中心的纪传体的记史形式，司马迁看到了人在历史发展进程中的决定意义，选择在社会发展过程中对社会变革有意义的典型人物立传，以人物为中心客观真实地展现了历史进程。《史记》是司马迁客观历史中挑选人物为其立传，以历史人物为点，每一个传记构成一个面，这些面组合在一起构成立体化的历史空间再现于读者眼前。

《红楼梦》涉及的人物众多，“《石头记》则包罗万象，无所不有，自名士闺媛，以至卜巫仆媪之流，数百余人，莫不有其特长，一人之事，断不能易为他人所作，此真千古小说中之大观”①。《红楼梦》作为小说，其人物形象是曹雪芹虚构出来的，作家要将这些虚构的艺术形象放置于

①眷秋：《小说杂评》见朱一玄主编《红楼梦资料汇编》，南开大学出版社2012年版，第865页。

小说所描写的环境这个面之中，通过他们去反映立体化的社会，所以小说的作家在塑造艺术形象时必须有典型性特征，具有广泛的代表性和一定的时代意义。

《红楼梦》是女性的赞歌，曹雪芹塑造了形形色色美丽的、善良的、有才华的女性形象，在封建社会男权文化的背景下体现了曹雪芹进步的女性观。《红楼梦》也是女性的悲剧，小说中的女性人物，几乎都是“千红一哭”“万艳同悲”悲剧的命运结局，《红楼梦》中“金陵十二钗”每一个女性代表了那个时代一类女性的悲剧命运。《红楼梦》中的男性形象也有其典型代表性，他们不仅仅是个体形象，而且是一类人物的缩影。由此可见，《红楼梦》在写人时注重人物形象的典型性，作家意在借典型人物的塑造反映广阔的社会现实，其用意和司马迁“究天人之际，通古今之变，成一家之言”殊途同归。

二、抓住典型特征描写人物

《史记》中所记载的人物数量虽然众多，但是司马迁注意抓住典型特征描写人物，绝不会混淆不清。《史记》中人物的典型化特征主要通过外貌形态、语言、行为特征来体现出人物的个性特点，这一点在《红楼梦》的创作中也有明显的体现。虽然《红楼梦》所涉及的人物非常繁多，但是每个人的外貌、性情、才情又各有不同，体现了个性化的特征。在写人艺术上这一点《红楼梦》得《史记》之所长。

《史记》作为一部以写人为主的纪传体史书，司马迁必须在尊重历史的前提下叙事写人，使人物既不失实又个性鲜明，所以司马迁在传人时注重抓住人物的典型特征。正如陈仁锡所说：“子长作一传，必有一主宰，如《李广传》以‘不遇时’三字为主，《卫青传》以‘天幸’二字为主。”①李广英勇善战，被称为“飞将军”，在抗击匈奴的过程中立下赫赫战功，但是一生不遇，司马迁在为李广立传时，以“不遇时”为关键。卫青也是汉武帝时期抗击匈奴的将领，但是和李广的遭际截然不同，因为她的姐姐是皇后，又因为汉武帝宠信，所以位至大将军。司马迁正是抓住了典型特征，在描述人物过程中才能集中笔力，着力勾勒人物内在的精神面貌，使人物形象栩栩如生。

《史记》善于抓住典型特征塑造人物的写法，在《红楼梦》中也有传承与发展。《红楼梦》作为家庭题材的小说，所涉及的人物数量众多，但是因为人物活动的环境主要集中在贾府这个大家庭中，在有限的环境中描写众多的人物，很容易混淆或者重复。以《红楼梦》中的女性形象为例，这些人物或在容貌、或在身世、或在性情、或在才华等方面都有重合，假使作者一味地铺叙开来去写，从接受者的角度而言难免混淆。曹雪芹善于抓住人物的典型特征进行描绘，才能突出每一个人物不同于他人的特点。正如眷秋所说：“《石头记》包罗万象，无所不有，自名士闺媛，以至卜巫仆媪之流，数百余人，莫不有其特长，一人之事，断不能易为他人所作，此真千古小说中之大观也。”②

单从小说回目来看，作者用一字定评的方式突显了人物的典型特征，如第五十四回“敏探春兴利除宿便，时宝钗小惠全大体”，一个“敏”字说明探春不光才思敏捷、眼光敏锐，还有性情敏感的特点，体现了她“才自精明志自高”的典型特征。一个“时”字体现了宝钗“识时务

①陈仁锡：《陈评史记》。

②眷秋：《小说杂评》，见朱一玄《红楼梦资料汇编》，南开大学出版社2012年版，第865页。

者为俊杰”的处事特征，以“时”字展现了宝钗务实老成、懂得变通的典型特征。

又如六十二回回目“憨湘云醉眠芍药裀，呆香菱情解石榴裙”，湘云之“憨”、香菱之“呆”都体现了人物的典型特征。史湘云是一个“英豪扩大宽宏量”的女子，她和林黛玉一样从小父母双亡，寄人篱下，她有和黛玉一样的诗才，却不像黛玉敏感爱使小性。她性格爽朗，所以和宝玉如兄弟手足一般，即使因为她有金麒麟，让黛玉有所猜忌，她也从未将儿女私情放在心上。湘云的“憨”是一种天然、天真的性情表现。六十二回湘云醉眠芍药裀，也是极具有典型个性的场景描写，恪守礼教的宝钗不能醉眠芍药裀，敏感体弱的黛玉也不会有如此举止，只有天真无邪的湘云才会喝醉了酒之后醉卧花荫，才显得憨态可掬。香菱也是《红楼梦》中重要的人物，“呆”是香菱木讷、执着的典型个性特征。香菱从小被拐子拐卖，后又被薛蟠这个呆霸王买来为妾，在她的人生中，几乎没有自我表达的权力，跟着拐子要听从拐子的话，否则就要被打；跟着薛蟠更是一个处处言听计从他人的小妾，所以形成了她“呆”的特征。

诸如此类的例子在《红楼梦》中还有很多，柳湘莲之“冷”、黄金莺之“巧”、紫鹃之“慧”、晴雯之“勇”、袭人之“贤”等等，都说明了作者善于抓住人物典型特征描写人物。

第三节　注重人物的个性特征

《史记》在给每个历史人物立传时并没有单纯地整体上对其事迹进行简单的记录，而是以人物的特殊个性来显示历史社会生活的普遍性。

《史记》从人物具复杂的实际出发，努力揭示出各种人物外部活动与内心活动的差异性，使每一个历史人物都有其独特的面貌、特征。日本学者泷川资言《史记会注考证》引斋藤正谦的话说："子长同叙智者，子房有子房风姿；陈平有陈平风姿。同叙勇者，廉颇有廉颇面目；樊哙有樊哙面目；同叙刺客，豫让之与专诸，聂政之与荆轲，才一语出，乃觉口气各不同。《高祖本纪》，见宽仁之气动于纸上，《项羽本纪》，觉暗恶叱咤来薄人。读一部《史记》，如直接当时人，亲睹其事，亲闻其语，使人乍喜乍愕，乍惧乍泣，不能自止。是子长叙事入神处。"①司马迁《史记》中的历史人物各有特性，所记人物虽众，但是绝不会混淆。

《史记》中人物的个性化特征主要通过外貌形态、语言、行为特征来体现人物的个性特点，这一点在《红楼梦》的创作中也有明显的体现。《红楼梦》中人物众多，形象、身份、性格相近的也很多，正如侗生所说："曹雪芹所著《石头记》，所记事不出一家，书中人又半为闺秀，闺秀之结果，又非死即苦，无一美满。设他手为此，不至十回，必致重复，曹氏竟纡徐不迫，成此大文。"②之所以如此，是因为曹雪芹在塑造人物时善于抓住人物的个性特征，使人物个性鲜明，不容易被混淆。所以读者在阅读中才能有"写薛姨妈，不是贾母、不是王夫人、不是邢夫人、不是刘姥姥，而处处掩卷能认得她；写薛蟠，不是诸纨绔，不是邢大舅、不是醉金刚，亦处处认得他，是为能品"③的感受，说明《红楼梦》中的人物都具有个性化的特征，这是作者写人艺术高超的表现。

---

①见张新科等主编《史记研究资料萃编》，三秦出版社2011年版，第412页。

②侗生：《小说丛话》，见朱一玄《红楼梦资料汇编》，南开大学出版社2012年版，第867—868页。

③张新之：《红楼梦读法》，见朱一玄《红楼梦资料汇编》，南开大学出版社2012年版，第703页。

《红楼梦》所涉及的人物有四百余众，其中金陵十二钗正册的十二人是全书的核心人物，他们同为贵族、同样美丽、同样是作者称赞的对象，但是在描写时每一个人的外貌、性情、才情又各有不同，体现了个性化的特征。

一、人物外貌形态的个性化

《史记》以传写人物为主，作为史书，描写主要通过叙事和语言形式表现，人物外貌描写部分并不多。《史记》中关于人物外貌形态的描写，又具有极强的个性特征，同时包含了作者一定的情感倾向。杨树增认为通过外观而见人物内心世界，这种由内而外的“透视法”，是《史记》刻画人物的基本方法。① 曾国藩说：“情态者，神之余，常佐神之不足。久注观人精神，乍见观人情态。”②所谓情态，即外貌形态，通过外在的形态特征，可以观察到人的精神特征。

如《高祖本纪》中，司马迁写刘邦的外貌形态具有奇异特征：“高祖为人，隆准而龙颜，美须髯，左股有七十二黑子。……醉卧，其上常有龙”，后又言“吕公者，好相人，见高祖状貌，因重敬之”。司马迁一再表明刘邦外貌不同于常人，具有与众不同的奇特性，预示了他“真龙天子”的结局。《项羽本纪》里写项羽的外形特征：“籍长八尺余，力能扛鼎，才气过人，虽吴中子弟皆已惮籍矣。”这里突出了项羽的高大有力，为后文展开他悲剧英雄人物形象奠定基础。《孔子世家》中，司马迁写孔子“长九尺有六寸，人皆谓之长人而异之”，《陈丞相世家》里写到“平为人长大美色”。通过以上例文可以看出，《史记》外貌形态异于常人的

①杨树增：《史记人物形象的塑造特征》，《江西社会科学》1988年第6期。

②曾国藩：《冰鉴》，中央编译出版社2006年版，第32页。

人物，和所传之人物的命运、历史地位和影响有一定联系，司马迁通过独特的外貌形体特征，突显人物的个性特征或特殊的历史地位。

就外貌描写而言，《红楼梦》以个性化的描写表现了不同人物的特性。《红楼梦》中的主要角色宝黛钗，作者对他们的外貌形态都有一段精彩的描写。第三回宝黛初会时，作者从两人的眼中写出了彼此的外貌特征，黛玉眼中的宝玉："头上戴着束发嵌宝紫金冠，齐眉勒着二龙抢珠金抹额；穿一件二色金百蝶大红箭袖，束着五彩丝攒花结长穗宫绦，外罩石青起花八团倭缎排穗褂；登着锦缎粉底小朝靴。面若中秋之月，色如春晓之花，鬓若刀裁，眉如墨画，面如桃瓣，目若秋波。虽怒时而若笑，即嗔视而有情。项上金螭璎珞，又有一根五色丝绦，系着一块美玉。"①他的华丽装扮体现了宝玉在贾府里尊贵的地位；他的美貌若女孩子，这和后文龄官隔着花叶以为宝玉是女性遥遥相应，同时也体现了他爱在女孩子堆里厮混的性格特点。"虽怒时而若笑，即嗔视而有情"体现了他的好脾性，所以才有晴雯和他敢甩脸赌气，小厮们敢任意拿取他身上的配饰。宝玉初见黛玉时，他眼中黛玉的外貌形态是："两弯似蹙非罥烟眉，一双似喜非喜含情目。态生两靥之愁，娇袭一身之病。泪光点点，娇喘微微。闲静时如娇花照水，行动处似弱柳扶风。心较比干多一窍，病如西子胜三分。"②一个"愁"一个"泪"，点出了黛玉多愁善感的个性特征；"病""弱"又写出了黛玉的身体状况；如西子之美、如比干之灵窍又体现了黛玉的美丽和才华。同样是美丽的女子，作者笔下的宝钗和黛玉的外貌体态特征又不同，第八回宝玉探望宝钗时，作者通过宝玉的视角写出宝钗形容："只见脸若银盆，眼同水杏，唇不点而含丹，

①曹雪芹、高鹗：《红楼梦》，人民文学出版社 1992 年版，第 74 页。
②曹雪芹、高鹗：《红楼梦》，人民文学出版社 1992 年版，第 51 页。

眉不画而横翠。”①比黛玉另具一种妩媚风流。”宝钗的“素”与“冷”通过她的外貌特征就已经体现出来了。同样是《红楼梦》中的绝美女子，同样作者通过宝玉之眼写出她们的外貌特征，但是她们的外貌特征已经透露出她们的个性特征是完全不同的。人物一出场，通过外貌形态的描写，二人的形象神韵的不同，已经体现出个性化的特征。

《红楼梦》第三回林黛玉进贾府第一次与众人见面时，作者让迎春、探春、惜春同时出场，依次写出了她们不同的外貌特点：

> 第一个肌肤微丰，合中身材，腮凝新荔，鼻腻鹅脂，温柔沉默，观之可亲。第二个削肩细腰，长挑身材，鸭蛋脸面，俊眼修眉，顾盼神飞，文采精华，观之忘俗。第三个身未长足，形容尚小。其钗环裙袄，皆是一样妆束。②

尽管三人一样的装束、一样的服饰钗鬟，但此处寥寥几语就勾勒出了三姐妹不同的个性特征。“温柔沉默”体现了迎春懦弱自卑、默默不语的性格特点，和仆人口里的“二木头”、作者笔下的“懦小姐”相照应。因为她的“温柔沉默”，所以当下人把她的累金凤偷去当钱吃酒赌钱时，她也不愿声张，迎春怯懦的性格特征在第一次亮相时，作者就通过她的外貌特征表现出来了。“俊眼修眉，顾盼神飞”体现了探春的个性特征，体现了探春超出闺阁的气质与才情，为后文探春起诗社、探春理家等情节埋下伏笔。惜春因为形容尚小，所以作者便“浑写一笔”（脂评本眉批）。这样写法，既避免了一个一个写来的板滞，又让人对这三姐妹有

①曹雪芹、高鹗：《红楼梦》，人民文学出版社1992年版，第123页。
②曹雪芹、高鹗：《红楼梦》，人民文学出版社1992年版，第39页。

不同的印象，形态的对比与不同也体现了迎春、探春和惜春性格的不同，同时也为三人不同的命运结局埋下伏笔。

二、人物语言的个性化

《史记》中人物的性格和思想，也通过个性化的语言表现出来。《高祖本纪》中记录刘邦常徭咸阳时观秦始皇，喟然叹息："嗟乎，大丈夫当如此！"这句话表现了刘邦对皇帝之位的钦羡与向往，也预示了他以后的野心。秦始皇游会稽时，项梁和项羽都去观看，项羽说："彼可取而代也。"项梁忙掩其口，曰："毋妄言，族矣！"同样是见秦始皇的事情，这三个人物不同的话语表现却体现了不同的性格特征，刘邦的城府野心、项羽的鲁莽豪气、项梁的谨小慎微，都溢于言表，不会混淆。

《史记·张仪列传》中记载张仪游说诸侯时。"尝从楚相饮，因被怀疑盗璧而遭掠笞数百，回到家里其妻曰：'子毋读书游说，安得此辱乎？'张仪谓其妻曰：'视吾舌尚在不？'其妻笑曰：'舌在也。'仪曰：'足矣。'"①张仪和妻子的这段对话反映了其纵横家的思想特质，纵横家就是靠三寸不烂之舌游说天下，只要舌头在就有发挥自己才能的机会。

作为小说，《红楼梦》中人物的语言描写更加丰富多彩，人物的个性化特征也通过语言风格表现得更为突出。宝钗和黛玉是《红楼梦》中最重要的两个角色，作者同样赋予她们美貌、才情，但是两个人的个性特征却有着鲜明的不同，个性化的语言是体现她们个性特征的重要手段。第七回作者借周瑞家的送宫花一一展现了主要人物的性格特征，当周瑞家的送花给黛玉时，黛玉只看了一看便问道："还是单送我一人的，

①司马迁：《史记》，韩兆琦评注，岳麓书社2011年版，第1028页。

还是别的姑娘们都有呢?”得知别人都有了时便冷笑道:“我就知道,别人不挑剩下的也不给我。”这样的话也只能出自黛玉之口,别人断然是说你出的,黛玉的敏感多心通过这一说表现得淋漓尽致。

第三十二回金钏投井自杀王夫人正伤心难过,宝钗劝慰道:

> 姨娘是慈善人,固然这么想。据我看来,他并不是赌气投井。多半他下去住着,或是在井跟前憨顽,失了脚掉下去的。他在上头拘束惯了,这一出去,自然要到各处去顽顽逛逛,岂有这样大气的理!纵然有这样大气,也不过是个糊涂人,也不为可惜。①

这样的言语行为也只有宝钗能做到,她的无情、她的识大体都在一言一行中表现出来了。

除了话语语言之外,《红楼梦》中的诗歌语言也是体现人物个性的重要方式,这些诗作是小说人物的代言体,突出表现了作诗者的个性、思想。作品第三十七回在探春的提议下众人结诗社赏白海棠作诗,宝钗诗为:

> 珍重芳姿昼掩门,自携手瓮灌苔盆。
> 胭脂洗出秋阶影,冰雪招来露砌魂。
> 淡极始知花更艳,愁多焉得玉无痕。
> 欲偿白帝凭清洁,不语婷婷日又昏。

黛玉《咏白海棠》诗曰:

> 半卷湘帘半掩门,碾冰为土玉为盆。

①曹雪芹、高鹗:《红楼梦》,人民文学出版社1992年版,第450页。

偷来梨蕊三分白，借得梅花一缕魂。
月窟仙人缝缟袂，秋闺怨女拭啼痕。
娇羞默默同谁诉，倦倚西风夜已昏。

这两首诗就是宝钗黛玉二人的写照，读者读到“珍重芳姿”“淡极始知花更艳”“不语”，岂不是一宝钗？“半卷湘帘”“秋闺怨女拭啼痕”“倦倚西风”，这又何尝不是一黛玉？无怪乎李纨后文评道：“若论风流别致，自是潇湘妃子；若论含蓄浑厚，终让蘅芜。”《史记》中人物语言的个性化特征在《红楼梦》中得到长足发展，使得这些艺术形象生动逼真，一个个活在读者心目中，不会被混为一谈。

三、人物行为个性化

《史记》生动再现了形形色色的历史人物形象，司马迁笔下的每一个历史形象都个性鲜明，行为个性化是刻画人物个性化特征的重要手段。正如斋藤正谦所说：“《高祖本纪》见宽仁之气动于纸上，《项羽本纪》觉喑呜叱咤来薄人。读一部《史记》，如直接当时人，亲睹其事，亲闻其语，使人乍喜乍愕，乍惧乍泣，不能自止。”①

屈原被放逐，“披发行吟泽畔”，终不能“以身之察察受物之汶汶”而怀石自沉汨罗以死，足显屈子之忠烈爱国。鲁仲连驳斥新垣衍的投降论调，为东方合纵抗秦鼓舞士气，但却辞让平原君的封赏；他帮助齐国攻取聊城，却逃隐于海上拒绝田单的封爵，这些行为足显其不慕名利的高士之举。鸿门宴上刘邦性命危急之时，樊哙“侧其盾以撞，卫士仆地，

①泷川资言《史记会注考证》引斋藤正谦语，见张新科等主编《史记研究资料萃编》，三秦出版社2011年版，第412页。

哙遂入”，见了项羽“瞋目视项王，头发上指，目眦尽裂”，项王赐给他一生彘肩时，他“拔剑切而啖之”，这一系列的行为举止，足显樊哙之英雄豪气。总之，司马迁善于用个性化的行为特征表现人物的特点，这使《史记》虽然记载了众多历史人物形象，但却人人有其特点的重要原因。

《红楼梦》中人物的个性化特征也主要通过个性化的行为体现出来，《红楼梦》给我们留下了很多经典的情节故事，通过这些情节故事又展现了不同人物的个性特征，比如黛玉葬花，体现了黛玉的多愁善感；晴雯撕扇，体现了晴雯的大胆率直；湘云醉眠，体现了湘云的英豪阔达；香菱学诗，体现了香菱的才情与执着……这些行为举止表现了不同人物的个性特征。

《红楼梦》中，抄检大观园是一个重要的事件，对这件事情，迎春三姐妹的态度、言行体现了她们不同的个性特征。“迎春一味懦弱，探春主意老辣，惜春孤介性癖，三人身份不同，可知结果均异。”①迎春怯懦怕事，在抄检大观园时她的贴身丫头司棋被驱逐时，她连一句话都没有，只是流泪；探春有才有胆，认识到了抄检大观园这件事是这个封建大家庭自杀自灭的举动，所以她慷慨陈词，为家族的衰败凄苦痛绝，对敢于冒犯自己尊严的王善保家的，她登时大怒，啪的就是一巴掌，不给这个“有脸”的嬷嬷留情面；惜春只求洁身自守，所以当从她的贴身丫头入画箱子里搜出了一双男人的靴子和几两银子时，她就不问青红皂白让凤姐把入画撵出去，尽管入画跪下苦求，尤氏等人劝说，她“却天生的一种百折不回的廉介孤独僻性，任人怎说，她只以为丢了她的颜面，

---

①王希廉：《红楼梦回评》第七十四回，见朱一玄主编《红楼梦资料汇编》，南开大学出版社2012年版，第634页。

咬定牙，断乎不肯”。通过对待抄检大观园这件事，迎春三姐妹的不同的性情、不同的辞色举止都表现出来了。

曹雪芹对人物的观察细致入微，因此他在人物塑造过程中，善于抓住人物的个性化特征，把人物的外貌形态、言行举止等描写得形真影切，极富个性，堪称“传神阿堵”①。

第四节 对比艺术展现人物性格特征

对比衬托法是《史记》刻画人物的基本方法，即以其他人物性格特征来见人物的性格特征。《史记》在记人叙事时常用对比反衬手法突出人物个性或是反映事件发展的不同程度。《史记》将人物置于特定的环境中，通过渲染环境气氛，采用对比烘托的手法突出人物的形象或增加故事的生动性，这种方法为小说所接受，在《红楼梦》中也有突出表现。

《五帝本纪》中司马迁为了突出舜之恭孝，用一段颇具传奇色彩的故事将舜和其父瞽叟、其弟象的行为进行了鲜明的对比：

> 舜父瞽叟盲，而舜母死，瞽叟更娶妻而生象，象傲。瞽叟爱后妻子，常欲杀舜，舜避逃；及有小过，则受罪。顺事父及后母与弟，日以笃谨，匪有解。
>
> ……
>
> 瞽叟尚欲杀之，使舜上涂廪，瞽叟从下纵火焚廪。舜乃以两笠自扞而下，去，得不死。后瞽叟又使舜穿井，舜穿井为匿空旁出。

①胡文斌：《胡文斌点评红楼梦》，团结出版社2006年版，第212页。

舜既入深，瞽叟与象共下土实井，舜从匿空出，去。瞽叟、象喜，以舜为已死。象曰："本谋者象。"象与其父母分，于是曰："舜妻尧二女，与琴，象取之。牛羊仓廪予父母。"象乃止舜宫居，鼓其琴。舜往见之。象鄂不怿，曰："我思舜正郁陶！"舜曰："然，尔其庶矣！"舜复事瞽叟爱弟弥谨。①

以上两段叙述，写尽了瞽叟的不慈不义，也写出了象的不恭不悌，父亲与弟弟想方设法想要谋害舜，但是面对父兄的不仁不义，舜却始终谨孝奉亲，友爱其弟，因此尧授其天下。

《史记》中作者使用对比手法突显人物个性特征最为典型的就是刘邦和项羽，《高祖本纪》中司马迁借刘邦与高起、王陵的一段对话写出二人的不同：

高祖置酒洛阳南宫。高祖曰："列诸侯将无敢隐朕，皆言其情。吾所以有天下者何？项氏之所以失天下者何？"高起、王陵对曰："陛下慢而侮人，项羽仁而爱人。然陛下使人攻城略地，所降下者因以予之，与天下同利也。项羽妒贤嫉能，有功者害之，贤者疑之，战胜而不予人功，得地而不予人利，此所以失天下也。"高祖曰："公知其一，未知其二。夫运筹策帷帐之中，决胜于千里之外，吾不如子房。镇国家，抚百姓，给馈饷，不绝粮道。吾不如萧何。连百万之军，战必胜，攻必取，吾不如韩信。此三者，皆人杰也，吾能用之，此吾所以取天下也。项羽有一范增而不能用，此其所以为我擒也。"②

①司马迁：《史记》，韩兆琦评注，岳麓书社2011年版，第12页。
②司马迁：《史记》，韩兆琦评注，岳麓书社2011年版，第208页。

此处通过刘邦君臣的对话对比说明了项羽“仁而爱人”但是却“妒贤嫉能”“不善用人”，刘邦“慢而侮人”却能“与天下同利”“善于用人”的个性特征。

《淮阴侯列传》中在萧何的推荐下，刘邦拜韩信为大将，向韩信请教计策，韩信的一段回答对比了刘邦和项羽的同与不同，可谓知己知彼，百战百胜。

此外，司马迁在《项羽本纪》和《高祖本纪》中将两人的事迹紧密地排列在一起而且两两对照地突出了刘邦和项羽的性格特征：鸿门宴中项羽的盲目轻信与坦率诚笃烘托出刘邦的奸诈狡猾；项羽垓下之围中深情别姬和刘邦为了活命不惜三次推下亲生子女形成对比；项羽东城快战的勇武和刘邦败走彭城的狼狈形成对比。通过对比两个人物的个性特征鲜明地体现出来。

这种对比衬托法在《红楼梦》中也得到了很好的诠释。《红楼梦》中涉及的人物数量非常多，再加上人物的活动中心主要集中在家庭，所以人物的身份、个性、外貌等方面有很多类似的地方，作者要做到主要人物形象鲜明，经常会通过对比的手法突出人物的个性特征。如宝钗和黛玉是《红楼梦》中最重要的两个女性角色，王希廉在《红楼梦回评》中说道：“写黛玉戋戋小气，必带叙宝钗落落大方，写宝钗事事宽厚，必带叙黛玉处处猜忌。两相形容，贾母与王夫人等俱属意宝钗，不言自显。”①作者同样赋予她们美貌、才情，但是两个人的个性特征却有鲜明的不同，往往将二人对比来写，以突出不同的个性特征。

王熙凤是作者精心塑造的人物形象，在贾府中，和王熙凤身份地位

①王希廉：《红楼梦回评》，见朱一玄主编《红楼梦资料汇编》，南开大学出版社2012年版，第607页。

对等的就是尤氏和李纨，她们互为妯娌，但个性差异却很大，作者在描写王熙凤时也时不时把她们妯娌放在一起进行对比描写。《红楼梦》第四十三回贾母发起凑份子给凤姐过生日，让尤氏操办。凤姐很会逢迎，当着贾母众人的面说是替李纨出份子，可是交给尤氏时却少了这一份银子，尤氏偏偏给她揭穿，并把平儿等丫头的份子钱退还给她们，又把赵姨娘、周姨娘的也退还。在这件事中，作者以尤氏的厚道衬托凤姐的刻薄与贪婪，凤姐的喜弄权术德行在尤氏的对比下昭彰显著。

凤姐和李纨也是妯娌，但李纨知书达理、性情恬淡、与世无争；凤姐虽不识字，但心机世故，是李纨所不及的。《红楼梦》第四十五回李纨为海棠诗社的事和众姊妹去找凤姐，名义上让她做监社御史，实际上是让她出资，不想早被凤姐料到，于是作者借李纨之口骂凤姐："真正泥腿世俗专会打细算盘分斤拨两的，你这东西亏了还托生在诗书大宦名门之家做小姐，又是这样出了嫁，还是这么着；若是生在贫寒小门小户人家，作个小子，还不知怎么下作贫嘴恶舌的呢！天下人都被你算计了去！昨儿还打平儿呢，亏你伸的出手来！那黄汤难道灌丧了狗肚子里去了？"①与李纨的寡淡相比，凤姐是多么的精明算计！

又如《红楼梦》第七十三回"懦小姐不问累金凤"就非常精彩地对比描写了迎春、探春姊妹不同的个性特点。迎春的奶娘把她的累金凤偷去赌钱，迎春害怕生事竟然迁就奶娘之儿媳玉柱儿媳妇："罢罢罢，不能拿了金凤来，你不必拉三扯四地乱嚷，我也不要那凤了，就是太太问时，我只说丢了，也防碍不着你们，你去歇歇吧，何苦呢？"②连迎春的丫头绣橘和司棋都看不过和那媳妇吵嚷，迎春却自拿一本《太上感应

①曹雪芹、高鹗：《红楼梦》，人民文学出版社1992年版，第617页。
②曹雪芹、高鹗：《红楼梦》，人民文学出版社1992年版，第1038页。

篇》去看，足见迎春的懦弱无能怕事。当几人闹得不可开交时，探春等人来了，得知事情原委后，探春先是拿出小姐的身份挟制住玉柱儿媳妇，又早使了眼色与侍书，把平儿召来解决了事情。既保住了小姐的尊严又制裁了嚣张的下人，可谓精明精干，和迎春的懦弱怕事形成了鲜明对比。

第五节 文章风格与人物性格的统一

李长之认为《史记》具有“内外谐和律”，“司马迁尽量求他的文章之风格和他的文章之人物性格相符合。……每一种风格的变换都以内容为转移。……像一个熟练的名演员一样，他能够扮演老少男女的一切角色，演什么像什么”。[①]《史记》这种“内外谐和律”在《红楼梦》中也有非常突出的表现。曹雪芹笔下的人物，不同性格自是不同笔墨描写，文章的风格与人物的性格也是相一致的。

《红楼梦》环境的描写与人物性格一致。大观园众人居住的住所环境体现了人物不同的个性特征。宝玉的怡红院，从色调上说怡红快绿，门口便是芭蕉海棠，大红大绿，屋内的陈设布局更是华丽无比，以至于刘姥姥误入其中以为到了天宫，还以为是哪个小姐的绣房，这不仅体现了宝玉在贾府尊贵的地位，也体现了他的个性特征。林黛玉的潇湘馆屋外被翠竹包围，象征了她高洁的人格品质；屋内也满眼书卷，体现了她以诗书为伴的生活习性。蘅芜苑是宝钗的住所，屋外没有花卉，却种满

①李长之：《司马迁之人格与风格》，生活·读书·新知三联书店1984年版，第232页。

了各种香草，这些中国文学中的香草意象又隐喻了宝钗的人格品质和其不爱花儿粉儿的个性特征，屋内没有太多装饰陈设，如雪洞一样，更进一步体现了她性格中的“冷”来。可见作者描绘不同人物的处所，自是用不同笔墨体现不同的人物个性。

最能够体现曹雪芹“像一个熟练的名演员一样，他能够扮演老少男女的一切角色，演什么像什么”的，是文中不同人物不同风格的诗词作品。在小说创作中夹杂诗词作品，这是中国古典小说的传统，本不足为奇，但在一部小说中，夹杂的诗词作品风格各异，不同诗词符合小说中不同人物的个性气质，这却是很难的。客观而言，所有的作品都出自作者曹雪芹一人之手，但他却能给不同的人物“可着头做帽子”“按头制帽”，根据小说中人物不同的个性特征创作出不同风格的诗词作品来。他就像一个多面手，一会儿化身宝玉，一会儿化身黛玉，一会儿又化身宝钗、湘云等，为她们量身定做出不同风格的诗词作品。就这一点而言，曹雪芹深得司马迁之法，所以在他的笔下活现出形象迥异但都鲜活生动的各色人物。

总而言之，《史记》开创了以写人为主的纪传体体例，其写人成就主要体现在本纪、世家、列传中。司马迁筛选了对历史发展具有一定典型意义的历史人物并对其著书立传，使许多历史人物形象栩栩如生。《史记》就像一个长长的历史画卷，让一个个生动的历史人物形象在历史发展的进程中徐徐而来，演绎了真实形象的历史进程。《红楼梦》接受了《史记》纪传体的结构特征，塑造了丰富的艺术形象。

《史记》和《红楼梦》是中国文学史上写人艺术成就非常高的两部作品，《史记》刻画了栩栩如生的历史人物形象，《红楼梦》塑造了形形色色的艺术典型。司马迁以其独到的眼光选择了历史发展过程中具有典型意义的人物为其立传，使这些历史人物形象名垂千古；曹雪芹用艺术家的眼光塑造了《红楼梦》中的经典艺术形象，这些艺术形象在文学创作中也是熠熠闪光。总观《史记》和《红楼梦》两部作品，尽管一为史传文学，一为小说，但在塑造人物形象时又有许多共通的艺术手法，《红楼梦》的写人艺术受到《史记》的影响。《史记》注重人在历史发展过程中的作用，这种以人物为中心的创作体例对《红楼梦》为代表的中国古典小说的创作有非常重要的影响。

第五章 《史记》中女性形象对《红楼梦》中人物塑造的影响

《史记》是我国第一部以人物描写为主的纪传体史书，纵观全书，以男性人物为主，女性人物被载入传记中的数量并不是非常多，而且大多是附在他人传记之中，但是《史记》在女性历史人物描写方面的价值也是不能忽略的。和传统的史书相比，就女性人物在传记中所占的篇幅来看，《史记》中有了女性人物单独的传记，如《吕太后本纪》；就载录的女性人物身份而言，《史记》中的女性不仅有贵族女性，还包括社会底层的普通女性，如施饭给韩信的漂母；从女性的思想和个性来看，《史记》中载录的女性不仅是符合儒家思想观念的，还有敢于突破传统观念的，如敢于追求爱情的卓文君，守业经商的巴寡妇清，等等。《史记》中多样的女性人物和司马迁进步的女性观，对后世的文学创作产生了一定的影响。《红楼梦》中塑造了诸多女性人物形象，曹雪芹在女性观和塑造女性艺术手法方面，受到了司马迁《史记》的影响。

第一节 对女性社会作用和价值的肯定

《史记》虽然以记录对历史发展有重大影响的男性人物为主，但是其中关于女性的描写也是不容忽视的。在封建社会，传统的宗法观念、封建伦理道德和男权意识束缚了史学家的思想，因而在正史中，对女性的记载非常少。《史记》虽然也是主要为历史上的男性人物立传，但纵观全书，其中记载的女性人物数量也不少，据统计，《史记》共记载了一百七十多个女性，她们的身份各异，社会地位也各不相同，上至地位尊贵的太后、皇后、公主、贵妇人等，下到社会底层的普通女性，都被载入史册。

司马迁生活在汉武帝时期“罢黜百家，独尊儒术”的社会背景下，儒家文化中女性的社会地位比较低下，往往从属于男性。女性人物的活动空间往往也是在“内闱”，不能登上政治舞台。司马迁没有按照儒家思想观念对女性存有偏见，在《史记》中对女性群体进行了精彩的记录，塑造了形形色色的女性形象。司马迁肯定这些女性人物的社会作用，不仅仅是把她们放在一个男性附属的位置。如《史记》十二本纪本是为帝王立传，汉代皇帝中，汉高祖之后应该是汉惠帝，但是历史上汉惠帝时期主要是吕后掌权，所以司马迁尊重客观历史事实，以吕后作为传主，作《吕太后本纪》。司马迁并没有以帝王的身份作为标准，而是以实际的社会贡献为标准选择传主，《吕太后本纪》中肯定了吕后当权时作出的社会贡献。

《史记》肯定女性社会作用和价值的观念，在后世文学创作中影响深远。《红楼梦》是一部肯定女性、赞美女性的小说，小说开篇作者便开宗明义说道：

作者自云：因曾历过一番梦幻之后，故将真事隐去，而借“通灵”之说，撰此《石头记》一书也。故曰“甄士隐”云云。但书中所记何事何人？自又云："今风尘碌碌，一事无成，忽念及当日所有之女子，一一细考较去，觉其行止见识皆出于我之上。何我堂堂须眉，诚不若彼裙钗女子？实愧则有余，悔又无益，是大无可如何之日也！……虽我未学，下笔无文，又何妨用假语村言，敷演出一段故事来，亦可使闺阁昭传，复可悦世之目，破人愁闷，不亦宜乎？"①

这里作者表明写出这段故事，是因为念及当日行止见识都在自己之上的几个女子，写作的目的就是"使闺阁昭传"，为当日的女子作传，表达了作者对女性的肯定。

从《红楼梦》的内容来看，对女性社会作用与价值肯定的倾向非常明显。《红楼梦》作为家庭小说，在作者笔下，贾府这个大家庭中的女性人物大都是美的，值得赞美的，男性形象多是被作者批评的。小说第二回，作者借冷子兴之口说贾宝玉有一个奇谈怪论："女儿是水做的骨肉，男人是泥做的骨肉。我见了女儿，我便清爽；见了男子，便觉浊臭逼人。"这是贾宝玉七八岁时口无遮拦的话，也是作者在小说中体现的女性观的表达。

《红楼梦》第十三回，秦可卿临死之前托梦给王熙凤，说她是"脂粉队里的英雄，连那些束带顶冠的男子也不能过"的人物，肯定了王熙凤在贾府的作用。在这个男主人们都安荣享乐的大家族中，王熙凤在管理家庭事务方面确实表现出色，是贾府里"一代不如一代"的男子们比不上的。

综上所述，司马迁在《史记》中打破传统思想，使众多女性人物能

①曹雪芹、高鹗：《红楼梦》，人民文学出版社 1992 年版，第 56 页。

够留名千古，并且肯定女性在社会发展中的作用和价值，这种进步的思想和观念在《红楼梦》中有所继承和发展，《红楼梦》也能够打破传统，为众多的女性人物立传，热情赞美这些女性。

第二节 独特进步的女性观

在封建社会男权思想的影响下，中国古代的正史系统里很少有女性的书写。《史记》中的女性人物虽然也不多，但是司马迁能够突破传统，使社会下层的诸多女性名垂青史，体现了进步的女性观。《史记》中司马迁赞颂像赵括之母那样明辨是非的女性；赞美身处下位却刚烈勇敢的聂荣；他肯定如缇萦和卓文君那样敢于冲破封建礼法的女性；歌颂像漂母、王陵的母亲、吴起的母亲等深明大义的女性。这些女性能够被司马迁载入史册，表现了作者进步的女性观。即使是身为贵胄的女性，司马迁也能客观评价其人，他记载了吕后的阴狠多谋，也肯定了她的政治才能，甚至打破传统，将其列入本纪之中，从侧面反映了司马迁的伟大。司马迁独特进步的女性观对后世的文人有很大的影响。《红楼梦》作为一部赞美女性的文学作品，其女性观延续了司马迁进步的女性观，作者在书表达出对女性的肯定，在当时具有一定的进步性。

一、重“德”与“才”

综观《史记》中的女性形象可以看出：贵族女性人物众多，而且多与政治相关。司马迁在《史记·外戚世家》的开头所说：“自古受命帝王及继体守文之君，非独内德茂也，盖亦有外戚之助焉。夏之兴也以涂山，而桀之放也以末喜。殷之兴也以有娀，纣之杀也嬖妲己。周之兴也以姜嫄及大任，而幽王之禽也淫于褒姒。”①这一段表明了太史公塑造贵族女性的根本，他基本按照史家著书的标准，紧扣贵族女性对政治或正面或负面的影响，而以“德”为准绳，塑造了众多贵族女性形象。

除了贵族女性之外，《史记》中也记载了丰富的平民女性形象，赠韩信饭食而不求回报的漂母、深明大义的介子推之母、冒死认弟的烈女聂荣等，她们身上无一不彰显着女性的美德。

综观《史记》中的女性人物形象，还可以发现太史公评价女性的另外一条标准——重视女性的才干和智慧。最明显的就是单独为吕后立本纪，并在末尾盛赞其女主执政，休养生息，使“天下偃然”的政治功绩。被《史记》载入史册的女性人物，特别是平民女性中，有才干和智慧的女性不少。如《货殖列传》中载录的巴寡妇清，虽然来自穷乡僻壤却“能守其业，用财自卫”，因此不被侵犯，以至“礼抗万乘，名显天下”，最终连秦皇帝都为她修筑女怀清台。能够有此殊荣，是清凭借自己出色的才干换取来的。《史记》中肯定女性德与才的思想观念，在后世具有一定影响。

《红楼梦》是一部女性的赞歌，其中塑造了形形色色的女性人物形象，曹雪芹不遗余力地赞美这些女性，对女性“德”与“才”作出充分的肯定。《红楼梦》中列于《金陵十二钗》正册榜首的两位女性人物是薛宝钗和林黛玉，二人的判词合为一首“可叹停机德，堪怜咏絮才”，这里用《后汉书·列女传》中乐羊子妻的典故，形容宝、钗之德，用《晋书·王凝之妻谢氏传》中谢道韫的故事，类比说明黛玉出众的诗才。曹

①司马迁：《史记》，韩兆琦评注，岳麓书社2011年版，第795页。

雪芹在塑造薛宝钗形象时，主要突出她的“德”，宝钗的持重大方、温柔敦厚，使她初进贾府便赢得上上下下的肯定，她过生日时，点贾母喜欢的热闹戏博得老太太开心；金钏投井死后，她毫不忌讳把自己的新衣服给金钏做装裹，替王夫人分忧；她主动替湘云分忧解难，开设螃蟹宴；她处事周到，连众人讨嫌的赵姨娘母子都不越过……薛宝钗的所作所为都是对女性“德”的完美阐释。作者塑造林黛玉形象时，主要突出她的才情。她具有出色的诗歌创作才华，几乎在每次大观园众人诗会中都会夺魁；她以诗言志，用诗歌感慨青春、记录生活、抒发情思，她写下《葬花词》《秋窗风雨夕》《桃花行》《五美吟》等诸多诗歌。无论薛宝钗的“停机德”，还是林黛玉的“咏絮才”，都是曹雪芹极力赞美和热情讴歌的。

《红楼梦》还有一组可以对看的人物——李纨和王熙凤，也体现了作者对女性“德”与“才”的肯定。李纨是贾珠的妻子，王熙凤是贾琏的妻子，二人的身份类似，都是贾府的少奶奶，小说中二人的性情和处事风格却截然不同。

> 李氏亦系金陵名宦之女，父名李守中，曾为国子监祭酒，族中男女无有不诵诗读书者。至李守中继承以来，便说“女子无才便有德”，故生了李氏时，便不十分令其读书，只不过将些《女四书》，《列女传》，《贤媛集》等三四种书，使他认得几个字，记得前朝这几个贤女便罢了，却只以纺绩井臼为要，因取名为李纨，字宫裁。因此这李纨虽青春丧偶，居家处膏粱锦绣之中，竟如槁木死灰一般，一概无见无闻，唯知侍亲养子，外则陪侍小姑等针黹诵读

而已。①

李纨是封建社会典型的闺阁女性人物，小说中她也是一个恪守礼教之人，专心教子，清心寡欲，与人为善。李纨在小说中的出场虽不多，但作者对她也是肯定的。

和李纨相比，作者在描写王熙凤时，所用的笔墨更多更精彩。王熙凤是一个具有极强管理能力的人才，作者在“协理宁国府”一事中充分展现她的管家才能，对她的出色的管理才能充满赞美之情。李纨和王熙凤虽然身份相同，但是性情和思想大不相同，在对两个人物评价时，作者对李纨之德和凤姐之才都予以肯定，体现了重德重才的女性观。

“德”和“才”是《红楼梦》中女性的基本特征体现，也是曹雪芹塑造和评价女性形象的基本准则，这与司马迁《史记》中描写女性的价值观是不谋而合的。

二、开明而民主的女性观

除了以德和才为准来描述和评判女性，司马迁还以充沛的激情、以文为史的文学家气质，塑造了敢于彰显自我个性的女性形象，体现了他开明而民主的女性观。鲁迅先生在《汉文学史纲要》中写道：“《史记》不拘于史法，不囿于文字，发乎情肆于心而为文。”②用这话来评论《史记》女性形象塑造，亦可谓一语中的。

清人吴见思在《史记论文》中指出：“文君相如一段，浓纤宛转，可称唐人传奇之祖。”姚际恒也说太史公“其文洸洋炜丽，无奇不备”，《史

①曹雪芹、高鹗：《红楼梦》，人民文学出版社 1992 年版，第 56 页。

②鲁迅：《汉文学史纲要》，上海古籍出版社 2005 年版，第 131 页。

记》以奇异的情节，塑造了许多敢于突破传统的女性形象，对后世小说的创作有着直接影响。

司马迁《史记》用一种开明的态度来描写女性人物，他赞颂女性的贤德，同时对褒姒、秦始皇母为代表的一类女性进行了矛盾而比较辩证的批判，对弱小而不幸女性寄寓了同情。这种态度，贯穿《史记》对贵族女性的描写。《史记》对平民女性形象的描述，更体现了司马迁开明而民主的女性观。对于善良的漂母，慧眼观人的晏子的车夫之妻，善于经商的巴寡妇清等，太史公充满了深切的赞美之情。《仓公列传》中，司马迁对敢于上书陈情，愿意入身为官婢而救父亲的少女缇萦大加赞赏。《司马相如列传》中，对勇敢地追求爱情与司马相如夜奔的卓文君，充满了感性的欣赏，司马迁以传奇之笔叙写了这段故事：

> 会梁孝王卒，相如归，而家贫，无以自业。素与临邛令王吉相善，吉曰："长卿久宦游不遂，而来过我。"于是相如往，舍都亭。……临邛中多富人，而卓王孙家僮八百人，程郑亦数百人，二人乃相谓曰："令有贵客，为具召之。"并召令。令既至，卓氏客以百数。至日中，谒司马长卿，长卿谢病不能往，临邛令不敢尝食，自往迎相如。相如不得已，强往，一坐尽倾。酒酣，临邛令前奏琴曰："窃闻长卿好之，愿以自娱。"相如辞谢，为鼓一再行。是时卓王孙有女文君新寡，好音，故相如缪与令相重，而以琴心挑之。相如之临邛，从车骑，雍容闲雅甚都；及饮卓氏，弄琴，文君窃从户窥之，心悦而好之，恐不得当也。既罢，相如乃使人重赐文君侍者通殷勤。文君夜亡奔相如，相如乃与驰归成都。家居徒四壁立。①

①司马迁：《史记》，韩兆琦评注，岳麓书社2011年版，第1563页。

卓文君本是富家女，十分爱慕司马相如其人，所以当司马相如奏琴传情时，她便“心悦而好之”，当司马相如以重金贿赂卓文君侍者，传达自己的殷勤之意后，卓文君便连夜和司马相如私奔。卓文君的行为是有悖于封建伦理道德的，当时女性的婚姻必须经过父母之命媒妁之言，不能自作主张，所以卓文君私奔后，她的父亲大怒。卓文君因为爱慕司马相如，敢于和他私奔的行为，体现了她敢爱敢恨的个性。看到司马相如家徒四壁，卓文君又和司马相如在临泉开小酒馆谋生，卓文君当垆卖酒，丝毫不顾及富家千金的身份。寥寥数笔就塑造了一个敢爱敢恨、有着独立个性的女性人物形象，体现了司马迁独特的女性观。

司马迁开明而民主的女性观也被曹雪芹所接受，他赞美薛宝钗“小惠全大体”的至德，也赞美林黛玉出众的才情；他赞美“心如槁木死灰”一心教子的李纨，对精明能干但又贪婪狠毒的“脂粉堆里的英雄”王熙凤也是充满溢美之词；他赞美心性孤洁乖僻的美丽女尼妙玉；甚至对出身寒微但却一心想在人前风光，为此不择手段却又自讨没趣的赵姨娘，也是充满了同情。

曹雪芹对《红楼梦》的婢女形象的塑造，亦持开明而民主的态度。在曹雪芹的笔下，这些身份低微的婢女们一个个都形象生动，有情有义有个性，而不只是这个贵族家庭的附庸，体现了作者对传统观念的突破。

如宝玉身边的婢女晴雯是大观园里最漂亮也最灵巧的丫头，晴雯和袭人一样，原本都是贾母的丫头，因为贾母疼爱宝玉，所以把晴雯放在宝玉身边使唤，晴雯有着这个“先天”的优势，自然在怡红院里就要骄横一些。她漂亮聪明，加上宝玉在丫头面前出来不摆出主子样，所以滋生了她心直口快、心比天高的个性。作为婢女，他敢和宝玉赌气任性，甚至在生气的时候连宝钗也可以数落，给黛玉都不开门。晴雯任情任性的性格与行为是不符合她婢女身份的，她的很多言行举止是不合乎封建礼教纲常的。但是曹雪芹却用热情洋溢的笔调塑造了晴雯的形象，体现了曹雪芹朴素的民主思想。尽管晴雯在怡红院她相当于贾府中的“副小姐”，但终究“身为下贱”，所以最终难逃命运的悲剧。

鸳鸯是贾母身边最得力的大丫头，鸳鸯心细也公正，既得老太太喜欢，也得到了贾府众人的肯定。这样一个美丽能干的女子，被她的主人大老爷贾赦看中，想要纳为妾，这在别人可能是好事情，身份可以从奴仆转换成姨太太，但是鸳鸯却不愿意这样的“好事”。一是她深知贾赦为人荒淫，二是她明白姨太太的命运其实也等同于奴仆，因此她誓拒鸳鸯偶。曹雪芹以肯定的笔调赞美鸳鸯的气性，表明了作者对女性自我意识的认同。还有敢于和表兄在大观园的净土之上私通的婢女司琪，在曹雪芹的笔下也成为一个为爱殉情的刚烈的女性形象，这进一步体现了曹雪芹开明的女性观。

通过以上分析可以看出，司马迁突破了传统的封建思想，客观而又民主地记载了历史上的众女性形象，这种笔法和观念被曹雪芹运用到《红楼梦》女性的塑造中，使《史记》和《红楼梦》成为中国文学史上描写人物最出色的两部作品。

第三节 女性形象的原型意义

白寿彝先生说：“在写女性历史方厦，司马迁的贡献是不能抹杀的。”《史记》对以描写女性为主的《红楼梦》自然也产生了重要影响，《史记》中形形色色的女性形象对《红楼梦》塑造女性人物通过了可借鉴的范式。从这个角度看，《史记》中的女性形象对《红楼梦》中女性形象的塑造有一定的原型意义。

一、富有传奇色彩的女性

《史记》中所记载的女性，有些具有一定的传奇色彩。如《殷本纪》中的契之母简狄："殷契，母曰简狄，有娀氏之女，为帝喾次妃。三人行浴，见玄鸟堕其卵，简狄取吞之，因孕生契。"《周本纪》中的后稷之母姜嫄："周后稷，名弃其母有邰氏女，曰姜嫄，姜嫄为帝喾元妃。姜嫄出野，见巨人迹，心忻然说，欲践之，践之而身动如孕者。居期而生子。"由于时代的久远及殷周的正统地位，所以司马迁在《史记》中对殷周的起源赋予神话般的色彩，简狄、姜嫄也成为带有传奇色彩的女性的形象。此外，《高祖本纪》中的刘媪也是一个富有传奇色彩的女性："刘媪尝息大泽之陂，梦与神遇。是时雷电晦冥，太公往视，则见蛟龙于其上。已而有身，遂产高祖。"身为汉代史官的司马迁当然是以此来神化汉高祖的出身，先抛开事情的真实性不提，这种写法本身已使《史记》染上了鲜明的文学色彩。《史记》是史学著作，史学著作应该追求真实，司马迁是史官，史官在选择史料时应该严谨。《史记》中记载了这些富有传奇色彩的女性的故事，体现了司马迁"爱奇"的精神，这不仅使叙事更生动，同时也为作者后文所叙事件伏下引线。

《红楼梦》是现实主义文学作品，对于小说中重要的女性人物林黛玉，作者也采用一种富有传奇色彩的笔法进行描写。曹雪芹一开篇就借一僧一道之口讲述了一段"木石前盟"的故事：

只因西方灵河岸上三生石畔，有绛珠草一株，时有赤瑕宫神瑛侍者，日以甘露灌溉，这绛珠草始得久延岁月。后来既受天地精华，复得雨露滋养，遂得脱却草胎木质，得换人形，仅修成个女体，终日游于离恨天外，饥则食蜜青果为膳，渴则饮灌愁海水为汤。只因尚未酬报灌溉之德，故其五内便郁结着一段缠绵不尽之意。恰近日这神瑛侍者凡心偶炽，乘此昌明太平朝世，意欲下凡造历幻缘，已在警幻仙子案前挂了号。警幻亦曾问及，灌溉之情未偿，趁此倒可了结的。那绛珠仙子道：他是甘露之惠，我并无此水可还。他既下世为人，我也去下世为人，但把我一生所有的眼泪还他，也偿还得过他了。①

这便是林黛玉的前生故事。她本是绛珠仙草，因为神瑛侍者的灌溉修成仙体，因为神瑛侍者下凡为人，所以她便随之下凡还泪报恩。中国故事初步塑造了林黛玉的形象，也预示了小说中宝黛爱情故事的悲剧结局，使整部小说充满了传奇色彩。

二、才干型女性形象

《史记》是我国第一部以人物描写为主的纪传体史书，纵观全书，以男性人物为主，女性形象往往是附在他人传记之中，为女性做单传的独有《吕太后本纪》一篇。吕后是汉代历史发展过程中举足轻重的人物，也是司马迁笔下重要的女性形象，在传记中，司马迁一方面对吕后的刚毅、能干予以肯定，司马迁在传赞中评价道：“孝惠皇帝、高后之时，黎民得离战国之苦，君臣俱欲休息乎无为，故惠帝垂拱，高后女主称

①曹雪芹、高鹗：《红楼梦》，人民文学出版社 1992 年版，第 8 页。

制，政不出房户，天下晏然。刑罚罕用，罪人是希。民务稼穑，衣食滋殖。"①肯定了吕后当政时，对社会发展具有一定的贡献。另一方面，司马迁笔下的吕后又是一个非常残酷狠毒的女性形象。刘邦死后她以极其残忍的方式加害戚夫人和赵王如意：

> 吕后最怨戚夫人及其子赵王，乃令永巷囚戚夫人，而召赵王。使者三反，赵相建平侯周昌谓使者曰："高帝属臣赵王，赵王年少。窃闻太后怨戚夫人，欲召赵王并诛之，臣不敢遣王。王且亦病，不能奉诏。"吕后大怒，乃使人召赵相。赵相征至长安，乃使人复召赵王。王来，未到。孝惠帝慈仁，知太后怒，自迎赵王霸上，与入宫，自挟与赵王起居饮食。太后欲杀之，不得闲。孝惠元年十二月，帝晨出射。赵王少，不能蚤起。太后闻其独居，使人持鸩饮之。犁明，孝惠还，赵王已死。于是乃徙淮阳王友为赵王。夏，诏赐郦侯父追谥为令武侯。太后遂断戚夫人手足，去眼，辉耳，饮瘖药，使居厕中，命曰"人彘"。②

刘邦生前十分宠爱戚夫人，曾经想立戚夫人之子为太子，在张良的协助下，吕后请来商山四皓，才保全了刘盈的太子之位。此时刘邦已死，刘盈已经顺利当了皇帝，戚夫人母子已经不构成威胁，可是吕后因为怨恨，还要对戚夫人母子赶尽杀绝，她毒死了赵王如意，把戚夫人做成"人彘"，手段极其狠毒。刘盈死后，吕后为了壮大吕氏家族的权力，又残害刘氏诸王，体现了吕后狠毒贪婪的面目。司马迁以史官的身份客

①司马迁：《史记》，韩兆琦评注，岳麓书社 2011 年版，第 233 页。
②司马迁：《史记》，韩兆琦评注，岳麓书社 2011 年版，第 222 页。

观地对吕后作出了评价，尽管她残害戚夫人和如意的手段残忍，但是作为当政者，吕后对汉代社会经济的发展还是起了积极作用的，因此司马迁对吕后的政治才干又予以肯定，对吕后的态度表明了司马迁作为史官尊重历史事实的态度。班固在《汉书》中如此评价《史记》："善叙事理，辩而不华，质而不俚，其文直，其事核，不虚美，不隐恶，故谓之实录。"①通过《吕太后本纪》，读者亦可窥见一斑。

《红楼梦》中王熙凤这一形象与《史记》中的吕后形象有很多类似之处，曹雪芹在塑造王熙凤形象时，应该受到了《史记》中吕后形象的影响。《红楼梦》中的王熙凤形象，一方面精明能干，是"脂粉堆里的英雄"，一方面又阴险狠辣，和《史记》中吕后这个人物极为相似。在《红楼梦》中，作者突出表现王熙凤的精明能干，她是荣国府的管理者，家大业大事情自然繁多。就像小丫头善姐所说："我们奶奶天天承应了老太太，又要承应这边太太那边太太。这些妯娌姊妹，上下几百男女，天天起来，都等他的话。一日少说，大事也有一二十件，小事还有三五十件。外头的从娘娘算起，以及王公侯伯家多少人情客礼，家里又有这些亲友的调度。银子上千钱上万，一日都从他一个手一个心一个口里调度。"(第六十八回)从荣国府的日常生活即可反映出王熙凤具有很强的管理能力。作者在"协理宁国府"时着重表现了王熙凤的管理才能，秦可卿的丧礼前后一个多月时间，牵涉的贵族世家、亲朋好友人物众多，往来事务繁杂，但是王熙凤却管理得井井有条，充分体现了她的出色才能。作者不遗余力地表现王熙凤的精明能干，对她的贪婪狠毒也毫不掩饰。贾瑞"癞哈蟆想吃天鹅肉"，对王熙凤产生不轨之心，作为婶婶，

①班固：《汉书》，中华书局2009年版，第336页。

王熙凤并没有正面回绝贾瑞的荒淫想法，而是毒设相思局，联合贾蓉贾蔷整治他，使贾瑞最终致死。如果说贾瑞是因为触犯了王熙凤作为女性的尊严从而导致她的报复行为，那么尤二姐的出现就威胁到了王熙凤在贾家的地位，所以王费尽心机想要除掉尤。王熙凤尽管出身高贵，也很精明能干，但是她作为贾琏的妻子没有儿子给贾家传宗接代，这在封建社会是重要的事情，如果没有儿子，女性在家庭中的地位就很难稳固。贾琏偷娶尤二姐一事，无疑触到了王熙凤的痛点，她先是背着贾琏把尤二姐骗到大观园，背地里又指使张华去告贾琏，在宁国府指责贾琏不顾礼法孝期就敢娶妻。在这一系列手段没有逼走尤二姐之后，她又背后指使小丫头虐待尤二姐，借秋桐之口言语侮辱尤二姐，最终使尤二姐吞金自逝。王熙凤为了保全自己"当家人"的地位残害尤二姐，正如吕后残害戚夫人一样。此外王熙凤还处处打击赵姨娘母子，因为赵姨娘是王夫人的眼中刺，王熙凤是王夫人的内侄女，所以她利用自己的权力排挤赵姨娘母子，就像吕后排除刘姓子弟一样，把有碍自己发展的势力都要一一除去。

三、有德行的女性形象

《史记》中记载了一些深明大义的有德的女性形象，她们相夫教子，对男性主人公的发展起到了积极作用。《史记·晋世家》中重耳逃亡到齐国，齐桓公嫁给重耳的齐宗室女就是一个深明大义之人，在重耳安于齐国不愿离去时，齐女告诫他："子一国公子，穷而来此，数士者以子为命。子不疾反国，报劳臣，而怀女德，窃为子羞之。且不求，何时得功？”①乃与赵衰等谋，醉重耳，载以行。

《史记》中有德行的女性除了贤妻之外，还有良母形象，如《项羽本纪》中记载了陈婴之母。当广陵少年欲立陈婴为王时，陈婴母对他说：“自我为汝家妇，未尝闻汝先古之有贵者。今暴得大名，不祥。不如有所属，事成犹得封侯，事败易以亡，非世所指名也。”②在关键时刻保全了儿子的性命。《晋世家》中介子推的母亲也是具有高义的母亲，还有《陈丞相世家》中为了让儿子安心伏剑而死的王陵之母，《赵世家》中深知儿子的赵括之母等。女性身上这种教引男性走上正途的德行，在《红楼梦》中被发扬光大，贤袭人娇嗔箴宝玉，薛宝钗、史湘云对贾宝玉的劝诫，都把这种女性的德性发挥到了极致。

四、敢于和封建礼法作斗争的女性形象

《史记》中的女性形象不仅仅是符合封建伦理道德规范的女性，还有一些敢于追求自我价值的形象，体现了司马迁进步的女性观。比如《司马相如列传》中的卓文君，为了追求真爱，敢于不顾封建礼教的约束而和司马相如私奔。这种敢爱敢恨的精神对《红楼梦》中女性的形象塑造有很大影响，放浪形骸又为情而死的尤三姐、不顾礼法又敢爱敢恨的司琪，这些女性形象的塑造都是女性自觉意识觉醒的典型。

《史记》中记载汉文帝时期缇萦救父的故事，年少的缇萦敢于上书文帝舍身救父，最终感动文帝，赦免了其父罪行并去除了肉刑法。缇萦的敢于挑战权威以维护自身的利益和《红楼梦》中敢于与主子对抗的鸳鸯个性如此地相似。

①司马迁：《史记》，韩兆琦评注，岳麓书社2011年版，第584页。

②司马迁：《史记》，韩兆琦评注，岳麓书社2011年版，第172页。

《刺客列传》中聂政刺杀韩傀后因怕连累与自己面貌相似的姐姐，遂以剑自毁其面，挖眼、剖腹自杀。其姊聂荣在韩市寻认弟尸，不顾被官府抓起来的危险伏尸痛哭，因悲伤过度，暴死于聂政尸前。《红楼梦》中的晴雯像极了聂荣的刚烈性格和真情流露。

五、被侮辱与被损害的女性形象

司马迁在《史记》中歌颂了一些不凡的女性，他满怀激情地赞扬了我国古代女子的优良品德、杰出才能和刚毅性格，但同时也写了很多在男权社会中被侮辱与被损害的女性形象。

《史记·吕太后本纪》中的戚夫人就是一个典型，刘邦在世时得宠，可是刘邦死后就被吕后恶毒地残害，她是男权社会的附庸也是牺牲品。《红楼梦》中的尤二姐的命运和戚夫人如出一辙，她们都没有办法主宰自己的命运，只能任人摆布，最终只落得悲惨的结局。

《史记》中还有很多此类女性形象，比如《汉武帝本纪》中的钩弋夫人，汉武帝为防止女主乱政，立子杀母，钩弋夫人便成为无辜的牺牲品。《红楼梦》中的香菱、迎春等形象都是此类。

六、依附于男性恃宠而骄的女性形象

《史记》中还揭露了一些贵妇人贪婪的本性和荒淫无耻的行径。她们恃宠而骄，不顾大义，比如《晋世家》中的晋献公的宠姬骊姬，为了让自己的儿子继承王位，凭着自己得宠在晋献公跟前假言陷害申生，逼走重耳。比如《屈原列传》中的南后郑秀，因为一己私利而不顾国家大义，在楚怀王耳边进谗，最终使屈原被怀王疏远放逐，齐楚之盟被破坏，楚国被秦所灭。《红楼梦》是女性的赞歌，但是其中也有一些反面的女性形象，比如赵姨娘，为了争取自己的私利而不惜手段谋害凤姐和贾宝玉。

通过以上论证，笔者对《史记》和《红楼梦》中的女性形象依照其个性特征和人生际遇的不同进行分类比照，发现《红楼梦》中的女性形象和《史记》中的女性形象有密切关联。《史记》和《红楼梦》是中国文学史上描写人物成就最高的两部作品。作为我国最早的纪传体文本，《史记》记载了形形色色的女性形象，这对《红楼梦》女性塑造有一定的原型意义，曹雪芹继承并发展了司马迁的女性观，吸收了《史记》女性描写的艺术手法。从某种程度上来说，《史记》中形形色色的女性形象塑造对《红楼梦》的女性人物形象的塑造具有一定的影响。

第六章 《红楼梦》对《史记》爱奇思想的接受

刘勰在《文心雕龙·史传》中也说司马迁"爱奇反经之尤"。《史记》虽是史学著作，却具有"戴着镣铐跳舞"的特点，表现出浓郁的爱奇思想倾向。

司马迁爱奇反经的思想使《史记》在内容方面充满传奇色彩；在结构方面严整有序，能够立体化地再现历史；在创作实践中，能够突破传统，"成一家之言"。《史记》的爱奇思想倾向对《红楼梦》的创作也产生了深远影响。清人张新之《红楼梦读法》说："《石头记》窃众书而敷衍之是奇传。"由此可见，《史记》和《红楼梦》都具有爱"奇"倾向和传"奇"色彩。曹雪芹继承了司马迁的尚奇精神，使《红楼梦》也充满了传奇色彩。

第一节 内容上的爱奇倾向

中华民族是一个理性觉醒较早的民族，早在上古时期就有记史的传统。由于儒家"不语怪力乱神"思想的影响，神话被历史学家历史化，比如《太平御览》卷七九引《尸子》：子贡云："古者黄帝四面，信乎？"孔子曰："黄帝取合己者四人，使治四方，不计而耦，不约而成，此之谓四面。”这是一个典型的神话历史化的案例，神话历史化对中国文学产生了重要影响，当代学者董乃斌说：

> 神话历史化进程不但直接导致了中国神话原始材料的短缺，而且间接地阻抑了艺术想象力在叙事文学中的发展，而受到压抑的艺术想象力则一方面向诗的领域撤退，从而造成中国古代抒情诗的发达，另一方面又向历史写作活动中渗透，结果便造成中国古史著作异常浓郁的文学色彩，造成了众所周知的文史不分家的现象。中国古史是我们古代叙事文学的真正渊薮，中国古代的叙事艺术才能最集中地表现于古史之中。①

神话历史化使中国古代的历史散文既具有历史的真实性，也具有浓郁的文学性。《史记》的文学色彩也体现在它具有一定的传奇色彩和神秘性，表现了司马迁爱奇的思想倾向。

李长之认为司马迁“疏荡有奇气”，《史记》虽为信史，却体现出浓郁的传奇色彩，这与《史记》中记载了大量的神话传说、梦兆预言、奇闻异事有关。司马迁通过神话历史化的方式，去其不经之谈，保留了能够反映历史本质的神话成分，较为可信和完整地勾勒出远古先民的社会生活历史，同时也通过历史神话化的方式使真实的历史人物充满传奇色彩。吴见思《史记论文》中说：“借轶事出色，是史公长伎。”《史记》中关于“奇人”“奇事”的记载，使其在内容方面有鲜明的爱奇倾向。因为司马迁具有爱奇的思想倾向，所以注重人物事迹的特异性，注重叙事情节的曲折性等，“司马迁的爱奇倾向及其所造成的《史记》艺术表现上的根

①董乃斌：《论中国叙事文学的演变轨迹》，《文学遗产》1987年第5期。

本特色，对中国叙事文学的发展留下了重大而深远的影响。”①

一、传奇人于千秋

司马迁对处于弱者地位而富有反抗精神、在与强者斗争中显出刚烈气节的人物多用笔墨，“传畸人于千秋”。《史记》里的爱“奇”的表现，是司马迁对奇伟倜傥之人的著录，是对奇崛卓特之事的记叙，《史记》中写了很多奇士、奇才，体现了司马迁“爱奇”的特征。

1. 所传人物之“奇”

扬雄在《法言·君子篇》中说：“仲尼多爱，爱义也；子长多爱，爱奇也。”《史记》记载了上至黄帝，下到汉武帝时期三千余年的历史，在这段漫长的历史长河中，历史人物可谓数不胜数。司马迁认为“古者富贵而名磨灭，不可胜记，唯倜傥非常之人称焉”(《报任安书》)，在选择历史人物入传时，司马迁除了给具有一定社会地位的人物立传，如历代帝王将相、王侯贵族；还把对历史前进和社会发展有重要影响的历史人物载入史册，使“扶义俶傥，不令己失时，立功名于天下”的非常之人能够留名千古，如英风烈烈的荆轲，如舍身救孤的程婴和公孙杵臼等。

《史记》之前的史书，主要以社会上层的政治中心人物为撰写对象，《史记》打破这一传统，除了帝王将相等在历史发展进程中有重要作用的人物之外，司马迁还为身处社会下层、身份卑微的游侠、刺客、商人等人物立传，并肯定和赞美他们的优点：如游侠具有“言必行，行必果，重义气”的品行特征；刺客能够“不欺其志，名垂后世”；商人虽重利轻

①刘振东：《论司马迁之“爱奇”》，《文学评论》1984年第4期。

义，但却推动了社会经济的发展。此外《史记》所传人物中还有一类值得注意的群体就是女性人物，中国古代男权社会的背景下，女性一般不被重视，在正统史书中除了点缀外很少有专门立传的，《史记》中却传录了如吕太后、缇萦、卓文君等一批光辉的女性形象。

《史记》之前的史书内容主要以政治事件为中心，《史记》内容涉及社会发展的方方面面：政治制度、经济发展、民族问题、文学创作……可谓包罗万象，立体化再现了汉武帝及以前的社会发展情况。由此可见，司马迁在著史过程中，能够打破阶级局限，突破传统，“传奇人于千秋”，体现了《史记》在内容方面的爱奇倾向。

《史记》为奇人立传的写法对《红楼梦》的创作也有直接的影响。《红楼梦》第五回贾宝玉梦游太虚幻境时，宝玉问警幻仙子：“常听人说，金陵极大，怎么只十二个女子？如今单我们家里，上上下下就有几百个女孩儿。”警幻微笑道：“一省女子固多，不过择其紧要者录之。两边二橱则又次之，余者庸常之辈便无册可录了。”①由此可见，曹雪芹在选人物入传时，也是选择那些有代表性的非庸常之类的“奇人”。

《红楼梦》中最具有传奇色彩的“奇人”形象是贾宝玉，小说在开篇便叙述了大荒山无稽崖青埂峰下化身贾宝玉的顽石神奇的经历，这个幻形入世的顽石既通了灵性，灵秀无人能及，同时又“行为偏僻性乖张”。这个被贾雨村誉为“正邪两赋”的人物，“其聪俊灵秀之气，则在万万人之上；其乖僻邪谬不近人情之态，又在万万人之下”②。作为贾府最有希望的继承人，贾宝玉不仅形容俊美，而且最具有其祖父风范，所以深得贾母疼爱；但是他却不喜仕途经济，不爱读书，所以又深受其父贾政

①曹雪芹、高鹗：《红楼梦》，人民文学出版社1992年版，第56页。

②曹雪芹、高鹗：《红楼梦》，人民文学出版社1992年版，第45页。

之嫌恶。他身在仕宦之家，整日和姐妹们厮混在一处，但却有一颗赤子之心。他并没有像贾府中的其他纨绔子弟一般，沉迷于酒色玩乐，他对身边的女性充满怜爱和同情之心，他用心感受她们生命中的静美纯洁与悲剧命运，在这种美好与痛苦的体验中感悟人生，在历尽富贵繁华和人情冷暖之后最终看破红尘。

2. 所传人物命运之“奇”(jī)

《史记》中的很多奇人才能奇，但命运也“奇”(jī)。如“力拔山兮气盖世”的西楚霸王项羽，当日率八千江东子弟抗秦之暴政，一生身被七十余战，几乎未败过，一路辉煌成为霸王，但是最终却身死东城，岂不悲哉！如《屈原贾生列传》中的贾谊，他年少时就才华出众，但是却一生不得志，最终郁郁而终，正如李商隐诗中所言“贾生年少虚垂涕”。屈原博闻强识，满怀爱国热情，但是不免“信而见疑，忠而被谤”，被两次流放，最终投汨罗江而亡。又如《李将军列传》中，李广骁勇善战，天下无双，但是却“不遇时”，遭遇坎坷，最终被迫自杀。这类奇人都在某一方面有出色的才能，但是最终都命运不济，结局悲惨。《史记》中大量奇人“奇”(jī)运的记载，使《史记》充满了浓厚的悲剧色彩。

这种传写奇人命运之奇的手法，在《红楼梦》中也有所继承。《红楼梦》中记载了形形色色的奇人形象，但大多命运也“奇”(jī)。聪颖过人而又偏僻乖张的贾宝玉，在历尽富贵繁华看遍世态炎凉之后，终究看破红尘遁入空门。钟灵毓秀而又多情敏感的林黛玉，尽管才华出众，但是却寄人篱下、孤独无依，最终成为这个封建大家庭婚姻制度的牺牲品。温柔敦厚而又冷艳动人的薛宝钗，端庄大方、处事得体，但最终也只能“金钗雪里埋”。本是千金之躯美丽聪颖的甄英莲，经历了被拐、被卖、被欺凌的坎坷一生……这些非庸常之辈的奇人最终的命运充满了悲剧色彩。

综上所述，《史记》在内容上的爱奇倾向也体现在记载了形形色色的奇人方面。一方面奇人体现了司马迁作意好奇，使对历史发展和社会进步有重要影响的人留名史册；另一方面奇人也体现了人物命运之“奇”(ji)。《史记》“传奇人于千秋”的写人艺术对《红楼梦》人物描写产生了重要影响。

二、叙事的传“奇”色彩

《史记》作为史传文学的代表，通过一系列历史人物的形象再现，表现历史发展的进程。史传文学具有“载着镣铐跳舞”的特点：一方面必须以真人真事为依据，不能随意虚构；另一方面，在描写历史人物历史事件时，也可以有合理的想象。这虽于严肃的历史无补，但却大大增强了生动性和可读性，以奇逸传说、预兆预言入史，增加了《史记》的传奇色彩，也是司马迁爱奇思想的重要体现。《史记》叙事的传“奇”手法对《红楼梦》也产生了重要影响，使《红楼梦》作为一部现实主义作品同时具有浓郁的浪漫主义色彩。

1. 神异传说的记载

把神话和历史糅合在一起的现象，在《尚书》中就开始使用，这与上古时期巫神文化的影响有关。到了《左传》中，仍有把神话当作信史的倾向；反映战国后期社会历史现象的《战国策》中就绝少神话了；到了西汉时期，司马迁在《史记》中对古代神话传说材料有选择地采入，摒弃怪诞不经之说，采纳能够反映历史本质的真实的神话入史，使《史记》既不失其真，又充满了浪漫主义色彩。

司马迁在记录历史时融合了一些神话故事和民间传说：《殷本纪》

中描写了殷之始祖契是其母简狄吞玄鸟卵而生；《周本纪》中描写了姜嫄履巨人迹而后生下周族始祖后稷；《高祖本纪》中描写了刘媪遇龙受孕而生刘邦……这些传说充满了神秘色彩，使不同时期的始祖蒙上了一层神秘色彩。这不仅是中国古代天人感应、君权神授思想的体现，同时也是司马迁爱奇思想的表现。

又如《赵世家》里载赵氏来由一段充满浪漫主义色彩：

> (赵之先祖)造父幸于周缪王。造父取骥之乘匹，与桃林盗骊、骅骝、绿耳，献之缪王。缪王使造父御，西巡狩，见西王母，乐之忘归。而徐偃王反，缪王日驰千里马，攻徐偃王，大破之。乃赐造父以赵城，由此为赵氏。①

《史记·留侯世家》中记载了张良遇黄石公的故事，也充满了传奇色彩：

> 良尝间从容步游下邳圯上，有一老父，衣褐，至良所，直堕其履圯下，顾谓良曰："孺子，下取履！"良鄂然，欲殴之。为其老，强忍，下取履。父曰："履我！"良业为取履，因长跪履之。父以足受，笑而去。良殊大惊，随目之。父去里所，复还，曰："孺子可教矣。后五日平明，与我会此。"良因怪之，跪曰："诺。"五日平明，良往。父已先在，怒曰："与老人期，后，何也？"去，曰："后五日早会。"五日鸡鸣，良往，父又先在，复怒曰："后，何也？"去，曰："后五日复早来。"五日，良夜未半往。有顷，父亦来，喜曰："当如是。"出一编书，曰："读此则为王者师矣。后十

①司马迁：《史记》，韩兆琦评注，岳麓书社2011年版，第661页。

年兴。十三年孺子见我济北，谷城山下黄石即我矣。”遂去，无他言，不复见。旦日视其书，乃《太公兵法》也。良因异之，常习诵读之。①

这样的传奇之笔既使人物传记内容生动，又为后文张良深谋远虑、精于兵法的才干与行为特征埋下了伏笔。《史记》中把神话故事和民间传说融入史书中叙事的例子还有很多，充分体现了司马迁的爱奇思想。

《红楼梦》在创作上继承了《史记》的爱奇思想倾向，作者也善于将神话传说与传奇故事融入小说的叙事中，这使整部小说充满传奇色彩。《红楼梦》一开篇就是一个神话故事，从中国古代神话传说中女娲补天炼石的神话写起，又创造性地衍生出无才可去补苍天的顽石头的故事，构织了神瑛侍者与绛珠仙草灌溉还泪的神话传说，使这部小说从一开始便充满了神秘的浪漫主义色彩。

2. 梦兆异警的传奇作用

在叙事方面，除了神话传说、奇闻异事外，《史记》中常用梦兆预言、灾异示警等方法预叙事件的发展或人物的命运，这也体现了司马迁爱奇的思想倾向。

以梦来预兆事情的发展是《史记》常用的手法，比如：《外戚世家》中薄太后梦黄龙，隐喻后来汉文帝继位；《赵世家》中记载屠岸贾想要诛杀赵氏，赵盾梦见其先祖叔带“持要而哭，甚悲；已而笑，拊手且歌”。预兆了赵氏家族“绝而后好”的命运。《史记》以梦预兆的预叙手法在《红楼梦》中得到长足发展，《红楼梦》中大量的梦境具有预兆作用，最有代表性的就是“贾宝玉梦游太虚幻境”，通过“金陵十二钗”的卷册

①司马迁：《史记》，韩兆琦评注，岳麓书社2011年版，第851页。

隐喻了书中重要女性的命运结局。

以灾异示警的方法或是隐喻事件的发展，或是隐约表达作者的主观态度，这也是《史记》爱奇思想的表现。如在十二本纪中，司马迁记载了许多天象变异、自然灾异，这大多与统治者的政治举措有关，隐喻了天人感应的思想。《红楼梦》也继承了这种灾异示警的方法，表现出传奇色彩。如第七十五回“开夜宴异兆发悲音”中，借宁公之叹预示了贾府的衰亡。

《史记》作为史传文学，司马迁作意好奇使作品充满了浪漫主义色彩，读来生动精彩。《红楼梦》作为一部小说本身就具有虚构色彩，所以《红楼梦》叙事自然有爱奇倾向。《红楼梦》和《史记》的传奇色彩同样是作者“爱奇”思想的体现，这使作品具有更加浓厚的文学性和浪漫主义色彩。

第二节　宏大奇伟的结构之“奇”

《史记》是一部宏伟巨著，全书一百三十篇，五十二万余字，时间跨度上下三千年，人物数量繁多，身份复杂。司马迁以才子之笔容千年历史和数众人物于一书，体现了非凡的叙事能力，同时也体现了《史记》宏伟奇特的结构特点。

一、宏观：宏伟奇特的立体结构

《史记》全书一百三十篇，分为五种体例：本纪、世家、列传、表、书。这五体构成一个宏大的整体系统。十二本纪、三十世家、七十列传以传人为主，上至帝王，再到王公大臣，下到普通的士阶层，甚至平民、游侠、刺客……组成金字塔式的结构，通过不同阶层的人物再现了立体化的历史进程。表从纵向的时间方向描写了历史断面，将三体的内容综合起来，勾勒出一个时期的历史总貌。书是对不同时期政治、文化、经济等状况的再现，与表、三体在内容结构上形成一个纵横交错的立体结构，将三千余年的历史进程、将数以千计的历史人物、将错综复杂的时代背景融为一体，生动再现了从黄帝时期到汉武帝时期的历史发展进程。

《史记》宏伟奇特的立体结构使《红楼梦》一书受到了启发和影响。纵向来看，《红楼梦》作者按照记史传统以时间为序记载了贾府由盛而衰的过程。解弢说《红楼梦》："作者处处设奇，则又嫌其不近情理，此乃作书最困难之境。然能者故意设奇，而复能使之入情入理，令阅者不见斧凿之痕，则天衣无缝矣。"①横向而言，《红楼梦》演绎了形形色色的悲剧人物的命运。在具体的结构安排上，作者开篇先以石头下凡游历的故事总叙其事；再以宝玉梦游太虚幻境暗喻众人物的命运结局；然后再娓娓道来，一一细说。这正如《史记》先以十二本纪总说时代变故；再继以三十世家进一步说明；再以七十列传从各个阶层说明历史发展变迁的过程。如此三番，使读者对这部内容庞杂的大作品在结构上能够有一个清晰的认识。

二、微观：人物命运的完整展现

《史记》塑造了一大批形象生动的历史人物形象，司马迁描写人物

①解弢：《小说话》，见朱一玄主编《红楼梦资料汇编》，南开大学出版社2012年版，第871页。

的方法和独特风格，为后世的文学创作提供了宝贵的经验，具有一定的借鉴意义。《史记》以人物为中心的纪传体形式，给后世小说的创作以极大启发，或是以传、记名篇，或是以传记的形式进行创作。

《红楼梦》一书本命为《石头记》，从题名看明显受到《史记》传记的影响，是石头的传记，为“石头”立传。从形式写法上看，《红楼梦》也受到《史记》的影响，作为纪传体文学的代表作，《史记》以人物为中心记史，以一篇篇传记生动再现了诸多历史人物的命运。《红楼梦》虽然是长篇小说，不像《史记》分章著述，但作品中主要人物的命运也像《史记》一样，完整地展现出来。《史记》作为纪传体史书，在撰写体例上是独立的传记篇章，《史记》传记类别有单传、合传、类传、附传，《红楼梦》是一百二十回共成一传，每一个人物的传记在这个大合传中依次上演，展现人物完整的历史命运，虽不同于《史记》单篇独立为人物立传，但也不脱离纪传体的模式，深受太史公纪传体笔法的影响。

总而言之，《史记》是一部奇书，《红楼梦》也是一部奇书。他们在结构方面既宏大有序，在广阔的时空背景下层次清晰、有条不紊地描述事件的发展；又能见微知著，细腻展现人物的命运结局。因此在结构方面也显著体现了“爱奇”的艺术倾向。

第三节　爱奇反经的思想之“奇”

宋代文学家张耒在《司马迁论》中说：“司马迁尚气好侠，有战国豪士之余风。”认为司马迁性格中具有战国时期侠士风格。当代学者可永雪认为司马迁是一个重感情、讲气节的人，同时又具有浓重的诗人气质、具有丰富的想象力。通过以上评价可知，司马迁的个性中本就带有爱奇倾向。

作为没落贵族出身的曹雪芹，其生前也并非声名显赫的大文学家，所以关于他的生平资料留存下来的并不多，后世也只能通过一些零散的资料了解其人。据《红楼梦》旧本批语："曹雪芹为楝亭之子，世家，通文墨，不得志，遂放浪形骸，杂优伶中，时演剧以为乐。"由此可知其世家的出身、不得志的遭际和放荡不羁的个性。曹雪芹生前的好友敦诚在《寄怀曹雪芹》中写道："爱君诗笔有才气，直追昌谷破篱樊。"从此诗中可知其出众的才华与爱奇的个性精神。

通过以上评论与分析可以看出，司马迁和曹雪芹都是既有才识又富浪漫精神的作家，类似的个性特征使其在创作思想方面都有爱奇的倾向。曹雪芹接受了司马迁的尚奇精神，在《红楼梦》中表现出"作意好奇"的创作倾向。

一、寄意抒怀、发愤抒情

高尔基曾说"在伟大的艺术家们的身上，现实主义和浪漫主义时常好像是结合在一起的。"①《史记》作为史传，从外在表现来看具有信使的特征，所记载的人物事件必须符合历史真实，语言措辞也必须是严谨的；虽是一部信使，从内在精神《史记》却有着非常浓郁的传奇色彩，汉代扬雄《法言·君子篇》中说："多爱不忍，子长也。仲尼多爱爱义也；子长多爱爱奇也。"刘勰在《文心雕龙．史传》中也说司马迁"爱奇反经之尤"。由此可见，《史记》虽是史学著作，却具有"戴着镣铐跳舞"的

①高尔基：《我怎样学习写作》，读书出版社1945年版，第8页。

特点，表现出浓郁的爱奇思想倾向。

浦安迪认为："明清长篇章回小说是当时文人精致文化的伟大代表，是明清之际的思想史发展在艺苑里的投下的一个影子，是以王阳明为代表的心学潜移默化地渗入文坛而创造出的崭新虚构文体。它前承《史记》，后启来者，把中国叙事文体发展到虚构化的巅峰境界。"①可见明清小说不仅继承前代叙事文学的艺术手法，对其思想内质也有所传承。

《史记》和《红楼梦》爱奇的表现同时也寄托了作家的个人理想。鲁迅先生在《汉文学史纲要》中说司马迁"感身世之戮辱，传畸人于千秋"②。"发愤著书，意旨自激，恨为弄臣，寄心楮墨，感身世之戮辱，传畸人于千秋。"③这里道出了司马迁"爱奇"的本质原因。清人戚蓼生《石头记序》中称此书为"稗官野史中之盲左、腐迁乎！"④由此可见，《红楼梦》与《史记》一样是寄意抒怀、发愤抒情之作。

清代二知道人《〈红楼梦〉说梦》中道："盲左、班、马之书，实事传神也；雪芹之书，虚事传神也。"⑤《红楼梦》与《史记》同为寄意抒怀、发愤抒情之作，其不同在于：《史记》是史学著作，为"实事传神"，司马迁借历史中真实的人物或事件发愤以抒情。这一点司马迁在《报任安书》中道出了他创作史记的动机："孔子厄于陈蔡，后有《春秋》著成；左丘虽失明，却撰写了《国语》留名千古；屈原被放逐疏远，发愤而成《离骚》……纵观古代先贤，他们在人生不济之时发愤著书，得以留名

①浦安迪：《中国叙事学》，北京大学出版社2012年版，第29页。

②鲁迅：《汉文学史纲要》，上海古籍出版社2005年版，第73页。

③鲁迅：《汉文学史纲要》，上海古籍出版社2005年版，第130页。

④戚蓼生：《石头记序》，见朱一玄主编《红楼梦资料汇编》，南开大学出版社2012年版，第561页。

⑤冯其庸：《重校八家评批红楼梦》，江西教育出版社2000年版，第156页。

千古。”司马迁从这些历史人物身上看到了生命的更大价值，他发愤而著书，作为史官，在修史的同时借历史人物发愤抒情，借他人之酒杯浇胸中之块垒。虽为史学著作，《史记》却是“无韵之《离骚》”，这不仅体现了《史记》高超的文学价值，同时也说明司马迁和屈原一样，都在借文学创作发愤以抒情。

《红楼梦》是一部小说，为“虚事传神”，曹雪芹借小说中虚构的人物和故事表达个人情感。曹雪芹生前好友敦敏在《题序圃画石》诗中道：“醉余奋扫如椽笔，写出胸中块垒时。”从诗中可知，曹雪芹虽然有才华，但作为没落的贵族文人，其胸怀抱负无法施展，因此借文学创作来抒发愤懑之情。这同司马迁寄意抒怀、发愤抒情的创作方法是一脉相承的。

无论司马迁或是曹雪芹，其寄意抒怀、发愤抒情的爱奇思想都与作家所处的时代背景和个人生平遭际有直接关联。司马迁处在大汉盛世，作为太史令他本有雄心抱负，想要继孔子《春秋》之后再著一部伟大的史书润色宏业，但是李陵之祸改变了他的命运，也改变了他的思想。于是司马迁发愤抒情，《史记》中很多历史人物形象的塑造都寄托了司马迁个人的情感因素。“传畸人于千秋”，以此达到立言不朽。同样的人生体验在曹雪芹身上也有所体现，他亲身经历了家族的衰落，目睹了人情冷暖，于是把个人的情感和人生体验融入《红楼梦》的创作中。曹雪芹借“无才补天”的顽石幻形入世，经历了从富贵繁华到家破人亡的遭际，寄托了个人的人生体验，具有深厚的思想内涵。

二、对传统的突破

除了这些带有神秘色彩的情节外，司马迁“爱奇”的表现还在于他

“奇”的思想，他以史学家的严谨态度公正地记录历史，不以成败论英雄；不为尊者讳、不为长者讳、不为贤者讳；也不只是为帝王将相等重要历史人物立传，还为刺客、商人、游侠等社会底层人物著书立传，突破了传统的史学观念，反映了司马迁一定的民主思想和反传统的观念。紫琅山人在《妙复轩评石头记序》言：“盖反不经而为经，则经正而邪灭，而因以挽天下后世文人学士之心于狂澜之既倒，功不在昌黎下。呜呼！游说滑稽，太史公弗去也，先生之志，将毋同。”①清人张新之《红楼梦读法》说：“《周易》《学》《庸》是正传，《石头记》窃众书而敷衍之是奇传，故云：‘倩谁记去作奇传’。”②由此可见，《史记》和《红楼梦》都具有传“奇”色彩。

1.“传畸人于千秋”的爱奇审美观

刘勰《文心雕龙·史传》中称司马迁“爱奇反经之尤”，强调了他不同于正统史学家的创作观念。爱奇使司马迁在历史人物的选择上不同于传统，他“扶义俶傥，不令己失时，立功名于天下，作七十列传”，司马迁认为“古者富贵而名磨灭，不可胜计，唯俶傥非常之人称焉”，因此以满腔热情叙写了历史上形形色色的有重要历史作用的人物。司马迁在选择历史人物时突破了传统，不以人物的地位、出身为主要标准，而重在人物的历史作用。因此在记录帝王之事的本纪里为吕太后立传，为项羽作纪；记录诸侯将相的世家里为孔子立传，为陈涉立传；在列传里为商人立传，为游侠列传。在司马迁笔下，只要作出重要贡献，表现出奇伟英姿的历史人物，无论帝王将相还是货殖游侠，都是他要传于千秋

①紫琅山人：《妙复轩评石头记序》，见朱一玄主编《红楼梦资料汇编》，南开大学出版社2012年版，第706页。

②张新之：《红楼梦读法》，见朱一玄主编《红楼梦资料汇编》，南开大学出版社2012年版，第701页。

的人物。

《史记》在描写人物时这种反传统价值观的表现，在《红楼梦》中也有突出表现。《红楼梦》塑造人物突破了传统小说中好人全好、坏人全坏的写法和传统的道德观念。曹雪芹在《红楼梦》中塑造了一群非仁人君子也非大凶大恶，聪俊灵秀又乖僻邪谬的奇人形象。贾宝玉是曹雪芹笔下具有代表性的“奇人”形象，作者在第二回通过贾雨村之口道出贾宝玉这个被众人认为是“酒色之徒”的人，具有“正邪两赋”的人物，“其聪俊灵秀之气，则在万万人之上；其乖僻邪谬不近人情之态，又在万万人之下”。“若非多读书识事，加以致知格物之功，悟道参玄之力，不能知也。”①他是贾家最有希望的继承人，但却“潦倒不通世务，愚顽怕读文章。行为偏僻性乖张”，终是“于国于家无望”。除此之外还有聪明灵秀但又性格怪僻的林黛玉、贪婪狠毒但又精明能干的王熙凤、聪明美丽但又率真豁达的史湘云、性格怪僻高洁的女尼妙玉等，都是作者笔下的奇人形象，他们不是封建伦理道德规范下的正人君子，但作者对他们进行了热情的赞美，也反映了曹雪芹一定的民主思想和反传统的观念。

2. 对传统写法的突破

班固《汉书·司马迁传》中说：“(司马迁)善序事理，辩而不华，质而不俚，其文直，其事核，不虚美，不隐恶，故谓之实录。”②此言道出司马迁撰写《史记》的实录精神。

在《史记》中，司马迁突破了“为尊者讳、为长者讳、为贤者讳”的著史传统，不以其所传之人为尊者而“虚美”，不以其所传之人为贤者而“隐其恶”，采取实录的笔法客观真实再现了历史人物的形象。如《高

①曹雪芹、高鹗：《红楼梦》，人民文学出版社1992年版，第45页。

②班固：《汉书》，中华书局2007年版，第89页。

祖本纪》中即以刘媪梦龙、斩杀白蛇等传奇的笔法写了刘邦之圣，同时也不避讳其在逃亡途中几次把亲生骨肉推下车的卑下行为。如《李将军列传》中，司马迁满腔热情地颂扬了李广的骁勇善战、爱军如子，也满怀悲情地描写了其不遇时的“数奇(jī)”的悲剧命运；但是司马迁也不隐晦李将军斩杀霸陵尉的狭隘心胸。

司马迁“不虚美，不隐恶”的实录笔法也为曹雪芹所继承。鲁迅先生说《红楼梦》打破了传统的思想和写法，在传统的小说创作中，作者往往把主观情感和理想人格诉之于主人公，呈现出类型化特征，《红楼梦》突破了传统小说类型化、扁平化的人物塑造方法，使人物立体化、生动化，更接近现实中的真实的人。好人不是全好，其身上也有显著的缺点，如林黛玉虽然聪明灵秀但又敏感多病，史湘云虽然率真豁达但又偏偏是个咬舌。坏人不是全坏，其身上也有好的一面：如王熙凤虽然贪婪狠毒但又精明能干，甚至连人见人嫌的赵姨娘，在探春远嫁时也表现了十足的母性，这种实录的写法使作品中的人物形象更加接近现实，栩栩如生。

鲁迅先生说：“自有《红楼梦》出来以后，传统的思想和写法都打破了。——它那文章的旖旎和缠绵，倒是还在其次的事。”把《红楼梦》放在中国古典小说发展的长河里来看，它有一定的独创性，打破了“传统思想和写法”，不同于“私定终身后花园，才子落难中状元”的才子佳人剧的旧套，而是另辟蹊径，独创一格，在小说开头便对千部共出一套的才子佳人书进行批评。红楼梦虽然也有强烈的浪漫主义色彩，但是以现实主义的笔端创作，所反映的社会现象、所写的事、所写的人，都具有“真实性”。这是《红楼梦》独特的地方，也是对传统思想和写法的打破。因此可以说《红楼梦》是一部具有创新性的独特的小说。

3. 对传统观念的突破

司马迁作为一个史官，在遵从历史真实的基础上，又突破了一些传统的观念，通过对三千余年历史的记载，探究人在历史发展过程中的作用和地位，形成自己独特的历史观。《史记》的撰写表达其“究天人之际，通古今之变，成一家之言”的创作目的。

刘勰称司马迁“爱奇反经之尤”，其“爱奇反经”的思想体现在多方面。从传记的人物身份来看，《史记》不只是为帝王将相等对历史发展有重要推动作用的人物立传，还为一些社会底层人物著书立传，如刺客、商人、游侠等，这些人物身份虽然卑微，但是对社会发展却有一定的作用，所以司马迁把他们也纳入史书中。这反映了司马迁一定的民主思想和反传统的观念，同时也体现了作者一定的批判精神。游侠、刺客、商人等出身低贱下层人物，这些人在以往的史书著作中是没有一席之地的，但是司马迁却为他们立传著述，使其留名千古。《游侠列传》中司马迁并不只是停留在人们对游侠“武以乱纪”的传统认识上，而是对游侠讲信用、重义气的品质特征予以肯定。在《刺客列传》中，司马迁对聂政、荆轲等壮士也是大加赞赏，对他们忠义、舍生取义的精神予以赞美。在《货殖列传》中，司马迁看到了商人对社会发展有价值的一面，并对其加以肯定。这种思想与写法可谓“奇”。

司马迁打破了儒家的“中庸之道”和“温柔敦厚”的思想准则，他表达出仁人志士的怨愤与抗争，赞美信而见疑、忠而被谤的屈原，肯定坚毅刚戾的吕后等。

此外，《史记》中还写了历史上的女性形象，她们或是离经叛道敢于追求自我，比如《司马相如列传》中不顾礼法为爱私奔的卓文君；或是勇敢刚烈、不输男子，如勇于替父开罪的缇萦。这些女性形象出现在正统史书中，并且被肯定赞美，都体现了司马迁“爱奇”的思想倾向。

《史记》在描写人物时这种反传统价值观的表现，在《红楼梦》中也有突出表现。《红楼梦》也突破了中国文学以男性为主的传统写法，为众多女性立传，并且打破阶级局限，为形形色色、各个阶层的女性立传。

《红楼梦》以前，中国文学的创作内容的主体是男性，女性多为陪衬，这与封建社会男权主义思想有关。《红楼梦》一书打破传统观念，以女性为主要写作对象，全书以“金陵十二钗”为中心人物：聪明灵秀林黛玉、德才兼备的薛宝钗、精明能干的王熙凤、率真豁达的史湘云、孤傲高洁的妙玉……由此可见，《红楼梦》是一部女性的赞歌。

除此之外，《红楼梦》也突破了阶级局限，塑造了形形色色的下层女性形象，并对其进行赞美讴歌。温柔贤惠的袭人、美丽灵巧的晴雯、性格刚烈的司棋、贞烈高洁的鸳鸯等，这些都是作者笔下的奇人形象，在封建男权社会的背景下，她们不是封建伦理道德规范下的正人君子，也不是大家闺秀，她们是地位卑微的婢女，但是在《红楼梦》中，作者热情赞美了她们：她们的美丽、她们的善良、她们的贤惠、她们的刚烈……这也是曹雪芹民主思想和反传统的观念的表现。

综上所述，《史记》无论在内容、结构、作家的创作思想方面都表现出鲜明的爱奇倾向，《史记》奇人、奇事、奇构、奇思的爱奇表现对《红楼梦》的创作产生了重要影响，使《红楼梦》在创作中受其沾溉，也表现出鲜明的爱奇倾向。

三、爱奇反经的思想内涵

《史记》和《红楼梦》爱奇的表现同时也寄托了作家的个人理想，爱奇与作家所处的时代和个人的不幸遭遇有很大关系。司马迁本有建功立业的雄心壮志，但是李陵之祸使他的愿望破灭，个人的悲剧性际遇使司马迁对历史上那些悲剧英雄人物格外关注，他抱着“传畸人于千秋”的目的进行创作，以此达到不朽。所以《史记》中很多历史人物形象的塑造都寄托了司马迁个人的情感因素。曹雪芹亲身经历了曹家的衰落、生活的突变与世态炎凉，他把个人的情感和人生体验融入《红楼梦》的创作中。作者借“无才补天，幻形入世”的石头和“半世亲睹亲闻的这几个女子”寄托个人理想，使这部作品有深厚的思想内涵。

《红楼梦》具有一定的反传统思想，这与曹雪芹的个性特征、生平经历有关，从其友人的诗中可见，他博学多识，具有狂士之气。在《红楼梦》中，也表现了他对历史上个性张扬、狂放不羁之人的认同。小说第二回借贾雨村之口所论的“正邪两赋”之人，不仅是对顽石秉性和宝玉个性的概括，也是个人思想言行的写照(至少是他认同的)。这与正统的儒家文化不同，不是对温柔敦厚的肯定，而是对个性张扬的赞美。

除此之外，反传统也与曹雪芹的个人经历有关。关于曹雪芹个人的历史资料并不多，但是从考证的相关资料来看，曹雪芹一生“生于繁华，终于沦落”，家族的变故使得他的人生前后两个时期反差极大。小说中明显的反传统色彩，更多的是一种不满情绪的宣泄，是“醉余愤扫如椽笔，写出胸中块垒时”的发愤抒情之作。

小说开篇说“一技无成，半生潦倒……”带有对家族的极强的忏悔和反思，所以借“无才可去补苍天”的顽石抒写出胸中愤懑。

《红楼梦》的反传统与明清时期的思想文化背景也有密切关系。晚明时期王阳明、李贽等人提倡的心学思想，极大冲击了儒家思想传统，“存天理，灭人欲”的樊笼渐渐被打破，对个性的张扬，对心性的解放，对人欲的肯定，也成为文学创作的重要主题。《红楼梦》的创作正是在这一前提下进行，张扬个性，追求真情也成为作品中思想的重要体现。

综上所述，《史记》虽然作为一部史传作品，表现出浓郁的爱奇思想倾向：在内容方面，奇人奇事的传录使《史记》充满浪漫主义色彩。在结构方面，奇特的著史方式体现了司马迁的过人才情；在思想方面，突破传统的观念又是作者奇伟思想的体现。《史记》奇人、奇事、奇构、奇思的爱奇表现对《红楼梦》的创作产生了重要影响，使其在内容、结构、思想方面也体现出鲜明的爱奇倾向。

第七章 《红楼梦》对《史记》悲剧特征的接受

情感是作家创作的重要因素，“感人心者，莫先乎情”，作为一部以写人为主的纪传体史书，《史记》是一道历史悲剧人物的画廊。其所载悲剧人物之众、悲剧类型之多、悲剧艺术之高妙、作家的悲剧情感之深切，能够引发人们强烈的痛感、产生惊心动魄的感人力量，并对后世文学创作产生了深远影响。

王国维在《红楼梦评论》中说：

> 吾国人之精神，世间的也，乐天的也，故代表其精神之戏曲小说，无往而不着此乐天之色彩。始于悲者终于欢，始于离者终于合，始于困者终于亨，非是而欲餍阅者之心难矣。……《红楼梦》则不然。①

觚庵也认为：

> 人无不喜读《红楼梦》，然自《苦绛珠魂归离恨天》以下，无有忍读之者。人无不喜读《三国志》，然自《陨大星汉丞相归天》以下，无有愿读之者。解者曰：人情喜合恶离，喜顺恶逆，所以悲惨之历

①王国维：《红楼梦评论》，浙江古籍出版社2012年版，第12页。

史，每难卒读是已。①

由此可见，《红楼梦》与代表吾国人乐天精神的戏曲小说不同，具有浓厚的悲剧意识，与中国古典小说传统的精神实质不同，是一部“悲凉之雾遍披华林”之小说，是“与一切喜剧相反，彻头彻尾之悲剧也”。在悲剧艺术和悲剧精神等方面，《红楼梦》受到《史记》悲剧艺术的影响，一定程度上接受了《史记》的悲剧特征。

第一节　“寄心楮墨”的悲剧抒情特征

中国文学中文人以文学创作为依托抒发个人情怀的现象较为普遍，在司马迁之前，屈原在《离骚》里借香草美人象征自己高洁的品性，抒发政治理想；宋玉在《九辩》中借悲秋与美人迟暮表达士不遇的情怀。但这些作品多是以象征的、虚拟的意向寄寓作家的情感，司马迁把个人的悲剧遭遇和情感与《史记》中的历史人物结合起来，借历史悲剧人物抒发个人情感，借他人之酒杯浇胸中之块垒。《红楼梦》接受了《史记》的这种悲剧抒情特征，曹雪芹把个人情感和小说中的人物紧密结合，借文学作品中人物的遭际吐胸中之块垒。

一、作家类似的悲剧经历

司马迁和曹雪芹虽生是不同时期的作家，但是都有着坎坷的人生经

①郁庵：《郁庵漫笔》，见朱一玄《红楼梦资料汇编》，南开大学出版社2012年版，第863页。

历，他们在生活境遇方面的改变是其创作的重要动机。

司马迁生在汉武帝时期，这是汉王朝强大辉煌的时代，他生逢盛世，继任其父太史令之职，想要完成父亲遗志，继孔子《春秋》之后著撰一部伟大的史书，为大汉王朝润色宏业服务。但是李陵之祸改变了司马迁的命运，也改变了司马迁著述立传的创作目的。如果说李陵之祸前，司马迁著史是为了完成父亲的遗愿，为了实现一个史官的价值，为了给大汉盛世添彩；那么李陵之祸后，司马迁的人生、心态已经与前期迥乎不同了。司马迁以正直耿介之心为李陵辩护，却被下入蚕室处以“腐刑”，作为“刑余之人”，他的身心受到了重创。《报任安书》中，司马迁表达了自己内心的挣扎与痛苦，“人固有一死，或重于泰山，或轻于鸿毛”，耻辱的遭遇使他一度想以死了结，但是又有何价值呢？经历了一番思想斗争后，司马迁从古之圣贤身上领悟到生之意义，发愤著书立言不朽。

悲剧性的人生遭遇使作家对现实有了更深刻的认识，所著之作品才更深刻更感人，司马迁创作《史记》如此，曹雪芹创作《红楼梦》亦如此。关于曹雪芹的生平资料留存下来的并不多，“传闻作是书者，少习华膴，老而落魄，无衣食，寄食亲友家，每晚挑灯作此书，苦无纸，以日历纸背写书，未卒业而弃之，末十数卷他人续之耳。余曰：苟如是，是良可悲也！吾故曰其人有奇苦至郁者也。”①通过有限的资料可知，曹雪芹一生经历坎坷，曹家在曹雪芹的曾祖时期非常辉煌，曹雪芹早年过着优越的生活。后来随着政局的变化曹家败落，曹雪芹也由一个贵族公子转变为靠卖字画谋生的落魄文人。幼年南方的繁华生活在曹雪芹的记忆中留

---

①潘德舆：《金壶浪墨》，见朱一玄《红楼梦资料汇编》，南开大学出版社2012年版，第31页。

下了不可磨灭的印记。曹家被抄家后，“曹頫之京城家产人口及江省家产人口，俱奉旨赏给隋赫德(新任江宁织造)。后因隋赫德见曹寅之妻孀妇无力，不能度日，将赏伊之家产人口内，于京城崇文门外蒜头市口地方房十七间半，家仆三对，给予曹寅之妻孀妇度命。”①此后曹家家境日益败落落魄，沦落到“举家食粥酒常赊”“寒冬噎酸齑，雪夜围破毡”的境地。现实生活的变故使他亲身体会到世态炎凉，使他对人生有了更深刻的感悟，这种对人生的切肤体验是曹雪芹创作《红楼梦》思想基础。

曹雪芹晚年的生活非常艰苦，从友人的赠诗中可以看出他过着“举家食粥酒常赊”的生活，常常要“卖画钱来付酒家”。但他自云：“虽今日之茅椽蓬牖，瓦灶绳床，其晨夕风露，阶柳庭花，亦未有妨于我之襟怀笔墨者。”由此可见曹雪芹虽然身处逆境，但却奋笔不已，在小说创作中倾注了满腔心血。坎坷的人生经历使作家对人生有了更为深刻的体会，这种用生命亲自体会到的感悟又被作家通过文学创作的形式外化表现出来，这样的作品是作家心血凝成，自然深刻感人，《史记》如此，《红楼梦》亦如此。司马迁和曹雪芹把个人的人生经历和作品中的人物关合起来，借他人之酒杯浇胸中之块垒。

二、作家的悲剧性心态

司马迁的心态充满了悲剧色彩。“司马迁在肯定汉帝国的前提下，更注重透过盛的表象探测衰的危机。特别是在自己身遭悲剧性的打击之后，更以悲愤的情感去审视历史的发展，去评品历史人物，从而使自己灵魂深处蒙上厚厚的悲剧阴影，导致其悲剧心态的形成。以这种心态去

①《刑部为知照曹頫获罪抄没缘由业经转行事致内务府移会》(雍正七年七月二十九日)，见第18页。

进行《史记》创作，使其作品充满浓郁的悲剧气氛。”①清人王钟麒《中国历代小说史论》中说：“如《红楼梦》之写侈，不知其人作此书时，皆深极哀痛，血透纸背而成者，其源出于太史公诸传。”②我们结合作家的生平经历可以看出，司马迁和曹雪芹的悲剧人生际遇使二人对人生有着深刻的认识，同时也促使他们把悲剧的心理和思想通过文学创作表达出来。《史记》和《红楼梦》中的悲剧性人物身上，大都寄托着司马迁和曹雪芹悲剧性的身世感。

司马迁有深重的不遇之感，“司马迁的人格理想是以儒家学说为核心，广泛吸收先秦各种人生道德思想的精华形成的，其实质就是刻苦自励，积极进取，在履仁蹈义、以道自任的原则下最大限度地保持个人的独立意志和人格尊严，实现个体生命的价值。……《史记》是士不遇的悲歌，也是士之奋斗与抗争精神的壮歌。”③司马迁怀着不幸遭遇的深切感受来刻画历史上的悲剧人物，使悲剧历史人物的悲剧色彩更加浓烈，司马迁第一次在中国文学史上创造了众多的悲剧人物形象，使《史记》成为我国悲剧艺术创作中的重要作品。

《红楼梦》虽然是以虚构为主的小说，但是曹雪芹在这部长篇巨著中倾注了自己的心血与情感。正如王钟麒所言“著诸书者其人皆深极哀苦，有不可告人之隐，乃以委曲譬喻出之”④。《红楼梦》在创作方面的一个突出的特点就是作者从自身的体验和感受出发，让小说中的人物经

①金荣权：《论司马迁的悲剧心态及其精神》，《信阳师院学报》1991年第3期。

②王钟麒：《中国历代小说史论》，见朱一玄主编《红楼梦资料汇编》，南开大学出版社2012年版，第843页。

③尚学峰：《汉代士的地位变化和司马迁的不遇心态》，《文学遗产》1991年第4期。

④王钟麒：《论小说与改良社会之关系》，见朱一玄主编《红楼梦资料汇编》，南开大学出版社2012年版，第844页。

历由兴到衰、由聚合到离散的痛苦经历。作家由悲剧经历所产生的悲剧心境，通过文学作品中的悲剧人物体现出来，这在《红楼梦》中也得以传承。《红楼梦》开篇即言："满纸荒唐言，一把辛酸泪，都云作者痴，谁解其中味。"①曲意表达了《红楼梦》一书的悲剧性质，也表达了作家创作的悲剧心理特征。清人戚蓼生《石头记序》中也说：

> 吾闻绛树两歌，一声在喉，一声在鼻，黄华二牍，左腕能楷，右腕能草。神乎技也！吾未之见也。今则两歌而不分乎喉鼻，二牍而无区乎左右；一声也而两歌，一手也而二牍：此万万不能有之事，不可得之奇，而竟得之《石头记》一书。……第观其蕴于心而抒于手也，注彼而写此，目送而手挥，似谲而正，似则而淫，如《春秋》之有微词，史家之多曲笔。……盖声止一声，手止一手，而淫佚贞静，悲戚欢愉，不啻双管齐下也。噫！异矣。其殆稗官野史中之盲左腐迁乎！②

《红楼梦》这种曲意达情，借文学作品中的人物与事件寄寓个人情感的抒情方式，继承与接收了《史记》感于个人身世之慨而寄心于笔端的艺术手法。无怪乎后人评价其为"殆稗官野史中之盲左、腐迁乎！"③

三、寄心楮墨、发愤抒情

司马迁是从古代先贤发愤著书中有所感悟，便将内心之郁结通过

①曹雪芹、高鹗：《红楼梦》，人民文学出版社1992年版，第5页。

②戚蓼生：《石头记序》，见朱一玄主编《红楼梦资料汇编》，南开大学出版社2012年版，第561页。

③戚蓼生：《石头记序》，见朱一玄主编《红楼梦资料汇编》，南开大学出版社2012年版，第561页。

“述往事，思来者”的方式表达出来。曹雪芹继承和接受了《史记》借著述中的人物抒发个人情感的方法，寄心楮墨、发愤抒情。

通过以上对作家生平遭际的分析可知，司马迁和曹雪芹类似的悲剧人生使二人有类似的悲剧心理，同时也促使他们把悲剧的心理和思想通过文学创作表达出来。正如晚清作家刘鹗在《老残游记》自序中所言：“《离骚》为屈大夫之哭泣，《庄子》为蒙叟之哭泣，《史记》为太史公之哭泣，《草堂诗集》为杜工部之哭泣，李后主以词哭，八大山人以画哭，王实甫寄哭泣于《西厢》，曹雪芹哭泣于《红楼梦》。”①在《史记》和《红楼梦》的创作过程中，作家将身世之感寄托于作品中的悲剧人物，借他人之身世遭遇，表达个人内心之愤懑不平。

司马迁尽忠直言，却遭受宫刑奇耻大辱的悲剧经历，使其创作《史记》的动机由“润色鸿业”一变而为“发愤抒情”。这种悲剧心境使司马迁在撰写《史记》选择人物入传时，对历史上的悲剧人物格外关注。这些悲剧历史人物“皆太史公自序也。所谓借他人之酒杯，浇胸中之块垒，诚不禁其击碎唾壶拔剑斫地慷慨而悲歌也”②。司马迁作为史官，他以史官的身份和态度为历史人物立传，同时在历史人物的传记中也倾注了个人的情感。

鲁迅先生《汉文学史纲要》也说：“（司马迁）恨为弄臣，寄心楮墨，感身世之戮辱，传畸人于千秋，虽背《春秋》之义，固不失为史家之绝唱，无韵之《离骚》矣。”③指明《史记》不同于《春秋》“述而不作”之义，司马迁把个人主观情感与客观历史相融合，故有屈原《离骚》之发愤抒

①刘鹗：《老残游记》自序，人民文学出版社2013年版，第2页。

②袁文典：《永昌府文征》卷十二，人民文学出版社2013年版，第211页。

③鲁迅：《汉文学史纲要》，岳麓书社2013年版，第73页。

情之意。正如元人盛如梓《庶斋老学丛谈》卷一说："武帝用法深刻，臣下当诛，得以货免；迁遭李陵之祸，家贫无财自赎，交游莫救，卒陷腐刑。其进奸雄者，叹朱家之伦，不能脱己于祸；其羞贫贱者，自伤以贫不能免刑，故曰千金之子，不死于市。"司马迁在著录历史的过程中，他个人的遭际会与历史产生一种共鸣，所以"寄心楮墨，感身世之戮辱"，借以抒发孤愤。

吴组缃先生说："古代成功的作品，名篇名著，都是有孤愤的，没有孤愤，写不好文学作品。孤愤是什么东西呢？我的体会，孤，就是自己的，个人的，我自己的，我个人的；愤，应该说是一种激情，激动的感情。"①他认为《史记》和《红楼梦》都是作者抒发孤愤之作，不同之处在于司马迁写《史记》，是借历史人物抒发自己的孤愤之情，如借"《伯夷传》寓被刑之怨，《晏子传》寄无援之慨耳"②。曹雪芹写《红楼梦》，是借儿女之情表现出孤愤之情。

第二节　悲剧人物群像的塑造

《红楼梦》对《史记》悲剧特征的接受还有一个非常显著的表现，就是悲剧人物群像的塑造。在中国文学史上，《史记》和《红楼梦》二者在写人方面的成就都非常突出。《史记》开创了以写人为中心的纪传体史书体例，生动再现了历史发展进程中各个阶层的历史人物；《红楼梦》

---

①吴组缃：《关于中国古代小说理论的几点体会》，见《吴组缃小说课》2019 年版，第 289 页。

②凌稚隆：《史记评林·晏子传》隐舒雅语，见周振甫编《史记集评》第 193 页。

也塑造了形形色色的人物形象。不仅如此，《史记》和《红楼梦》在人物群像的塑造方面还有一个显著的共性特征：悲剧性。《史记》是上下三千年历史长河中历史悲剧人物的画廊，《红楼梦》是大观园里“千红一哭”“万艳同悲”的众人悲剧。

一、悲剧人物的多样性和多阶层性

在西方文学创作中，亚里士多德在《诗学》中强调悲剧人物的身份和地位，只有出身高贵、地位显赫的人物的痛苦或毁灭，才更容易唤起读者的悲剧情感，实现悲剧效果。所以西方文学中悲剧人物往往单一而又类型化。在中国文学中，《史记》之前的史书，基本是对社会上层人物和事件的记载，《史记》打破了阶级的局限，其悲剧人物的一个重要特点就是多样性和多阶层性：上至帝王将相，下至氓隶之人，司马迁公正客观地写出了他们的人格、功劳，体现了进步的历史观。

《史记》成功地塑造了众多的悲剧人物形象，司马迁在选择历史人物入传时，既考虑人物的历史价值，同时又兼顾人物传达个人情感的作用。由于司马迁个人悲剧经历，所以他笔下悲剧人物数量庞大，《史记》中的人物传记几乎每一篇都涉及悲剧人物，且人物类型十分广泛，涵盖了社会各个阶层。据统计，《史记》全书所塑造的大大小小的悲剧人物形象达 120 多个，可以说是一道悲剧历史人物的画廊。

在中国古典小说创作中，由于乐天精神的影响，即使悲剧人物的命运最后往往也是有喜剧的倾向，以合乎接受者的心理需求。《红楼梦》则不同，是一部彻头彻尾的悲剧，小说中塑造了形形色色各个阶层的悲剧人物形象。《红楼梦》悲剧人物群像的塑造和悲剧人物多阶层性的特点，无疑接受了《史记》的悲剧特征。

《红楼梦》也塑造了诸多的悲剧形象，这些悲剧人物包含社会各个阶层：上至皇室贵族的，下至丫鬟仆役，全面展现了社会的横剖面，通过不同阶层人物的悲剧命运共同构建了《红楼梦》的悲剧主题。

《红楼梦》第五回贾宝玉梦中随警幻仙姑进入太虚幻境：

至两边配殿，皆有匾额对联，一时看不尽许多，惟见有几处写的是："痴情司"，"结怨司"，"朝啼司"，"夜怨司"，"春感司"，"秋悲司"。看了，因向仙姑道："敢烦仙姑引我到那各司中游玩游玩，不知可使得?"仙姑道："此各司中皆贮的是普天之下所有的女子过去未来的簿册，尔凡眼尘躯，未便先知的。"宝玉听了，那里肯依，复央之再四。仙姑无奈，说："也罢，就在此司内略随喜随喜罢了。"宝玉喜不自胜，抬头看这司的匾上，乃是"薄命司"三字，两边对联写的是：

春恨秋悲皆自惹，花容月貌为谁妍。

宝玉看了，便知感叹。进入门来，只见有十数个大橱，皆用封条封着。看那封条上，皆是各省的地名。宝玉一心只拣自己的家乡封条看，遂无心看别省的了。只见那边橱上封条上大书七字云："金陵十二钗正册"。宝玉问道："何为'金陵十二钗正册'?"警幻道："即贵省中十二冠首女子之册，故为'正册'。"宝玉道："常听人说，金陵极大，怎么只十二个女子？如今单我家里，上上下下，就有几百女孩子呢。"警幻冷笑道："贵省女子固多，不过择其紧要者录之。下边二橱则又次之。余者庸常之辈，则无册可录矣。"①

①曹雪芹、高鹗：《红楼梦》，人民文学出版社 1992 年版，第 176 页。

太虚幻境是作者虚构出来的情境，但“假作真时真亦假”，它又映射了小说现实中人物的命运。按照宝玉在太虚幻境中所见，应有“痴情司”“结怨司”“朝啼司”等各司，司中有预示普天之下众多女子命运的簿册，宝玉只看到了“薄命司”中金陵省的代表性女性簿册。由此推展开来看，《红楼梦》中涵盖的女性人物面是相当广阔的，悲剧女性人物的数量也是非常多的。作者只是取其一二，以金陵十二钗为切入点，展现不同女性的悲剧命运。

从贾宝玉翻开金陵十二钗的册子内容来看，正册、副册、又副册中的女性，身份各有不同，金陵十二钗正册中的女性大都是贵族阶层的女性人物；副册中只写到了香菱，她本是仕宦家庭出身的小姐，后来被拐子拐卖给薛蟠为妾；又副册中小说中只展示了晴雯和袭人的判词，代表了婢女阶层。余者作者并没有一一写出，但从金陵十二钗册子中写到的人物看，上至贵族小姐，下到丫鬟婢女，包含了不同阶层的女性。

《史记》记载了多样的悲剧人物和各个阶层的悲剧形象，打破了传统史书的局限，为后世中国文学中悲剧艺术的发展开拓了新天地。《红楼梦》塑造了多样化和多阶层的悲剧人物，不仅打破了中国古典小说的传统，同时也是对《史记》悲剧特征的接受与继承。

二、悲剧人物性格的多面性和立体化

司马迁以良史之才著史，在《史记》中是有血有肉、生动真实的历史人物，因此《史记》的人物具有多面性和立体化特征。《红楼梦》是小说，作家往往根据主观需要赋予小说人物主观的个性色彩。《红楼梦》之前的中国古典小说，塑造人物具有类型化特征，《红楼梦》将好人全好、坏人都坏的写法打破了，人物形象具有多面性和立体化特征。作为小说，这一创作手法继承了史传文学的传统，也正因为此，《红楼梦》被后人誉为“史诗”。

《史记》中的悲剧人物性格具有多面性、丰富性和完整性。司马迁既记载了人物对历史发展推动作用，也实写了他们的缺点与不足。比如《项羽本纪》中的项羽，司马迁在传记中立体化地展现了其性格的方方面面：坑杀降卒表现了他的残暴、东城快战展现了其英勇、霸王别姬说明其柔情、鸿门宴又表现其犹豫……又如《李将军列传》中的飞将军李广，司马迁满含仰慕与悲愤之情写了李广怀才不遇的一生；身经数战威震匈奴表明他的英勇，私斩霸陵尉又说明他的偏狭。司马迁以史学家的严谨书写历史人物形象，把历史真实和艺术真实相结合，使传记中的人物有血有肉、栩栩如生。

《红楼梦》在塑造人物形象时，接受了《史记》作为史传文学真实性的人物塑造方法，使悲剧人物性格立体生动，接近现实中真实的人物。曹雪芹在描写悲剧人物时对人物的优缺点不加掩饰、表露无遗。如小说中被称为“富贵闲人”的贾宝玉，既聪明俊秀，又乖僻软弱；“潇湘妃子”林黛玉美丽多才，但又敏感小性；“才自精明志自高”的探春，却偏为庶出，且常常因为庶出的身份为了维护小姐的尊严而不顾及和亲生母亲的亲情……

《红楼梦》在塑造悲剧人物时兼顾人物性格的多面性，尽量使其符合现实生活的真实，这是对《史记》记载人物方法的接受和继承，也正因为此，《红楼梦》中的人物形象更加感动读者，更加具有现实意义。

《史记》通过众多的历史英雄人物群像展现强烈的悲剧精神，《红楼梦》通过塑造众多内外兼美的女性人物的悲剧命运体现悲剧精神，二者虽然表现角度不同，但都有强烈的震撼人心的悲剧效果。

第三节 悲剧人物类型的多样化

《史记》中形形色色的历史人物，其中有众多悲剧，这些悲剧人物的悲剧命运有所不同，呈现出悲剧人物类型的多样化特征，构成了《史记》多样性悲剧人物的画廊。《史记》悲剧人物群像的塑造和悲剧人物多样化的特征，对《红楼梦》悲剧人物的塑造有一定的启发作用。

一、坚守信念的殉道式悲剧

《史记》中有一类悲剧，悲剧的主人公坚守某一信念，最终也为此信念付出很大的甚至生命的代价。他们的追求或是不合时代发展的需求，或是不合众人之价值追求，但是他们却始终坚守信念。如《伯夷叔齐列传》中的伯夷叔齐，他们为了恪守“义”的原则，不满周武王以臣弑君的行为，在周武王平定殷商天下宗周之时，却义不食周粟，最终饿死首阳山以身殉道。《孔子世家》中孔子带领弟子周游列国，宣讲仁义之道，知其不可为而为之，困厄陈蔡“累累若丧家之狗”，最终也无人接受他的主张。《赵世家》中的公孙杵臼与程婴，为了保护赵氏孤儿，不惜牺牲性命。这些悲剧的主人公坚守自己的信念，也为所坚守的信念付出了很大的牺牲和代价。他们的执着与坚守值得肯定，但也充满了悲剧性色彩。

《史记》中这种孤独的殉道精神在《红楼梦》中也有所继承，林黛玉对“情”的坚守便是一个典型的代表。《红楼梦》在第一回开篇就以神话传说的形式道出林黛玉绛珠仙草的前身，她修成女体，因报恩下凡，用一辈子的眼泪偿还神瑛侍者的灌溉之恩，使这个故事一开始就始于恩情。到人间的绛珠仙草秉性也自不同一般，她聪明灵秀、诗才出众，但是又体弱多病、孤独无依，贾宝玉是真正关心、爱护她的人，于是她把所有的情倾注在宝玉身上。但是在强大的礼教和封建家长面前，宝黛的爱情最终无果。从某种意义上讲，林黛玉因情而生，也因情而死。在那个“女子无才便是德”的时代，在那个婚姻应该依照“父母之命，媒妁之言”的时代，林黛玉敢于表露自己的真性情，已经具有时代先驱的意义。

但是在大的时代背景和社会环境下，黛玉的情感归宿注定是悲剧，她也是在封建社会女性追求爱情路上的孤独的殉道者。她对真情的执着与坚守，在封建礼教的面前却又无能为力，小说中“林黛玉焚稿断痴情”的悲剧结局尤为动人心魄。“古语云：读《出师表》而不流涕者，非忠臣。读《陈情表》而不流涕者，非孝子。仆谓读此回(林黛玉焚稿断痴情)而不流涕者，非人情也。……若此回焚绢子，焚诗稿，虽铁石心肠，亦应断绝矣。屈子吟骚，江郎赋恨。其为沉痛，庶几近之。”①林黛玉是《红楼梦》中具有“咏絮才”的才女，诗是她情感的化身，那几方写了诗句的旧帕子，是宝玉和她私相传授的定情信物，在生命的最后一刻，她焚掉承载她所有情感的诗稿和帕子，这一结局具有震撼人心的悲剧力量。

黛玉坚守“情”如此，宝钗恪守“礼”亦是如此，她们都是孤独殉道者的悲剧典型。和林黛玉的任情任真相比，薛宝钗是温柔敦厚的，她恪守礼教的约束，听从父母之命，懂得体恤人情，又知书达理，因此深得贾府上上下下人物的肯定。作为一个少女，薛宝钗本也有自己的真性

①陈其泰：《红楼梦回评》第九十七回，见朱一玄主编《红楼梦资料汇编》，第756页。

情，只不过在身份、家族、礼教等重重约束下，她善于收敛自己的个性而恪守礼教。《红楼梦》第四十二回“衡芜君兰言解疑癖”中，黛玉在行酒令时不慎说出了《西厢记》《牡丹亭》中的诗句，宝钗假意责罚，道出了自己的真性：

“你当我是谁，我也是个淘气的。从小七八岁上也够个人缠的。我们家也算是个读书人家，祖父手里也爱藏书。先时人口多，姊妹弟兄都在一处，都怕看正经书。弟兄们也有爱诗的，也有爱词的，诸如这些‘西厢’‘琵琶’以及‘元人百种’，无所不有。他们是偷背着我们看，我们却也偷背着他们看。后来大人知道了，打的打，骂的骂，烧的烧，才丢开了。所以咱们女孩儿家不认得字的倒好。男人们读书不明理，尚且不如不读书的好，何况你我。就连作诗写字等事，原不是你我分内之事，究竟也不是男人分内之事。男人们读书明理，辅国治民，这便好了。只是如今并不听见有这样的人，读了书倒更坏了。这是书误了他，可惜他也把书糟踏了，所以竟不如耕种买卖，倒没有什么大害处。你我只该做些针凿纺织的事才是，偏又认得了字，既认得了字，不过拣那正经的看也罢了，最怕见了些杂书，移了性情，就不可救了。”①

原来她小时候也偷背着大人看这些“禁书”，她也有和宝黛一般的心思，但是却在封建家长的打压下从此丢开了，并认为读书不是女孩儿的分内之事。这是典型的薛宝钗式的语言、行为、思想，她压抑自己的真性情，努力使自己的行为思想符合礼法。

①曹雪芹、高鹗：《红楼梦》，人民文学出版社 1992 年版，第 583 页。

不仅读书如此，在情感方面也如此。《红楼梦》中，宝钗对宝玉的情感很复杂，从她进贾府就有“金玉良缘”之说，她一方面时时刻刻和宝玉不狎昵，保持一定的距离，另一方面又处处关心关注宝玉。她从不直接表露自己的情感，即使在宝玉被打时送去丸药，多说了一句“连我们看着都心疼”的话，都羞得飞红了脸。她不像林黛玉把喜怒哀乐都表现出来，也不像黛玉那样在情感的旋涡中悲痛感伤，她始终能够“乐而不淫，哀而不伤”，以超乎自己年龄的成熟稳重对待周围的事与人。

宝钗的所作所为都符合礼的规范，她在自己生日时偏点贾母喜爱之戏文，在金钏死后毫不忌讳，用自己新做的衣服为其做装裹。她的通情达理深得贾府众长辈喜爱，她努力做着礼教要求下的女性，却因为合礼而埋没了自己的真性情。宝钗的一生是一个悲剧，是为了恪守“礼”而抹杀自我的殉道者的典型。

无论黛玉的情坚，或是宝钗的守礼，都是对内心信念的坚守，这是对《史记》中坚守信念的孔子、伯夷等人物精神的继承。因为坚守信念，所以他们殉道式的悲剧产生的悲剧力量更加感人。

二、时运不济式的悲剧

《史记》中的人物悲剧还有一类就是时运不济的时代悲剧。如《李将军列传》中的飞将军李广，李广骁勇善战，为大汉立下了汗马功劳，但是却一生不遇。列传一开始司马迁便借汉文帝之口说“惜乎子不遇时”，道出了李广一生的时运不济，假使在汉高祖打天下之际，李广肯定能够封侯，但是汉文帝汉景帝时期，汉代统治者以黄老思想为主，实行休养生息政策，所以李广即使再善于征战，也不符合这个时代的需求。汉武帝时期国力强盛以后，改变了与匈奴求和的关系，转而主动出击，这个时代需要像李广一样骁勇善战的大将，李广立下诸多功劳，却始终未被封侯，最终还被迫自刭而亡。

《史记》对时运不济的悲剧人物类型描写，在《红楼梦》悲剧人物形象塑造中也有所继承。《红楼梦》中贾探春的悲剧便是典型。小说中先通过判词预示了探春的悲剧："才自精明志自高，生于末世运偏消。"探春是贾府众姐妹中最才华出众的一个，不仅生的"俊眼修眉，文采精华，见之使人忘俗"，而且处事干练，因为知书达理，通文懂墨，更比王熙凤要胜一筹。《红楼梦》中抄检大观园一回集中体现了探春刚烈之个性与闺阁中女子的远见卓识。在王熙凤病了之后，探春担起理家之任，革除弊端，充分显示了她的才华。连精明自负的王熙凤都不由称赞探春的能干，但是也感叹她没有托生在太太肚子里，这与《史记·李将军列传》中汉文帝感慨李广"不遇时"的命运何其相像！尽管探春有精明之才和高洁之志，也不能改变其庶出的身份，更不能拯救末世的贾家，她是《红楼梦》中时运不济式悲剧的典型。

三、贤才遭妒式的悲剧

《史记》中的人物悲剧还有一类是贤才遭妒式的悲剧，其中最典型的例子便是《屈原列传》中楚国忠君爱国的大夫屈原。屈原热爱楚国，忠于楚君，但是"信而见疑，忠而被谤"，遭到楚国内部旧贵族的排挤，由楚王的近臣到被疏放，屈原的悲剧是贤才遭妒式的悲剧。除此之外，在《史记·越王勾践世家》中，伍子胥与太宰嚭同是吴王夫差身边的重臣，夫差骄横不听伍子胥劝谏，太宰嚭趁机进谗言："伍员貌忠而实忍人，其父兄不顾，安能顾王？王前欲伐齐，员强谏，已而有功，用是反怨王。王不备伍员，员必为乱。”①最终使伍子胥被吴王夫差赐死。

又如《廉颇列传》中的廉颇因为谗巨郭开的诬陷最终客死他乡；韩非被同学李斯妒害而死；孙膑因为才高而被庞涓“以法刑断其两足而匿之，欲隐勿见”。这些人物或贤能、或有才智、或有德行，但是最终却受人所害造成悲剧命运。《扁鹊列传》中扁鹊具有精湛的医术和崇高的医德，所以名闻天下，但是秦国的太医令李醯却心生嫉妒，自知医术不如扁鹊，使人刺杀了扁鹊。

《史记》中贤才遭妒式的人物悲剧模式在《红楼梦》中也有所继承，如《红楼梦》中香菱的悲剧。香菱是曹雪芹笔下一个近乎完美的女性，她有“像东府里小蓉大奶奶的品貌”，有宝钗一般温柔敦厚的性格，有黛玉一样的灵气与诗才。她生得十分美丽，冯渊见了她立誓改邪归正，娶她为妻；薛蟠为了她打死人，犯了人命官司。小说中没有详细描写她的外貌形容，而是侧面通过周瑞家的之口说她像秦可卿，秦可卿又兼有宝钗和黛玉之美，所以可以推想香菱应该是一个非常美丽的女子。她本是甄士隐的女儿，出身于仕宦之家，所以极富有才情。《红楼梦》四十八回“慕雅女雅集苦吟诗”中，她进入大观园和黛玉学诗一回，充分体现了香菱的才情。但是她也是《红楼梦》中悲剧色彩最浓厚的女性形象，她本是千金小姐，却不幸被拐子拐了，后又卖给薛蟠为妾，又偏偏遇上夏金桂这样险恶的女主人，夏金桂因妒忌香菱之才与貌，于是想方设法折磨陷害她。《红楼梦》金陵十二钗副册中香菱的判词为：“根并荷花一茎香，平生遭际实堪伤。自从两地生孤木，致使香魂返故乡。”不仅道出

①司马迁：《史记》，韩兆琦评注，岳麓书社2011年版，第638页。

其高洁的品性，也道出了她悲剧的命运遭际。

四、性格过失式的悲剧

《史记》中一些人物的悲剧是因为性格原因所致，悲剧主人公往往聪明反被聪明误。如《项羽本纪》中项羽的失败就是其刚愎自用的性格所致。项羽英勇善战，可谓英雄豪杰。但是在楚汉之争中却败给刘邦，司马迁在传赞中道：

> 太史公曰：吾闻之周生曰："舜目盖重瞳子。"又闻项羽亦重瞳子。羽岂其苗裔邪？何兴之暴也？夫秦失其政，陈涉首难，豪杰蜂起，相与并争，不可胜数。然羽非有尺寸，乘势起陇亩之中，三年，遂将五诸侯灭秦，分裂天下而封王侯，政由羽出，号为霸王，位虽不终，近古以来，未尝有也。及羽背关怀楚，放逐义帝而自立，怨王侯叛己，难矣。自矜功伐，奋其私智，而不师古，谓霸王之业，欲以力征经营天下，五年，卒亡其国，身死东城，尚不觉寤，而不自责，过矣。乃引"天亡我，非用兵之罪也"，岂不谬哉！①

在秦末，项羽可谓近古以来未尝有的豪杰，"非有尺寸"却最终号称西楚霸王，但是他"自矜功伐，奋其私志而不师古"的性格上的过失，促使他一步步走向失败。

又如《李斯列传》中，李斯从一个楚国的小吏，最后成为一人之下万人之上的秦朝宰相，他一生奉行"老鼠哲学"，追求富贵功名，最终

①司马迁：《史记》，韩兆琦评注，岳麓书社2011年版，第193页。

被赵高腰斩于市，可谓聪明一世糊涂一时。

《史记》中人物性格的悲剧类型在《红楼梦》的悲剧人物塑造中也有体现，王熙凤的悲剧便是这样的典型。王熙凤是贾府里“脂粉堆里的英雄”，是比贾府里男人们还强十倍的人，她精明能干，理家之才出众。但是她却贪婪狠毒，作为贾府管家却借机放高利贷收取利钱中饱私囊，为一己之利不惜谋害他人性命最终“机关算尽太聪明，反算了卿卿性命”。

又如《红楼梦》中的迎春形象也是性格悲剧的典型。迎春是贾府的二小姐，贾赦的女儿，但她不是贾赦嫡妻所生，而是庶出。在中国古代，嫡庶观念还是有很大差别的，庶出的身份让迎春自觉低人一等，这从她的言行举止中即可表现出来。祖母不偏爱她，刑夫人也经常数落她，贾琏王熙凤“两口子遮天蔽日，通共这一个妹子，全不放在心上，也不兼顾些”，贾赦把她当作交易的筹码嫁给孙绍祖，就连奶妈都敢拿她的东西卖了作为赌资。迎春的悲剧与她庶出的身份有关，但最重要的还是她的性格所致。她被下人们称为“二木头”，她木然、木讷，她没有出色的文采，比不上宝钗黛玉探春湘云等姐妹，每次诗会中都是可有可无的角色；她也没有嫡系的出身，作为姨娘的母亲早早已经去世，使她得不到一丝温情。在贾府“一家子亲骨肉呢，一个个不象乌眼鸡，恨不得你吃了我，我吃了你”的复杂环境中，她始终是个弱者。她不像林黛玉，用敏感与高傲维护自己的尊严，也不像探春，用个性和能力维护自己在家中的地位，她在矛盾面前，始终逆来顺受，委曲求全。如第七十三回“懦小姐不问累金凤”中，她的丫头和拿了金凤的奶娘家的媳妇争吵，迎春劝不住便拿《太上感应篇》看起来，探春把平儿叫来决断，当平儿问迎春情况时，她说：

"问我，我也没什么法子。他们的不是，自作自受，我也不能讨情，我也不去苛责就是了。至于私自拿去的东西，送来我收下，不送来我也不要了。太太们要问，我可以隐瞒遮饰过去，是他的造化，若瞒不住，我也没法，没有个为他们反欺枉太太们的理，少不得直说。你们若说我好性儿，没个决断，竟有好主意可以八面周全，不使太太们生气，任凭你们处治，我总不知道。"①

这是典型的迎春的话语，体现了她的个性特征，这种不作为、忍气吞声的性格也是造成她悲剧命运的重要原因。

五、忠臣的悲剧

《史记》中还有一类悲剧人物，他们忠勇耿介，为统治者立下汗马功劳，但是终被迫害，"狡兔死走狗烹，飞鸟尽良弓藏"。如帮助越王勾践一雪前耻打败吴国的大夫文种，在吴越战争中为越王出谋献策，最终使越王勾践平吴，成就其霸业。但是"可与共患难，不可与共乐"的越王勾践在取得霸主地位后却诛杀功臣，并曰："子教寡人伐吴七术，寡人用其三而败吴，其四在子，子为我从先王试之。"②于是赐文种剑，文种被迫自杀，文种为人臣子尽心竭力，但是最终却落得如此下场，岂不悲哉！

又如为大汉王朝的建成立下汗马功劳的臣子们：韩信、彭越、黥布等，此三人都骁勇善战，但是结果都被诬以谋反之罪而诛杀。

《史记》主要列传的是历史发展过程中的重要人物，在封建社会自

---

①曹雪芹、高鹗：《红楼梦》，人民文学出版社 1992 年版，第 1043 页。

②司马迁：《史记》，韩兆琦评注，岳麓书社 2011 年版，第 640 页。

然以男性为主，《红楼梦》以女性人物为主，虽然人物的身份不同，但是悲剧的类型有很多相似。《红楼梦》中也有忠者的悲剧人物类型，如“温柔和顺”“似桂如兰”的袭人，她是贾宝玉身边最得力的大丫头，服侍宝玉后，心里眼里就只有一个宝玉，非常尽心尽责，也正因为此深得王夫人信任，王夫人私下里把袭人的待遇提高到和姨娘一样。袭人也是最早和贾宝玉有亲密接触的女性，所以她自认为这一辈子跟定贾宝玉，不会离开他了。但是最终贾宝玉离家，袭人嫁给了蒋玉菡，终没有实现她的理想和愿望。

又如身为下贱心比天高的晴雯，她本是贾母身边的丫头，因为心灵手巧，又生得模样俊俏，所以贾母便把她派到宝玉屋里。晴雯虽然性情娇惯，但是对宝玉忠心耿耿，是宝玉信得过的人。当宝玉被父亲打后，偷偷给黛玉传情的两方旧手帕，是宝玉支开袭人让晴雯传送的。当宝玉的雀金裘被烧破个洞无人会补时，是晴雯不顾生病连夜替他补好了。这个被称为狐狸精，动不动就立起眼睛骂人的晴雯，实际上是最天真无邪的。她没有勾引宝玉，自认为以后老太太肯定是把她放在宝玉房里的人，但是她的美丽，她的性格，最终使她遭到小人诽谤被赶出大观园。

综上所述，《史记》中的悲剧历史人物多样化的类型对《红楼梦》中悲剧人物形象的塑造产生了重要影响。

第四节　悲剧精神的崇高悲壮

朱光潜《悲剧心理学》指出：“悲剧是对苦难的反抗，悲剧人物只有表现出坚毅和斗争的时候，才有真正的悲剧。”从这个意义来说，《史记》与《红楼梦》不仅是悲剧文学的代表，同时具有崇高的悲剧精神。《史记》中的这些悲剧性人物，或是有卓越的见识，或是有非凡的才华，或是有崇高的思想，或是有高尚的人格，这与他们悲剧的命运结局形成了强烈的对比与反差，使整部《史记》表现出强烈的悲剧精神，也产生了强烈的悲剧效果。《红楼梦》全书塑造了众多悲剧性的人物形象，这些人物大都是钟灵毓秀之人物，或是有才，或是有德，或是有貌，或是表现自我价值，或是积极抗争……但最终都以悲剧而结局。这些有价值的美被毁灭的过程给读者以强大的心灵震撼，这是由强烈的悲剧精神产生强烈的悲剧效果。

一、悲剧的崇高性

《史记》是一部历史悲剧人物的画廊，具有浓厚的悲剧意识，《史记》中悲剧人物的身上大多具有顽强不屈、不屈不挠的抗争精神，这使《史记》的悲剧精神动人心魄，具有崇高悲壮之美。这种不屈不挠的抗争精神也成为中华民族宝贵的精神财富。《红楼梦》是一部彻头彻尾的悲剧，但是其悲剧精神却不消沉，尽管《红楼梦》是以女性的悲剧为主，但是依然具有崇高悲壮的悲剧力量。

《史记》中的悲剧人物，以自觉、主动、积极的态度和行为去对待面临的痛苦和灾难，因此是一种崇高的、悲壮的悲剧精神。《孔子世家》中孔子以仁爱礼仪抗争礼崩乐坏的社会现实，虽未建功，但却树立了儒家道德。《屈原列传》中屈原上下求索，想要实现美政理想，虽以身殉国，却树立了高尚的情操和人格。这些悲剧人物与命运进行抗争的精神震撼了读者的心灵，深深影响了后世的文学创作。

“悲剧将人生的有价值的东西毁灭给人看，喜剧将那无价值的撕破给人看。”①《史记》中写了大量悲剧人物，具有悲壮美的特点。司马迁“如实地历史地表现了他们的毁灭过程，真实地挖掘了悲剧人物内在的价值，把他们身上美的素质，特别是内心世界的美，尽量揭示出来，客观地暴露了他们的悲剧根源，在叙写和传赞中倾注了作者强烈的感情，形成一种悲怆性的感染力”②。

《红楼梦》继承了《史记》的悲剧精神，悲剧人物的身上具有一定的自觉、积极主动的抗争精神。行为偏僻性格乖张的贾宝玉，敢于突破封建礼教，不以仕途经济为己任，无视男尊女卑、主贵仆贱的伦理纲常；身份低贱心比天高的晴雯，敢于张扬个性，完全不同于唯唯诺诺的卑贱仆人。这是对《史记》悲剧精神的继承与接收，是悲剧人物自觉、主动抗争的崇高悲剧精神的展现。

二、悲剧的凄婉性

鲁迅先生说：“悲剧将人生的有价值的东西毁灭给人看。”《史记》中形形色色的悲剧人物，他们是历史发展过程中有一定贡献的人物，他们在历史发展的长河中有一定的历史推动作用。他们或是有卓越的才华与见识，或是有非凡的思想与人格，但是作为一部史学著作，司马迁以“不虚美，不隐恶”的信使的态度著述，历史人物的悲剧命运不可能改变，因此《史记》的悲剧精神除了悲剧人物积极抗争的崇高精神外，还有历史不可改变的无奈，这使得《史记》的悲剧精神也充满了凄婉感伤之情。《红楼梦》在这一点上也和《史记》类同，小说塑造了内外兼美的人物形象，但是这些美的形象最终却被毁灭，这使《红楼梦》充满了凄

①鲁迅：《坟·再论雷峰塔的倒掉》，春风文艺出版社，第116页。

②宋嗣廉：《史记艺术美研究》，东北师范大学出版社1985年版，第30页。

婉感伤的悲剧色彩，真是“悲凉之雾，遍被华林”。

司马迁把个人的悲剧经历与悲剧心态同历史悲剧人物相结合，在每个传记的最后对历史人物作出评价，这使《史记》饱含了作者的主观情感而不同于一般史书，因此鲁迅先生称其为“无韵之离骚”。《红楼梦》虽为小说，但是其中又有曹雪芹对自己的家国身世之慨，有主观情感的表达。历史虽不可更改，司马迁却把对历史悲剧人物的感慨通过叙事艺术表露出来；小说虽是虚构，曹雪芹却把对艺术人物的同情也通过艺术化的方式表达出来。如陈其泰所说：“屈子作离骚，太史公作史记，皆有所大不得于中者，故发愤而著书也。夫得一知己，死不可恨。黛玉而得宝玉，诚可知己矣，虽死又何恨焉。独宝玉遇知己之人，而不能大白其知己之心，又不幸而竟为不知己之事，卒欲向知己者一诉之，而不可得。呜呼，恨何如也。”①作品中人物的悲剧命运、作家的身世遭际，使作品的悲剧充满了凄婉感伤色彩。

三、悲剧的艺术化表现

《史记》作为一部史学著作，具有实录精神，是“史家之绝唱”，但同时也是司马迁借历史人物发愤抒情的情感表达方式，是“无韵之离骚”。作为一部“史诗”，司马迁的《史记》善于借用诗文增强悲剧人物的悲剧命运效果、善于借诗意化的悲剧场景描写渲染悲剧氛围。如项羽被围垓下时慷慨悲歌：“力拔山兮气盖世，时不利兮骓不逝。骓不逝兮可奈何，虞兮虞兮奈若何！”如太子丹众人在易水送别荆轲的“风萧萧兮易水寒，壮士一去兮不复还”，茅坤说“送荆卿一节，何等摹写。何等风

①陈其泰：《红楼梦回评》第一百四回，见朱一玄《红楼梦资料汇编》，南开大学出版社2012年版，第760页。

神，观此景象，千载犹令人悲愤”。苍郁肃杀的秋日景色，凄清感伤的悲秋气象，感人至深的悲凉情怀。司马迁善于形容渲染，往往造成浓郁的氛围意境，这是《史记》在形象性方面的贡献。

《史记 高祖本纪》中刘邦所吟之“大风起兮云飞扬，威加海内兮归故乡，安得猛士兮守四方！”，《屈原列传》中屈原被放逐之时发愤抒情所作之《离骚》，寄托了悲剧主人公的悲剧情感，总之《史记》的悲剧意识在很多情况下通过诗文的形式表现。这种诗意化的文学艺术表现手法，不仅是人物传记对荆轲悲剧的渲染，同时也是司马迁对历史悲剧人物的致敬。

《史记》借诗文增强悲剧意识的方法在《红楼梦》中得到了发扬光大，《红楼梦》是一部“诗史”，其浓郁的文学色彩还体现在小说中大量的诗文创作方面，《红楼梦》中的诗词创作体现了作者的超凡才华，也表现了作品中人物独特的精神气质。作者在小说中穿插了大量的诗文，这些诗文中很大一部分隐喻了悲剧主人公的悲剧命运，作者借诗文增强了小说的悲剧意识，作品中大量的诗文和人物的悲剧命运有密切联系。这是对《史记》悲剧的艺术表现手法的继承与发展。

如《红楼梦》中最富有才情和诗意化的女性林黛玉，小说中她的诗作有二十余首，几乎每一首都充满了悲情与感伤色彩。作者将诗文和她的悲剧命运关联，借诗文表达人物的感伤情怀。如第二十七回所作《葬花吟》，林黛玉探望宝玉时晴雯不开门一事，错疑在宝玉身上。第二天可巧是饯花之期，所以勾起伤春愁思，不由得感花伤己，写出“侬今葬花人笑痴，他年葬侬知是谁”，“一朝春尽红颜老，花落人亡两不知”等诗句。《葬花吟》中“花谢花飞花满天，红消香断有谁怜”的感慨，不仅是林黛玉个人的悲叹，同时也是大观园众女性悲剧命运的预兆性体现；

“风刀霜剑严相逼”是黛玉对自己以及大观园中众女子处境的写照。又如第七十回，林黛玉作《桃花行》一诗：

宝玉看了并不称赞，却滚下泪来。便知出自黛玉，因此落下泪来……宝琴笑道：“你猜是谁做的？”宝玉笑道：“自然是潇湘子稿。”宝琴笑道：“现是我作的呢。”宝玉笑道：“我不信。这声调口气，迥乎不像蘅芜之体，所以不信。……但我知道姐姐断不许妹妹有此伤悼语句，妹妹虽有此才，是断不肯作的。比不得林妹妹曾经离丧，作此哀音。①

又如第八十七回“感秋深抚琴悲往事”中，黛玉在潇湘馆抚琴低吟“风萧萧兮秋气深”。忽作变徵之声，音韵可裂金石。古代的七声音阶分宫、商、角、变徵、徵、羽、变宫。曲调以宫音为起点的叫宫调式，以变徵音为起点的叫变徵调式，调式不同，产生的音乐效果不同。变徵调式一般表现激越悲凉的情绪。《史记 刺客列传》中荆轲刺秦王临别太子丹时，乐师高渐离抚琴相送，为变徵之声，随行相送人员皆垂泪涕泣。黛玉在抚琴过程中调式突然变为“变徵之声”，其音悲凉可见。

四、“微言大义”的悲剧创作目的

《史记》是史学著作，虽然其开创了以人物为中心的纪传体体例，但是传人的目的终归于对历史的再现，为当朝统治者以至于后世的读者提供史鉴作用。司马迁作《史记》早期的目的是载明圣盛德，述功臣世家贤大夫之业，记先人所言，“所谓述故事，整齐其世传”。遭遇李陵

①曹雪芹、高鹗：《红楼梦》，人民文学出版社1992年版，第991页。

之祸后，创作《史记》便成为他发愤之所作，“意有所郁结，不得通其道也，故述往事，思来者”。《太史公自序》中，司马迁受命于其父司马谈，“自获麟以来四百有余岁，而诸侯相兼，史记放绝。今汉兴，海内一统，明主贤君忠臣死义之士，余为太史而弗论载，废天下之史文，余甚惧焉，汝其念哉！”①继孔子《春秋》之后完成一部史学巨著，正如司马谈临终所言，“孔子修旧起废，论诗书，作春秋，则学者至今则之”，司马迁《史记》也以《春秋》为则，以春秋笔法予褒贬于叙事中。

因此在《史记》中对于政治的评论，一方面是对德治美政的赞美，《史记》本纪中汉文帝是一个作者欣赏的理想化的君王形象，司马迁在传赞里盛赞了他的仁德：“孔子言‘必世然后仁。善人之治国百年，亦可以胜残去杀’。诚哉是言！汉兴，至孝文四十有余载，德至盛也。廪廪乡改正服封禅矣，谦让未成于今。呜呼，岂不仁哉！”②《魏公子列传》中“能以富贵下贫贱、贤能出于不肖”，礼贤下士的魏公子无忌是作者理想的士大夫形象；《李将军列传》里骁勇善战、为人简易、廉洁爱卒的飞将军李广是作者理想的一代名将的英雄形象……在这些人物的身上普遍具有德、仁等特征，也反映了司马迁的价值观。

另一方面是对不守伦理礼崩乐坏的谴责。特别是在春秋战国的历史记载中，诸多不合伦理、不符礼乐制度的现象，往往成为引发矛盾、战争甚至诸侯国灭亡的原因。比如《鲁周公世家》记载：

> 齐襄公通桓公夫人。公怒夫人，夫人以告齐侯。夏四月丙子，齐襄公飨公，公醉，使公子彭生抱鲁桓公，因命彭生摺其胁，公死

①司马迁：《史记》，韩兆琦评注，岳麓书社2011年版，第1776页。
②司马迁：《史记》，韩兆琦评注，岳麓书社2011年版，第253页。

于车。鲁人告于齐曰："寡君畏君之威，不敢宁居，来修好礼。礼成而不反，无所归咎，请得彭生以除丑于诸侯。"齐人杀彭生以说鲁。①

这是一段令人发指的谋杀案，而且谋杀的对象是国君。难怪孔子叹曰"甚矣鲁道之衰也"。又如《管蔡世家》中蔡景侯为太子般娶妇于楚，而景公通焉。太子弑景侯而自立。《卫世家》中卫宣公为太子娶齐女，而宣公见齐女好，悦而自娶之。又因为自以为夺太子妻，心恶太子，不仅想废太子，而且最终派人追杀。《楚世家》中楚平王派太子太傅费无忌到秦为太子建娶妇，秦女好而无忌进言楚平王自娶之，并因为无宠于太子而谗恶太子建，以致楚平王要诛杀太子而太子亡奔。《史记》中诸如此类的事件不少，记载这些事件是春秋战国礼崩乐坏的社会现实的反映，这些杀子弑父、废嫡立庶、无伦无序的现象也是司马迁作为史官以史为鉴来惊醒统治者，祸乱往往起于没有伦理纲纪，这与汉武帝时期兴起的儒家思想不谋而合。

《史记》通过对历史事实的记载曲意表达了作者的价值观，或是褒赞仁君贤人，或是贬斥暴虐无伦，微言大义，以客观的再现笔法为后世读者提供了历史借鉴。这一笔法在《红楼梦》中有所继承，《红楼梦》虽是一部家庭小说，但是以一家写及天下国家，具有深刻的现实意义。《红楼梦》作为一部小说，写了贾府兴衰的过程，对于兴与衰的根本原因，作者在第五回隐约指出。贾宝玉梦游太虚幻境，看到金陵十二钗的判词，隐喻了小说中女性的悲剧命运。但是有一个人物的判词很值得读者思考，就是秦可卿的判词："情天情海幻情身，情既相逢必主淫。曼

①司马迁：《史记》，韩兆琦评注，岳麓书社 2011 年版，第 506 页。

言不肖皆荣出，造衅开端实在宁。"《红楼梦》的故事主要发生在荣国府，但是作者一开始就指出了"曼言不肖皆荣出，造衅开端实在宁"，以贾珍和其儿媳秦可卿的一段无伦之情开始。《史记》中诸君王因为无伦淫乱而引起祸乱，《红楼梦》中钟鸣鼎食的贾家也是因为无伦淫乱引起家破族衰，这是对史公微言大义史传传统的继承。

鲁迅先生曾说："中国的文人，对于人生——至少是对于社会现象，向来就没有正视的勇气。"曹雪芹却能"睁了眼看"，敢说实话，所以尽管《红楼梦》写的是生活中的小悲剧，是社会上常有的事，却能由家庭及社会，写出社会悲剧来，这正是他在中国小说史上的一个伟大的贡献，也是《红楼梦》的悲剧意义体现。

《史记》作为史传文学，是一部历史悲剧人物的画廊，司马迁通过记载众多历史人物的史实，塑造了诸多悲剧英雄人物的群像，展现了强烈的悲剧精神。《红楼梦》是一部悲剧，曹雪芹通过塑造众多内外兼美的女性，展现她们的悲剧命运、表现了浓郁的悲剧精神。《史记》是历史英雄悲剧，主要是男性悲剧的展现；《红楼梦》是世情家庭悲剧，主要是女性悲剧的展现。二者虽然悲剧的表现角度不同，但都产生了强烈的震撼人心的悲剧效果。《史记》的悲剧特征更是对《红楼梦》的创作产生了重要影响。《史记》作为一部"史诗"，其文学色彩的重要表现就是司马迁借用诗文形式增强悲剧人物的悲剧命运效果。《红楼梦》是一部"诗史"，作品中大量的诗文和人物的性格、命运联系密切，增强了作品的悲剧意识。

结　语

作为叙事文学的典范，《史记》丰富的历史题材和高超的叙事艺术、写人艺术对中国古典小说创作产生了深远影响。《史记》为后世文学创作提供了直接的素材，使历史人物和事件以不同的方式演绎诠释；《史记》的叙事艺术和写人艺术为后世文学创作提供了丰富的可借鉴的艺术经验；《史记》的"爱奇反经"思想和"发愤著书"的抒情特点影响了后世的文人。

《红楼梦》作为中国古典小说的巅峰之作，在创作内容、艺术手法、精神内涵等不同方面都受到《史记》的影响。同为叙事文学，《红楼梦》在叙事艺术方面接受了《史记》的创作经验；同是中国文学史上写人成就很高的作品，《史记》为《红楼梦》提供了可借鉴的艺术手法；《史记》的"爱奇反经"思想和司马迁"发愤著书"的悲剧精神也影响了《红楼梦》的创作。通过以上论证可知，《史记》为《红楼梦》的创作提供了多方面可借鉴的题材内容与艺术手法。

《史记》作为"二十四史"之首，是一部具有很高文学价值的史学论著，对《红楼梦》的创作产生了一定影响。《史记》是中国叙事文学的典范，司马迁"究天人之际，通古今之变"，创立的十二本纪、十表、八书、三十世家、七十列传的史书创作体例，去包罗从轩辕黄帝到汉武帝几千年间政治、军事、制度、文化、外交等在社会发展过程中的变迁；

开创了以人物为中心的纪传体形式，记录形形色色的历史事件和历史人物的发展轨迹，从而形成一个宏大的富有立体感和生命感的结构。梁启超对这种结构极为赞赏："史届太祖，端推司马迁……此足证迁之组织力之强，而文章技术之妙也。班固述刘向、扬雄之言，谓'迁有良史之才，善叙事理'。郑樵谓'自《春秋》后，惟《史记》擅制作之规模'。"(《通志总序》)①这里所涉及的梁启超、刘向、扬雄、郑樵等人对司马迁及其《史记》的评论，都肯定了他善于叙事和结构的特点。这一点对后世的叙事文学有重要的影响和可借鉴的意义。《红楼梦》虽然是家庭小说，但小说中的大家庭是社会的缩影，其中涉及政治、经济、文化、制度等种种纷繁复杂的社会现实问题，还有形形色色的人物形象。曹雪芹在创作过程中对《史记》的叙事结构和艺术手法进行了自觉接受。

《史记》开创了纪传体史书创作的新体例，以人物为中心，肯定了人在历史发展过程中的决定性作用。《史记》一共一百三十篇，其中本纪、世家、列传以人物为中心，构建了一幅形形色色的历史人物画廊，这些生动形象的历史人物也成为后世文学创作的重要素材。虽然是史学论著，但是司马迁以其生花妙笔使得历史人物栩栩如生，《史记》的写人艺术为后世文学创作提供了可借鉴的艺术经验。

作为以塑造人物形象为主的小说，《红楼梦》代表了中国古典小说的巅峰，塑造了众多生动的人物形象。在塑造人物时，《红楼梦》接受了《史记》写人的艺术，"不虚美，不隐恶"，塑造了立体化的有艺术感染力的生动形象。

《史记》的叙事艺术和写人艺术给《红楼梦》的创作有一定的影响，

①梁启超：《中国历史研究法》，东方出版社1996年版，第19页。

提供了可借鉴的艺术经验。《红楼梦》除了从艺术成就方面接受《史记》的影响外，在思想内涵方面也接受了司马迁创作《史记》的影响。一方面《史记》具有“爱奇反经”的思想，《红楼梦》也具有反传统的思想。另一方面《史记》具有浓厚的悲剧意识，司马迁塑造了众多历史悲剧人物典型，并将个人的身世之感一并打入，“发愤以抒情”。《红楼梦》也具有浓厚的悲剧意识，虽为小说，但却融入了作者的身世之感和他对人生的认识。

《史记》是一部信史，却体现出一定的小说色彩，对此历代学者已达成共识，它塑造了形形色色的历史人物形象，记载了大量的神话传说、梦兆预言、奇闻异事，这都使《史记》呈现出一定的小说性。细读《史记》和《红楼梦》，可以发现许多相似的东西。首先作者的经历有相同之处，司马迁和曹雪芹都有不幸的遭遇，所以司马迁自然而然成为曹雪芹的精神领袖和导师，曹雪芹在潜移默化中学习了《史记》，并自觉运用于《红楼梦》的创作中。在创作精神和思想上，曹雪芹继承了司马迁的“发愤著书”说，通过《红楼梦》来抒发个人情怀，所谓“满纸荒唐言，一把辛酸泪，都云作者痴，谁解其中味”。在形式上，曹雪芹对《史记》的结构形式、艺术手法、语言等文本方面都进行了直接继承和化用。可以说，司马迁的《史记》，对曹雪芹《红楼梦》的创作不仅起到了一种精神启蒙，而且在内容、文法等多个方面都起到了一定的引导作用。

总而言之，《史记》作为我国第一部纪传体通史，司马迁以其出色才华构建了这部规模宏大的历史著作，对后世的文学创作带来了很大影响。《史记》为后世的文学创作提供了直接的素材，使得历史人物和历史故事以不同的方式演绎诠释；《史记》“戴着镣铐跳舞”，其创作艺术为后世文学创作提供了丰富的可借鉴的艺术经验，特别是叙事艺术和写人艺术；《史记》的“爱奇”精神和司马迁“发愤著书”的精神深深影响了后世的文人。《红楼梦》虽为小说，但和《史记》同为叙事文学，在叙事艺术方面接受了《史记》的创作经验。同样是中国文学史上写人成就非常高的两部作品，《史记》在写人方面的艺术成就为《红楼梦》提供了丰富的艺术经验。司马迁创作《史记》的爱奇思想和“发愤著书”的悲剧精神也直接影响了曹雪芹，曹雪芹在《红楼梦》的创作中自觉接受了司马迁《史记》创作的精神思想。

附　录

《红楼梦》读法略谈[①]

作为中国古典文学名著，《红楼梦》从问世至今，虽不过二三百年，然而在读者与研究者中引起了轩然大波。清人便有“开谈不说红楼梦，读尽诗书也枉然”（清·得舆《京都竹枝词》）的言论。《红楼梦》有其丰富的内容与思想内涵，“单是命意，就因读者的眼光而有种种：经学家看见《易》，道学家看见淫，才子看见缠绵，革命家看见排满，流言家看见宫闱秘事”（鲁迅）。研究者也是流派纷呈，各持己见，由此可见这部小说的魅力之无穷。

《红楼梦》作为中国古典小说的巅峰之作，有着重要的文学价值和文化价值，是中华民族优秀文学传统的典范。这是一部大书，从结构上看，一百二十回的大部头，从内容上来看，所写人物数量极多，据学者统计，单就前八十回出现的人物就有五百多人，其所叙之事来又非常琐细繁冗。因此对读者而言不易接受，须有一定的文化修养和阅读“技

① 本文为“西安培华学院中国传统文化现代传承与发展研究团队”阶段性研究成果。周春：《红楼梦评例》，见朱一玄主编《红楼梦资料汇编》，第566页。

巧”，“阅《红楼梦》者，既要通今，又要博古，既贵心细，尤贵眼明。当以何义门评十七史法评之。……看《红楼梦》有不可缺者二。就二者之中，通官话京腔尚易，谙文献典故尤难。倘十二钗册、十三灯谜、中秋即景联句，及一切从姓氏上着想处，全不理会，非但辜负作者之苦心，且何以异于市井之看小说者乎？”在信息大爆炸、资源可视化的当代社会，如何有效阅读《红楼梦》，是很有必要讨论的问题，现就《红楼梦》读法略谈一二。

一、认识《红楼梦》的多重价值

清人德舆《京都竹枝词》说：“开谈不说红楼梦，读尽诗书也枉然。一曲红楼多少梦，情天情海幻情身。”可见《红楼梦》问世以后，就受到当时文人的推崇，并且有着重要影响。这部小说之所以备受关注，在于它极为丰富的内容和思想蕴含，有着极强的艺术张力，有着多重的文化价值。

《红楼梦》不像《三国演义》以历史大事件作为基本线索，也不像《水浒传》以塑造英雄人物为主，更不似《西游记》以神幻的故事吸引人，从题材和内容看，很难一开始就引起读者的兴趣，或者说很难满足读者的猎奇之心。因此读者在读书的过程中，往往先要从主观上接受，再去潜心阅读，才会引发情感的共鸣，才会产生更浓厚的兴趣。

1. 非凡的文学价值

作为中国古典小说的典范，《红楼梦》的价值首先表现在文学方面。鲁迅先生在《中国小说史略》中说：“至于说到《红楼梦》的价值，可是在中国底小说中实在是不可多得的。……总之自有《红楼梦》出来以后，传统的思想和写法都打破了，它那文章的旖旎和缠绵倒是还在其次的。”①从这段评论中，我们可以看到《红楼梦》的文学价值，首先在于文字的典雅优美，其次在于非凡的叙事艺术，更重要的在于它打破了传统的写法。传统的中国古代小说在写人艺术方面往往脸谱化，而《红楼梦》对人物的描写注重人物立体化、真实性，使人物更贴近生活，使读者更容易信服，不仅如此，在思想方面也打破了传统。

当代著名的女性作家张爱玲，非常喜爱《红楼梦》，曾经在《红楼梦魇》里谈到人生有三大恨事：一恨鲥鱼有刺，二恨海棠无香，三恨《红楼梦》未完。她认为曹雪芹没有写完《红楼梦》，对读者而言是人生一大遗憾，可见此书影响有多大。

《红楼梦》作为中国古典小说的巅峰之作，有着极高的文学价值。阅读《红楼梦》可以使读者感受曹雪芹出色的叙事才能、出色的写人艺术和非凡的语言艺术，从而受到文学艺术的熏陶。

2. 丰富的文化内涵

《红楼梦》有百科全书的美誉，作为家庭题材小说，《红楼梦》写的不是普通家庭，而是贾府这样的显贵大族，在叙写琐碎的日常事务之时，涉及了国家社会的方方面面，具有“史诗”的特点。“此书是中国家庭小说。……国家即是一大家庭，家庭即是一小国家，此书描绘中国之家庭，穷形尽相，足与《二十四史》方驾。而其吐糟粕，涵精华，微言大义，孤怀闳识，则非寻常史家所及。”②除此之外，《红楼梦》在文化方面，涉及了诗词歌赋、园林建筑、书画艺术、饮食医药、礼俗节日、服

①鲁迅：《中国小说史略》，中华书局2016年版，第277页。

②季新：《红楼梦新评》，见朱一玄编《红楼梦资料汇编》，南开大学出版社2012年版，第897页。

饰文化等很多方面，应有尽有。毛泽东在《论十大关系》中说："除了地大物博、人口众多、历史悠久，以及在文学上有部《红楼梦》以外，我们很多地方不如人家。"这是对《红楼梦》价值极高的肯定。

3. 极高的思想价值

《红楼梦》还有着极高的思想价值。抛开作品本身所蕴含的丰富的思想价值，仅就读者角度而言，阅读《红楼梦》对读者会有积极的影响。蒋勋老师曾经说过："《红楼梦》是一部可以真正启发我们智慧的小说，应该作为我们立身处世的指导。"①白先勇先生也曾谈道："我觉得念过《红楼梦》而且念通《红楼梦》的人对于中国人的哲学、中国人的处世之道，以及中国人的文字艺术，和完全没有念过《红楼梦》的人相比是会有差距的。"②二位都谈及对《红楼梦》，对读《红楼梦》之人的在思想方面有着极大的影响。

综上可知，作为一部小说，《红楼梦》有着极高的文学价值，有着极丰富的文化价值，有着极深刻的思想价值，对于读者而言，先从主观意识上认识到这部小说的多重价值，从思想上能够主动地接受作品本身，才会有兴趣读下去，这是读好《红楼梦》的重要前提。

二、从多种题名入手读起

书名是小说的题眼，眼睛是心灵的窗户，小说的书名自然也是通往小说"心灵"的窗户，是体现作者思想的重要切入点。《红楼梦》书名极多，从产生到后世的传播中，曾有多个题名出现，甲戌本《凡例》中说："是书题名极多，《红楼梦》是总其全部之名也。又曰《风月宝鉴》，是戒

①蒋勋：《蒋勋说红楼梦》，上海三联书店2011年版，第1页。
②白先勇：《细说红楼梦》，广西师范大学出版社2017年版前言。

妄动风月之情。又曰《石头记》，是自譬石头所记之事也。此三名则书中曾已点睛矣。……然此书又名曰《金陵十二钗》，审其名则必系金陵十二女子也。”这里提到的至少有四种不同的题名。小说第一回还有一个题名《情僧录》。所以在传播的过程中，《红楼梦》至少有五种题名。每一种题名的背后，是否体现出作者创作这部小说的某种动机呢？

1.《石头记》的寓意

《石头记》是曹雪芹创作这部小说时最早的题名。现存抄本系统都是以《石头记》作为小说题名的。为什么叫《石头记》呢？表层来看，小说本身就讲了一个石头的故事，《石头记》题名和小说内容一致。第一回一开篇作者就讲了石头的故事：

> 原来女娲氏炼石补天之时，于大荒山无稽崖炼成高经十二丈，方经二十四丈顽石三万六千五百零一块。娲皇氏只用了三万六千五百块，只单单剩了一块未用，便弃在此山青埂峰下。……
>
> 后来，又不知过了几世几劫，因有个空空道人访道求仙，忽从这大荒山无稽崖青埂峰下经过，忽见一大块石上字迹分明，编述历历。空空道人乃从头一看，原来就是无材补天，幻形入世，蒙茫茫大士渺渺真人携入红尘，历尽离合悲欢炎凉世态的一段故事。①

空空道人看到写满字的石头，就是那块无才补天、幻形入世的石头，上面所刻的字迹也是他经历的一段故事。到此，读者就心知肚明了，这石头上的故事，就是小说接下来要讲的故事，石头就是幻形入世以后的宝玉。所以题名《石头记》，最为直接明了表现主题，并且带有

①曹雪芹、高鹗：《红楼梦》，人民文学出版社1992年版，第1页。

一定的传奇色彩。作者在开篇词里说："满纸荒唐言，一把辛酸泪，都云作者痴，谁解其中味。"这个荒唐的石头的故事除了体现"石头记"的本意之外，还有没有其他的寓意呢？石头故事里融涵了作者怎样的"一把辛酸泪"呢？

关于曹雪芹的个人资料，留世的不多，在仅有的线索里可知，曹雪芹生前钟爱石头，他把"增删五次，批阅十载"，十年辛苦始写成的小说题名为《石头记》，同时他也爱画石头。曹雪芹生前的好友敦敏有《题芹圃画石》诗："傲骨如君世已奇，嶙峋更见此支离。醉余奋扫如椽笔，写出胸中块垒时。"可见石头万古不朽的傲骨，也是作者的傲骨和精神的一种象征，他画石头是借石头一吐胸中块垒，借以发愤抒情。《石头记》中的石头是否也有作者借以发愤抒情之意呢？答案不言而喻了。

无独有偶，跟曹雪芹几乎同一时期的著名画家郑板桥，也擅长画石。郑板桥《题画》诗中写道："宛然一块石，卧此苔阶碧。雨露亦不知，霜雪亦不识。园林几盛衰，花树几更易。但问石先生，先生俱记得。"石头具有万古不败的特性，它是为人间兴衰更易的见证者。这首诗很好地作为《石头记》题名的脚注。因此，《石头记》不仅是石头的故事，同时也是作者借以倾吐胸中的块垒的方式，也是作者借万古不朽的石头作为盛衰更易的见证者。

2.《红楼梦》的总括性

《红楼梦》是最广为读者接受和熟知的题名。按照周汝昌先生的说法，"到了乾隆五十六年，突然有一本印书出现了，不但印刷整齐，而且比八十回多出四十回书来。这部百二十回的小说已经不叫《石头记》了，正式改题为《红楼梦》。此本一出，风靡天下，堪称盛况空前。"《红楼梦》是刊印之后，以一百二十回本面世的题名，也成为此后这部小说通行的题名。《红楼梦》是总其全书之名，最能突显出作者创作的寓意。

“红楼梦”也出于曹雪芹之手，小说第五回贾宝玉梦游太虚幻境时，警幻仙子给他所听的仙乐就是“《红楼梦》十二支曲”。《红楼梦》题名有何寓意？何谓红楼？“红”在古代往往是富贵繁华的代表，红楼自然就是富贵繁华之家的代名词。杜甫有诗“朱门酒肉臭，路有冻死骨”，朱门指的就是富贵之家，白居易诗“红楼富家女，金缕绣罗襦”，这里的“红楼”也指富贵之家女子所居住的地方。“红楼”在小说中指的就是贾府这个富贵之家、这些青春少女居住的地方，所以也是美好青春的代表。何为梦？梦是空幻、虚幻的。故阅者言：“辞传闺秀而涉于幻者，故是书以梦名也。夫梦曰红楼，乃巨家大室儿女之情，事有真不真耳。红楼富女，诗证香山；悟幻庄周，梦归蝴蝶。作是书者藉以命名，为之《红楼梦》焉。”①“红楼梦”预示了富贵繁华、青春美好，最终都是一场空，都是虚幻的，体现了浓厚的悲剧意识。鲁迅说《红楼梦》“悲凉之雾，遍被华林”，也应和了“红楼梦”的题意。

《红楼梦》写贾府的富贵繁华，写青春少女的美好，所有都是华丽美好的，但是在这个华丽的外表下，却笼罩着悲凉之雾，繁华与悲凉交织在一起。这种悲剧意识，小说一开篇，作者已经点明此意了。当顽石想要下凡之时，僧人劝道：“那红尘中有却有些乐事，但不能永远依恃，况又有‘美中不足，好事多磨’八个字紧相连属，瞬息间则又乐极悲生，人非物换，究竟是到头一梦，万境归空，倒不如不去的好。”②作者借僧人之口，点明了空幻感。第一回中跛脚道人所唱的《好了歌》也是全书

①梦觉主人：《红楼梦序》，见朱一玄主编《红楼梦资料汇编》，第562页。
②曹雪芹、高鹗：《红楼梦》，人民文学出版社1992年版，第3页。

的点睛之笔。从宏观视角度来看，小说就是写了从好到了的过程，因此《红楼梦》可以说总其全书之名，表现了作者创作的寓意。

3. 其他题名的寓意

《红楼梦》还有《风月宝鉴》一名，小说第十二回“贾天祥正照风月鉴”中，贾瑞调戏王熙凤，结果被王熙凤整治，在他临死之前，跛脚道人拿来一面镜，上面写着“风月宝鉴”四字，并且告诉贾瑞只可照背面，不可照正面，结果贾瑞不听道人之言，最终病丧黄泉。甲戌本《凡例》说题名为“风月宝鉴”，是戒妄动风月之情。《红楼梦》从题材上来讲，继承了明代后期的世情小说《金瓶梅》的写法，在题材和用意上也有类似的地方，只不过《金瓶梅》通过对于人性丑恶的一面（贪财、好色）的展现，揭示放纵人欲的悲剧。《红楼梦》贾瑞的故事从某种程度上跟金瓶梅的这种寓意有共通之处，也就是体现了放纵人欲的悲剧。

小说还题名《金陵十二钗》，金陵十二钗出于小说第五回，贾宝玉梦游太虚幻境，警幻仙子带他看了预示主要女性人物命运的册子时提出了这个说法。“钗”是女性头上戴的发饰，往往用来指代女性，所以金陵十二钗指的就是书中主要的女性人物，以此命名此书，很大程度上体现了曹雪芹在思想上对传统的突破。《红楼梦》以前没有小说把女性作为主要的题材，或者说没有一部小说把女性放在和男性同样平等的地位进行创作。在男权社会的背景之下，女性在小说中多是作为陪衬，或者作为男性的附庸出现。而《红楼梦》写了诸多美丽、善良、有才华的女性，是女性的赞歌，作者不遗余力地去赞美女性，甚至借贾宝玉之口提出了“女清男浊论”，表现了曹雪芹独特的女性观，这在当时具有一定的进步意义。但是作者在展现这些女性的美的同时，也展现了这些美丽、有才、善良的女性的悲剧。就像鲁迅先生所说，什么是悲剧？“悲剧将人生的有价值的东西毁灭给人看”，如果从这个角度来讲，这真是一部彻彻底底的悲剧。

小说第一回还提到了《情僧录》这样的一个题名：“（空空道人）将《石头记》再检阅一遍，……虽其中大旨谈情，亦不过实录其事，又非假拟妄称，一味淫邀艳约、私订偷盟之可比。因毫不干涉时世，方从头至尾抄录回来，问世传奇。从此空空道人因空见色，由色生情，传情入色，自色悟空，遂易名为情僧，改《石头记》为《情僧录》。”①从表层来看，故事是由空空道人抄录而来，空空道人自称情僧，那自然是“情僧录”了。但是空空道人何以成为“情僧”，这中间有一段值得注意的文字，说空空道人“因空见色，由色生情，传情入色，自色悟空”，这个过程：空——见色、见情——空，就是在色与情是主体，但终归于空。这里的色是一切物色，所有的美好的事物，到最后都是一场空，体现了空空道人对人生的体悟。这与前之“红楼——梦”“好——了”歌有异曲同工之妙，都在表达一切富贵繁华、青春美好终归于空幻的主题。

综上所述，《红楼梦》在流传的过程中有不同的题名，每一题名从不同的角度隐喻了作者要表达的主题思想的某面。所以从书名入手阅读，对把握这部小说的主题和方向，具有一定的指导意义。

三、从前五回入手解读《红楼梦》

为什么要从前五回入手阅读呢？从叙事学的角度来讲，《红楼梦》体现了中国叙事文学长于预叙的基本特征。杨义先生在《中国叙事学》说：“中国人擅长整体性思维，在时间观念上的整体性思维，使叙事文

①曹雪芹、高鹗：《红楼梦》，人民文学出版社1992年版，第4页。

学长于预叙，给后文展开叙述、构设枢纽、埋下伏笔。”《红楼梦》是这个理论的一个典型，前五回就相当于全书的一个伏笔，从叙事学的角度起到了预叙的作用，相当于全书的序幕和结构蓝图，主要人物的命运、主要故事情节的走向在前五回已经预先叙出了。对初读者而言，从前五回入手，有助于读者更易于接受。

1. 第一回：三个故事的隐喻意义

《红楼梦》第一回并没有直接入题到小说的主要人物主要环境，对于初读《红楼梦》的读者来说，第一回看似奇幻又不知所云。第一回没有直接写到宝黛钗这些主要人物，也没有直接描写贾府这个主要环境，但是细细品来，这是作者的一个大手笔，是全书的总纲。

第一回写了三个故事，这三个故事都有一定的深意。第一个故事就是石头的故事，那块无才补天的顽石，幻形入世后，历尽人间的富贵繁华和悲欢离合，最后重回青梗峰。这段故事点明了石头记的题名，用一种闭合式的圆形结构，从宏观上叙续了故事结局，隐喻了贾宝玉的人生悲剧。

第二个是还泪的神话。宝黛的爱情悲剧是《红楼梦》的主要线索，宝黛木石前盟的悲剧结局作者在第一回通过这个神话其实就已点明。

只因西方灵河岸上三生石畔，有绛珠草一株，时有赤瑕宫神瑛侍者，日以甘露灌溉，这绛珠草始得久延岁月。后来既受天地精华，复得雨露滋养，遂得脱却草胎木质，得换人形，仅修成个女体，终日游于离恨天外，饥则食蜜青果为膳，渴则饮灌愁海水为汤。只因尚未酬报灌溉之德，故其五内便郁结着一段缠绵不尽之意。恰近日这神瑛侍者凡心偶炽，乘此昌明太平朝世，意欲下凡造历幻缘，已在警幻仙子案前挂了号。警幻亦曾问及，灌溉之情未偿，趁此倒可了结的。那绛珠仙子道："他是甘露之惠，我并无此水可还。他既下世为人，我也去下世为人，但把我一生所有的眼泪还他，也偿还得过他了。"①

绛珠仙草就是下凡以后的林黛玉，而神瑛侍者就是下凡以后的贾宝玉的肉身。宝黛的爱情故事在一开始就注定了结局，这个还泪的神话隐喻了宝黛爱情悲剧的结局。这也体现了《红楼梦》对传统才子佳人剧，有情人成眷属的大团圆结局的一种打破。

第三个故事是甄士隐家的一段兴衰故事。甄士隐是一个线索性人物，在小说开头、中间、最后各出现了一次，并不是主角。作者为什么一开篇就讲甄家的故事呢？脂批本《石头记》中有一段夹批："不出荣国大府，先写乡宦小家，从小至大，是此书章法也。"这里用以小见大的手法。贾府人口众多，关系复杂，所以作者以乡宦小家甄家的一段荣衰，隐喻贾家的荣衰。所谓"假作真时真亦假"，这里的"甄"即是"贾"。

由此看来，第一回看似极荒诞，看似和小说主体内容不相干，却具有提纲挈领的作用，起到预叙的作用。

2. 贾府内部环境与主要人物的皴染式出场

小说第二回，作者借冷子兴之口演说荣国府，道出了贾府的人物关系以及贾府的现状。冷子兴这个人物在小说中不是主要人物，全书就在这一回正面出现。作者为什么要冷子兴来演出荣国府呢？冷子兴是一个古董商人，既是古董商人，那消息自然也灵通，另外他还有一种很特别的身份，他是王夫人的陪房周瑞家的女婿，把这层关系理顺，就明白作

①曹雪芹、高鹗：《红楼梦》，人民文学出版社 1992 年版，第 5 页。

者的良苦用心了。作为王夫人的陪房，周瑞家的自然了解贾府的事情，作为周瑞家的女婿，冷子兴自然能从岳丈口里得知贾府的消息，而且消息应该是比较切实可靠的。所以作者借冷子兴演说荣国府，是有一定的说服力的。

冷子兴的名字也很有深意，大有冷眼旁观之意，所以作者借冷子兴这么一个旁观者，道出了贾府当时真实的现状，昔日的那个繁华的大族如今已经远不如以前了，“百足之虫，死而不僵”，外头的架子没倒，内囊却跟不上了。同时作者借冷子兴之口揭示了贾府衰败的原因。曹雪芹是一个出色的文学家，同时也是一个出色的画家，他很擅长用作画的手法去写小说，贾家这么一个大族，如此多的人物、如此复杂的关系，怎样一一地展现在读者的眼前，他用皴染的方式，一层一层一步一步，给读者留下了明晰的印象。先借冷子兴之口，间接地道出了《红楼梦》中主要人物的关系，读者读到此，对贾府中的基本情况便有了一个大体的了解。在第三回作者借林黛玉进贾府，让贾府的环境、主要人物一一登场亮相。经过层层渲染，小说的人物与环境在读者心里变得越来越清晰。

林黛玉进贾府是《红楼梦》中非常出色的一段描写，极大地体现了曹雪芹非凡的叙事艺术和写人艺术。这一回是贾府的环境、贾府的主要人物在读者面前的第一次正面的呈现和亮相，这种独特的视角和独特的手段，使读者对主要人物的个性有了深刻的印象。

3. 贾府外部关系举重若轻的展现

《红楼梦》是一部家庭题材的小说，尽管作者开篇就标明宗旨：全书大旨谈情，但是贾府不是普通小家，而是名门大族，家族关系自然盘根错节般复杂。第四回“葫芦僧判断葫芦案”，借一桩公案道出了贾府与四大家族之间的复杂关系，揭示了贾、王、史、薛四大家族之间的勾连关系，声势浩大。四大家族之间“连络有亲，一损皆损，一荣皆荣”，一桩人命官司就在一个葫芦僧的指使下，被倚仗贾府才当上官的贾雨村徇私枉法，草草了解了。尽管曹雪芹在小说第一回就标榜此书不涉及政治、不涉及官场、不涉及任何跟现实相关的问题，但是第四回非常真实，也带深刻讽刺性地揭示了当时官官相护这种官场的黑暗的现实。

从叙事学的角度看，第四回还有非常重要的一个作用，就是《红楼梦》中另外一个主要人物薛宝钗的出场。此外第一回中甄家丢失的女儿英莲的下落也明了了——就是这个公案中的核心人物，甄家的故事第一回已经完结，英莲的下落到此也就有了着落，这一条线索算是完结，然后新的故事重新开始。

4. 梦游幻境的预叙作用

第五回贾宝玉梦游太虚幻境，可以说是全书中具有最大预叙功能的一回，此回采取了一个虚幻的方式，贾宝玉梦游太虚幻境。通过宝玉梦游太虚幻境，他在太虚幻境看到的金陵十二钗的册子，预示了《红楼梦》中主要女性人物的悲剧命运。宝玉看到的册中所题诗画都是主要人物的命运悲剧的写照。

除了隐喻主要人物以外，还应该注意贾宝玉为什么能梦游太虚幻境，原来是警幻仙子偶遇宁荣二公的生灵，受宁荣二公的嘱托：

> 警幻仙子道：“今日…偶遇宁荣二公之灵，嘱吾云‘吾家自国朝定鼎以来，功名奕世，富贵传流，虽历百年，奈运终数尽，不可挽回者。故遗之子孙虽多，竟无可以继业。其中惟嫡孙宝玉一人，禀性乖张，生性怪谲，虽聪明灵慧，略可望成，无奈吾家运数合终，恐无人规引入正。幸仙姑偶来，万望先以情欲声色等事警其痴

顽，或能使彼跳出迷人圈子，然后入于正路，亦吾兄弟之幸矣。'如此嘱吾，故发慈心，引彼至此。先以彼家上中下三等女子之终身册籍，令彼熟玩，尚未觉悟；故引彼再至此处，令其再历饮馔声色之幻，或冀将来一悟，亦未可知也。"①

此一段文字大有深意，读者一般都认为小说描写的是贾府由盛而衰的故事，但是一开始作者已经表明那个扬扬赫赫的大族已经走向衰败了，后继无人了。所以有着天生慧根通灵的宝玉是拯救家族的唯一希望。宁荣二公希望宝玉能够担当重任，但是贾宝玉来游了仙界，领略了仙界的佳茗美酒、仙境仙乐、声情美色，但是依然没有领悟。祖宗与警幻想要通过情欲生色警醒他，从而走上正途，贾宝玉在太虚幻境饮了"千红一窟(哭)"的佳酿，品了"万艳同杯(悲)"的茗茶，领略了《红楼梦》十二支曲的仙乐等所有的美好的事物，但是依然没有醒悟。因此也预示了贾府命中注定的衰败不可挽回是必然的结局。王国维《红楼梦评论》中说："《红楼梦》一书与一切喜剧相反，彻头彻尾之悲剧也。"不仅是悲剧的结局，也是悲剧的开头，这在小说一开始已经表现得很明白了。

综上所述，前五回总体上可以说预示了整个小说故事的发展方向，预示了主要人物的命运归宿，也为后来续书能够续全后四十回提供了一个很好的参考。因此在读《红楼梦》的过程中，面对这样的一部人物众多，叙事繁冗，很难下手的大部头作品，从书名入手，从带有预叙性质的前五回入手，先从宏观视角把握小说的整体结构意蕴，这对更深入地去了解《红楼梦》、更有兴趣地读《红楼梦》，具有一定的启发作用。

①曹雪芹、高鹗：《红楼梦》，人民文学出版社1992年版，第53页。

《红楼梦》的预叙艺术详析[①]

杨义先生在《中国叙事学》中认为中国人擅长整体性思维，在时间观念上的整体性思维，深刻影响了中国叙事文学的结构形态和叙述程式，使叙事文学长于预叙，给后文展开叙述构设枢纽，埋下伏笔。所谓预叙是指对未来事件的暗示或预期，用热奈特的话说，是指“事先讲述或提及以后事件的一切叙述活动”②。

作为中国古典小说的代表作品，《红楼梦》以其生动的叙事艺术和深邃的思想内容，成为中国古典小说创作的集大成者。在《红楼梦》创作中，预叙手法的使用，使作品叙事结构更加严谨、层次更加分明。从接受者的角度而言，使读者对叙述的情节结构更易于掌握，使故事的推进也顺乎情理。

一、以小见大的预叙手法

《红楼梦》是一部大书，形形色色的人物，错综复杂的人物关系，多层次化的思想内容，如何将庞杂的内容呈现于读者眼前，需要作家精心结撰，有非凡的叙事能力，《红楼梦》无疑是叙事文学的成功范例。作者在开篇先以“小故事”预演的小说“大故事”的结局，不仅使全书在叙事艺术方面具有整体性特征，同时从接受者的角度而言，也使读者更

---

① 本文发表于《河南教育学院学报》2018 年第 1 期《百年红学》栏目。

②[法]热奈特：《叙事话语新叙事话语》。王文融译，中国社会科学出版社 1990 年版，第 17 页。

易于接受作品的内容。

1.“石头记”——隐喻贾宝玉的人生悲剧

《红楼梦》是一部现实主义作品，但是小说一开篇却先叙述了一个关于石头的神话故事：女娲补天余下被弃于大荒山无稽崖青埂峰下“无才可去补苍天”的顽石，因已通灵性而被弃不用，所以哀号悲鸣。被一僧一道“幻形入世”带到花柳繁华之地、富贵温柔之乡，历尽人世的悲欢离合与世态炎凉，最终重返大荒山。

这段神话故事使小说具有了浓郁的浪漫主义色彩，这段石头的故事隐喻了小说中贾宝玉的故事，顽石即是“假宝玉”，“假宝玉”即是贾宝玉。曹雪芹巧妙地借顽石隐喻了“贾宝玉”的姓名，并且将其个性特征赋予贾宝玉，贾宝玉便是幻形入世的顽石，顽石的经历便是宝玉人生经历的缩影，因此，小说一开篇先预示了贾宝玉的人生悲剧。

2.“木石前盟”——隐喻宝黛爱情悲剧

《红楼梦》故事内容中，一条主要的线索便是贾宝玉和林黛玉的爱情故事，作为家庭题材的小说，《红楼梦》打破了传统才子佳人剧的传统，对宝黛这一对情投意合的才子佳人的爱情故事的描写，并没有以有情人终成眷属的大团圆结局告终。曹雪芹以现实的笔调描写了宝黛的爱情悲剧，如鲁迅先生说：“自有《红楼梦》以来，传统的思想和写法都打破了。”①

从接受学的角度来看，这样的叙写并不符合读者的阅读心理期待。于是作者在《红楼梦》一开篇用神话故事的形式隐喻了宝黛的爱情悲剧——木石前盟。

---

①鲁迅：《中国小说史略》，中华书局2016年版，第227页。

西方灵河岸上三生石畔的绛珠仙草，因得到神瑛侍者的甘露灌溉，最终脱去草胎木质修成女体。在神瑛侍者下凡入世之际，也一起下凡入世，将一辈子的眼泪还给他以报答灌溉之恩。这段木石前盟的还泪之说隐喻了宝黛爱情的悲剧结局。

3.“假作真时真亦假”——以甄家的故事隐喻贾家的兴衰

《红楼梦》的思想深刻，内容具有多层次性，虽以宝黛故事为主线，但不同于一般的才子佳人剧。从小说的内容来看，还有一条重要的线索：贾家的兴衰。小说演绎宝黛爱情悲剧的同时，也演绎了贾家由“烈火烹油，鲜花着锦”的繁荣到“树倒猢狲散”“落得个白茫茫大地真干净”的结局。

偌大一个故事结构，曹雪芹先从小处着笔写起，《红楼梦》一开篇，作者先不写贾家大族，而是先写姑苏城外的乡宦甄家的故事。甄士隐本是神仙一品人物：禀性恬淡，家境殷实。却因葫芦庙大火，甄家被烧成一片瓦砾。家资散尽、女儿被拐、丈人嫌弃，这使甄士隐亲身体会了人世悲欢与世态炎凉，最终他看破红尘，随跛脚道人出家去了。甄家的故事隐喻了贾家的故事，“假作真时真亦假”。正如脂砚斋评点《石头记》所言：“不出荣国大族，先写乡宦小家，从小至大，是此书章法。”①

通过以上分析可见，《红楼梦》作为一部大书，尽管思想内容复杂、人物关系错综，但是作者在一开篇就以小见大的手法隐喻了小说故事发展的结局。从叙事学的角度而言，《红楼梦》的这种叙事方式符合中国人在叙事文学中的整体性思维特征；从接受者的角度而言，这种预叙手法的应用使读者能从宏观角度对小说中故事的发展有整体的认识，在阅

①浦安迪：《红楼梦批语偏全》，北京大学出版社2012年版，第7页。

读后文时就如打开一副巨型卷轴画，一点一点看到故事的发展，直到最后整个故事完全展现在读者眼前。既不超出读者的阅读期待视野，符合其逻辑思维，又使读者在接受故事的过程中对故事本身带来的悲剧震撼力有更深入的切肤体会。

二、梦的预叙作用

上古时期，先民对自然的认识有限，自然崇拜的思想使先民的生活带有神秘的巫神文化色彩，巫神文化的神秘色彩在先民的生活、思想、文学中都有所体现。以梦预兆是上古文学神秘色彩的常用手法，在古代人们认为梦可以沟通人神、预示吉凶，所以梦境描写很自然被文学作品当作预叙的手段而普遍采用。早在先秦两汉时期，《左传》《史记》等史传文学中，就有大量以梦预叙的叙事手法的运用，此后小说的创作中也多以梦预兆故事情节的发展与结局。

通过对梦的描写预言人物的命运或事件的发展走向，从而使小说具有一种神秘的天命观和宿命感，使读者能够从全局掌控作品的内容与结构，这是我国古代叙事文学常用的技巧。梦也是《红楼梦》中重要的预叙手法，红学研究者王志尧先生在《红楼梦精解》一书中，对小说中关于梦的描写进行了统计，《红楼梦》中有 33 则关于梦的描写，这些梦在作品中都具有一定的预叙作用。

1. 梦预示人物的命运和事态发展

《红楼梦》作为写梦成就显著的著作，其中所描写的梦境大小各异，其中规模最大的梦境就是小说第五回“贾宝玉梦游太虚幻境”，这一回梦境隐喻了小说中人物的悲剧命运，可谓“千红一窟(哭)，万艳同杯(悲)”。

又如《红楼梦》第十三回秦可卿临死之前托梦给凤姐：

“月满则亏，水满则溢”……“登高必跌重”。如今我们家赫赫扬扬，已将百载，一日倘或乐极悲生，……应了那句“树倒猢狲散”的俗语！①

秦可卿此一番话预示了贾府这个显赫大族终有一日会走向衰败的命运结局。所以她奉劝凤姐作为贾府“脂粉堆里的英雄”，应该在繁荣时筹划衰败时的退路，在祖茔附近多置田庄房舍、设立家塾，即使家道中衰，子孙也可以回家读书务农，只有如此才不至于家破人散，落得个白茫茫大地真干净的一无所有的结局。但是凤姐并没有把这个将死之人的话听进去，而是被烈火烹油，鲜花着锦之盛蒙蔽了双眼，最终见证了“家破人亡”的结局。

2. 梦隐喻人物内心情感

西方著名心理学家弗洛伊德在他的《梦的解析》一书中认为：梦是一种精神活动，是人在睡眠中窥探心灵的窗户，揭露了人类种种无法实现的愿望的途径。从心理学角度来说，是一种主观的意识形态的产物。

借用此理论而言，《红楼梦》中一些梦境的描写是对人物内心世界的另一种方式的展示。《红楼梦》第八十二回中，林黛玉做了一个噩梦，梦见贾雨村要接她回乡成亲，而贾府诸人都来道贺，甚至宝玉也向自己道喜。黛玉伤心至极，宝玉为了表达真心，将一颗心剜出来血淋淋地递给黛玉，黛玉从梦中惊醒。这个梦隐喻了宝黛爱情的悲剧结局，也预示了黛玉内心最隐秘的思想情感。随着自己年龄一天天增长，和宝玉的感

①曹雪芹、高鹗：《红楼梦》，人民文学出版社1992年版，第189页。

情也已日益成熟，但是黛玉已然是无父无母的孤儿，没有父母之命媒妁之言，自己的婚姻无人做主。贾府这边最疼爱自己的外祖母此时也不见有半点意思。所以她忧思伤心，感慨之余便成一梦。尽管在现实中、在梦中，宝玉对黛玉都是忠心耿耿，可是他们的爱情如果得不到封建家长的支持，最终也是徒劳，这也预兆了宝黛爱情的悲剧结局。

清人解弢言："吾国记梦之作无佳文。盖国人莫不以梦为兆，非兆梦，则不笔之于书。"中国古典小说创作中，《红楼梦》对梦境描写最出色：小说题为《红楼梦》，本身就是一梦，再者无论叙写梦境的内容和规模，还是叙写梦境的艺术，都是成就非常显著的。《红楼梦》中的梦境描写也是作者借以表达主观意识形态的方式，《红楼梦》是梦的预叙手法运用的典范。

三、谶语的预叙作用

所谓谶，是一种具有先兆性和应验性的预言，在文学作品中往往假托天和神的旨意，以隐语的形式出现。谶语在文学创作中的运用，对人物命运或情节发展具有预示、暗喻及象征的预叙作用。

1.《红楼梦》中的谣谶

所谓谣谶是以歌谣的形式预示事件的发展结果，这种方式在中国古代史书中比较多见，而且大多带有政治色彩，比如《史记》中"檿弧箕服，实亡周国""楚虽三户，亡秦必楚"的谶谣。《红楼梦》中也运用了这种传统的谣谶形式预叙小说的发展。《红楼梦》中最明显的谣谶是小说第一回跛脚道人所唱之《好了歌》，整首歌谣分为四节，每一节始于"好"，终于"了"，预示了小说整个故事由"好"到"了"的过程，隐喻了《红楼梦》的悲剧结局。

《红楼梦》中还有一个重要的谣谶——“金玉良缘”。小说第四回“葫芦僧判断葫芦案”一回引出了宝钗出场，从薛宝钗出现，在贾府中便传出了“金玉良缘”之说。这个消息不胫而走，成为众人皆知的谣谶，成为横亘在宝黛爱情中间的最大阻碍，也是宝黛爱情悲剧的预兆。

贾宝玉生来就口衔宝玉，薛宝钗有赖头和尚所送金锁，金玉可成良缘。《红楼梦》第八回“比通灵金莺微露意”中，作者正面描写了宝玉所配之玉和宝钗所戴之金。宝玉和金锁上镌刻的“莫失莫忘，仙寿恒昌”“不离不弃，芳龄永继”的吉语正好是一对，作者也借莺儿之口说出了宝钗的金锁是癞头和尚所赠。此癞头和尚莫非昔日青埂峰下携带石兄入世之癞头和尚！《红楼梦》三十四回“错里错以错劝哥哥”中，作者又借薛蟠之口道出“金玉良缘”之说：

> “好妹妹，你不用和我闹，我早知道你的心了。从先妈和我说，你这金要拣有玉的才可正配，你留了心。见宝玉有那劳什骨子，你自然如今行动护着他。”①

金玉故可以成就良缘，但是持重平和又深得贾府众人喜爱的宝钗终和不喜仕途经济的宝玉没有真正的爱情，所以最终即使成就姻缘，也不过是“玉带林中挂，金钗雪里埋”的婚姻悲剧。

2.《红楼梦》中的诗谶

“《红楼梦》诗词在艺术表现手法上有一种其他小说诗词所少有的特殊现象，那就是作者喜欢用各种方法预先隐写小说人物的未来命运。”②作为具有“诗史”性质的诗意化的小说，《红楼梦》中大量的诗歌都具有

①曹雪芹、高鹗：《红楼梦》，人民文学出版社1992年版，第380页。

②蔡义江：《红楼梦诗词曲赋鉴赏》，中华书局2006年版，第4页。

预叙作用，隐喻了人物的个性特征或是命运结局。

《红楼梦》是一部诗意化的小说，通过诗歌表现人物个性特征是《红楼梦》塑造人物形象的艺术手法。林黛玉敏感多情的个性和孤独无依的身世使她的诗作总是充满悲情感伤的色彩；宝钗的持重大方和精通世故使其诗作自是含蓄浑厚。以《咏白海棠》诗为例，宝钗的诗自有宝钗的特点："珍重芳姿昼掩门""冰雪招来露砌魂"不正是宝钗识大体、自重品行、人格之象征；"淡极始知花更艳""不语婷婷日又昏"又是她不爱花儿粉儿，甚至连所住居室都是雪洞一样的素淡个性的象征。黛玉《咏白海棠》自有黛玉之特色，是其个性特征的体现："半卷湘帘半掩门"不正是潇湘馆黛玉日常生活之写照；"秋闺怨女拭啼痕"不就是活脱脱一黛玉的形象再现。宝钗之诗含蓄浑厚，黛玉之诗风流别致，体现了二人不同的个性特征。《红楼梦》中以诗歌表现人物个性特征的例子比比皆是，这也是《红楼梦》以诗预叙的重要表现。

除了以诗歌体现人物个性特征外，《红楼梦》中还以诗隐喻人物的命运。诗的预叙色彩最显著的就是贾宝玉梦游太虚幻境时，警幻仙子带她游历太虚幻境时他看到的"金陵十二钗"册中的预示人物命运的诗歌。如"金陵十二钗又副册"中宝钗和黛玉的判词："可叹停机德，堪怜咏絮才。玉带林中挂，金簪雪里埋。"判词肯定了宝钗之德，黛玉之才，但是"可叹""堪怜"又预示了二人命运的悲剧色彩。"玉带林中挂，金簪雪里埋"是对钗黛二人命运的预示与写照，木石虽为前盟，最终爱情无果，但是却始终被牵挂；金玉虽为良缘，但是也不免"雪里埋"的婚姻悲剧。

又如"才自清明志自高"的贾府中的三姑娘探春，作为贾府里最精明能干的女孩子，贾探春不仅生得"俊眼修眉，顾盼神飞，文采精华，见之忘俗”①，而且颇有才干和见识。《红楼梦》第五十六回“敏探春兴利除宿弊”集中体现了探春理家之才。但是“生于末世运偏消”，作为姨太太所生之女，庶出的身份和贾府的末世使探春终不免远嫁外藩的命运结局。

《红楼梦》第五回中的这些判词隐喻了众女性的命运归宿，是这些女子的人生谶语。不独“金陵十二钗”正册，还有“金陵十二钗”副册、又副册，每一首判词便是一个悲剧写照。

3.《红楼梦》中的戏谶

《红楼梦》一书反映了明清时期的社会风尚，戏剧文化的兴起使小说中有很多关于这个封建大家庭庆贺摆宴赏戏的情节，《红楼梦》中出现的许多戏文，对小说情节的发展还有一定的有预示作用。

如《红楼梦》第十八回元妃省亲时所点四出戏：第一出《豪宴》，第二出《乞巧》，第三出《仙缘》，第四出《离魂》。脂砚斋评点道：“所点之戏剧伏四事，乃通部书之大过节、大关键。”②王希廉在《红楼梦回评》第十八回也评道：“元妃点戏四处，末出《离魂》是谶兆，亦是伏笔。”③这四出戏文隐喻了贾家衰败的结局，具有一定的预叙作用，所谓的“戏中有戏”。

从结构和叙事线索来看，《红楼梦》以宝黛爱情发展为基本线索，这个小说的主干故事又是以贾家的盛衰为背景，贾家盛衰的关键又是元妃在宫中的处境。这几个小说发展的主要因素相互关联，共同钩织了《红楼梦》复杂庞大的结构。

---

①曹雪芹、高鹗：《红楼梦》，人民文学出版社 1992 年版，第 29 页。

②浦安迪：《红楼梦批语偏全》，北京大学出版社 2012 年版，第 97 页。

③朱一玄：《红楼梦资料汇编》，南开大学出版社 2012 年版，第 589 页。

小说第二十二回“听文曲宝玉悟禅机”中，因宝钗十五岁生日，贾母喜其稳重和平，便给宝钗办酒席过生日。席间宝钗点了一出《鲁智深醉闹五台山》，其中有一支《寄生草》：

漫揾英雄泪，相离处士家。谢慈悲剃度在莲台下。没缘法转眼分离乍。赤条条来去无牵挂。哪里讨烟蓑雨笠卷单行，一任俺芒鞋破钵随缘化。①

这是宝玉思想发生转折的重要一回，贾宝玉通过此曲初悟禅机，隐喻了宝玉在历尽人间富贵繁华与悲凉之后，最终遁入空门的结局。

又如《红楼梦》第二十九回“享福人福深还祷福　痴情女情重愈斟情”中，贾府众人去清虚观打醮，贾母与众人上楼看戏，头一本《白蛇记》，第二本《满床笏》，第三本《南柯梦》。这三本戏也都有一定的隐喻意义，预示了贾家由祖辈创业到繁盛再到最后衰落破败的过程。

4.《红楼梦》中的谜谶

以谜语的形式预示人物的命运结局和小说情节发展的倾向，也是《红楼梦》预叙的手段。《红楼梦》第二十二回“制灯谜贾政悲谶语”中，贾府众人在元宵节所作灯谜隐喻了每个人不同的命运结局，具有一定的预叙作用。

“个人灯谜，就是个人小照，与《红楼梦》曲遥遥相对。”②元春所制灯谜“能使妖魔胆尽摧，身如束帛气如雷。一声震得人方恐，回首相看已化灰”。谜底是爆竹，脂砚斋批道：“元春之谜，才得侥幸，奈寿不长，可悲哉！”迎春所制灯谜：“天运人功理不穷，有功无运也难逢。因

①曹雪芹、高鹗：《红楼梦》，人民文学出版社 1992 年版，第 247 页。
②朱一玄：《红楼梦资料汇编》，南开大学出版社 2012 年版，第 601 页。

何镇日纷纷乱，只为阴阳数不同。”谜底是算盘，脂砚斋批道：“此迎春一生遭际，惜不得其夫何！”探春所制灯谜谜底是风筝，脂砚斋批道：“此探春远适之谶也，使此人不远去，将来事败，诸子孙不至流散也。”惜春之灯谜：“前身色相总无成，不听菱歌听佛经。莫道此生沉黑海，性中自有大光明。”谜底是海灯，脂砚斋批道：“此惜春为尼之谶也。公府千金至缁衣乞食，宁不悲夫。”①这些灯谜预示了众人命运的悲剧结局，可谓一迷成谶。

爆竹是一响即散之物，算盘是动乱如麻之物，风筝是飘飘浮荡之物，海灯是清净孤独之物。元宵佳节，贾氏姐妹所做灯谜都是如此不祥之物，不仅隐喻了每个人的命运归属，也预示了整个小说的悲剧结局。

四、“草蛇灰线，伏脉千里”的伏笔手法

《红楼梦》作为中国古代叙事文学的典范，小说中涉及的人物之众、线索之繁、内容涉及面之广，很少有小说可与之匹敌。采用埋伏笔的手法进行预叙是《红楼梦》采用的一种重要叙事手法。从接受者的角度来看，伏笔的叙事手法让读者在阅读过程中能够把故事前后勾连起来，体会到阅读带来的快感。

《红楼梦》第二十七回“滴翠亭杨妃戏彩蝶”，作者浓墨重彩写了红玉替凤姐传话一事，突出了宝玉身边这个不起眼的丫头的伶俐，为后来贾家衰败后红玉得救宝玉埋下了伏笔。脂砚斋在甲戌本回末总批道：“凤姐用小红，可知晴雯等埋没其人久矣！无怪有私心私情。且红玉后有宝玉大得力处，此于千里外伏线也。”②传当小红给传完话，回到山坡

①以上批语均见浦安迪《红楼梦批语偏全》，北京大学出版社2012年版，第127页。

②浦安迪：《红楼梦批语偏全》，北京大学出版社2012年版，第21页。

上找凤姐回话的时候，这里有看似不起眼的一笔：“看见凤姐不在山坡上，见司琪从山洞中出来站着系裙子。”①这不经意的一笔却为后文埋下伏笔，真可谓“草蛇灰线、伏脉千里”。第七十一回“鸳鸯女无意遇鸳鸯”一回，明写了司棋和潘又安之事，这两事为第七十三回傻大姐在山洞拾得绣春囊设了伏线，也为后文的抄检大观园埋下了伏笔。

第二十八回“蒋玉菡情赠茜香罗，薛宝钗羞笼红麝串”中，元妃端午节赐礼，宝玉和宝钗的一样：上等宫扇两柄，红麝香珠二串，凤尾罗二端，芙蓉簟一领；黛玉和迎春姐妹的相同：只有扇子和数珠。这是小说中的重要伏笔，暗示了以元妃为代表的封建家庭在宝玉婚姻大事上的最终选择。元春是关系贾府荣辱得失的重要人物，贾宝玉是贾府唯一能够重兴祖业的人选，所以在宝玉的婚姻大事选择方面，元妃选择了和贾家门当户对的薛家、选择了持重大方的薛宝钗。元妃的赐礼也为宝玉和黛玉的爱情悲剧埋下了伏笔。

综上所述，《红楼梦》作为一部结构宏大的鸿篇巨制，所涉及的人物繁多、所叙述的事件繁复、所表达的思想深刻。预叙的手法的巧妙运用是小说叙事艺术成就的突出表现。作者在叙事过程中巧妙地运用了多种预叙手法，表现了作者非凡的叙事能力。

①曹雪芹、高鹗：《红楼梦》，人民文学出版社1992年版，第308页。

后　记

《史记》作为我国第一部纪传体通史，开纪传体之先河，确立了史书创作的典范。司马迁以良史之才记录了上自轩辕黄帝，下至汉武帝当朝三千年的历史，为形形色色的历史人物立传，给读者展现了一幅生动的历史人物长卷。《史记》中生动的故事、丰富多样的人物，司马迁高妙的叙事艺术、寄意深远的曲笔，都为后世的文学创作提供了可借鉴的经验，具有极大的文学影响。同为叙事文学的《红楼梦》，在叙事、写人等方面继承了《史记》的文学传统。

对于司马迁和《史记》我一直心怀敬仰，司马迁以史学家的严谨和文学家的深情，写就了《史记》这部伟大的巨著。在师从张新科老师之后，我对《史记》有了更深入的理解。张老师在《史记》研究方面有丰硕的成果，是研究《史记》的大家，在老师的谆谆教诲下，我越来越觉得这部书很伟大。于是进行研读、研究，希望有更深入的认识。

《红楼梦》是中国古典小说的巅峰之作，也是学者们津津乐道和争论不休的一部作品。《红楼梦》是我人生中阅读的第一部长篇小说，记得我上初一时，父亲在我生日之际送了一大部人民文学出版社出版的《红楼梦》，我视若珍宝。在阅读资源还很匮乏的年代，这部书成了我闲暇时的必读书目，几乎每个寒假暑假，我都会拿出来重读一遍，越读越喜欢。我被小说中优美的文辞和精彩的叙事所吸引，我被大观园中众女子的才情所折服，我赞叹她们的才华，我感慨她们的命运。就这样，我在《红楼梦》的青春王国的伴随中，走过了我的青葱岁月，从一个懵懂少年渐已步入中年，但我心中对《红楼梦》的热爱始终不减。随着年龄的增长，越来越觉得这本书很厚重，很深刻，很值得读。它的旖旎的文字，它的动人的情节，它的丰富的内涵，它的隽永的意蕴，在不同的人生阶段，都会有常读常新的感觉和不同的收获，让我受益匪浅，也许这就是经典的魅力吧！

在研读《史记》和《红楼梦》的过程中，就觉得它们在叙事、写人、思想内涵等方面有很多类似的地方，于是斗胆将这两部伟大的作品放在一起进行研究，试通过《史记》和《红楼梦》的文本分析，结合作品的创作艺术，并结合作者的思想精神特质，探讨《红楼梦》对《史记》的文字接受与传承之间的联系。通过文本的接受、艺术的传承、思想的影响三个层面进行分析研究，阐发史传文学对古典小说发展的影响，探究叙事文学发展的基本规律。虽然有满腔热血和十足的热情，但是由于学识的浅薄，以蚍蜉之力难以撼动这两棵“大树”，难免有很多疏漏和不足之处，诚恳地希望各位读者批评指正，我定会虚心接纳意见，并不断改进。

“人说大知凌云瞰世，小知卧井观天。凌云瞰世与卧井观天，都是一个知，虽有大小之分，但都是无伪的。所以，总不妨凭一己之知，来议论叙说一番。”①由于才学所限，也只能讨论坐井所观之一小片天，恐贻笑大方。谨为记。

本书为西安培华学院 2022 年度学术著作出版资助项目，项目编号 PHZZ202202，衷心感谢学校及院系对本书出版的大力支持。

2023 年 3 月

①哈斯宝：《新译红楼梦序》，见朱一玄主编《红楼梦资料汇编》，南开大学出版社 2012 年版，第 769 页。